나는 나의 장례식에 초대받았다

THE FUNERAL

나는 나의 장례식에 초대받았다

헬렌 듀런트 지음 | 황성연 옮김

싱긋

이 책을 쓰는 동안 여러 순간마다
아낌없는 도움과 응원을 보내 준
사랑하는 딸 멜리사에게

일러두기

이 책에서 대화나 구어적 표현은 입말을 살려 적었고, 나머지 부분은 글쓰기 규범에
따라 다듬어 표기하였습니다.

목차

제1장

나는 지난 삼 년 동안, 누군가가 나를 알아볼까 두려워 사람들을 피해 숨죽이며 살아왔다. 하지만 오늘은 상황이 달라질지도 모른다. 나는 장례식에 초대받았다. 솔직하게 말해 돈만 있다면 쇼핑을 하러 가거나 멋진 카페에 앉아 커피를 마시지, 이런 침울한 자리에는 오지 않았을 것이다. 그러려면 돈이 필요한데 내게는 돈이 없다. 그게 내가 오늘, 정체가 발각될 위험을 무릅쓰고 이곳까지 온 이유다. 장례식장은 내가 사는 곳에서 꽤 멀리 떨어져 있어, 나를 알아보는 사람은 거의 없을 것이다. 제발, 그러기를.

보통 이런 자리에는 고인과 친분이 있어야 올 수 있다. 하지만 이번에는 달랐다. 초대장은 이메일로 왔는데, 그것은 불가능한 일이었다. 나는 눈에 띄지 않게 살아왔고, 이메일은 몇 달 동안 쓰지 않기 때문이다. 그 주소를 아는 사람은 한 손으로 셀 수 있을 정도였다. 익명으로 보내온 이메일에는 보낸 사람의 단서도, 고인의 이름도 없었다. 그 초대장이 일종의 사기일지도 모른다고 생각했다. 좀 더 자세한 정보를 요청하는 답장을 보냈지만, 메일은 곧바로 반송되었다.

수상한 이메일인 만큼 삭제해야 했지만, 그렇게 하지 않았다. 이유는 단 하나였다. 정체불명의 발신자가 고인이 나를 아꼈고, 내게 무언가를 남겼다고 적었기 때문이다. 그게 돈이기를 바랐다.

내 삶을 다시 시작할 수 있을 만큼 충분한 돈이라는 유혹이 너무나도 강해서 숨어 지내던 생활을 끝내기로 마음먹었다.

지금까지는 얼마 되지 않는 저축으로 버텨 왔지만, 이제는 그것마저 바닥났다. 유일한 수입은 가끔 동네 가게에서 야간 근무를 하고 받는 현금이 전부다. 근무 시간은 길고, 손님들은 내 쪽을 거의 쳐다보지 않는다. 간단한 인사도 주고받지 않는다. 그게 오히려 나한텐 잘 맞는다. 안전을 위해서 나를 알아보거나 내 위치를 아는 사람은 최대한 없어야 한다.

나는 돈을 빌렸다. 큰 금액은 아니었지만 상환 일자를 맞추지 못했고, 이자가 붙으면서 빚은 눈덩이처럼 불어나 결국 도저히 갚을 수 없는 금액이 되었다. 돈을 빌려준 사람은 평판이 좋지 않았다. 나는 어찌해야 할지 몰라 두려움에 휩싸인 채 아무도 알아볼 수 없는 맨체스터의 다른 지역으로 도망쳤다.

그 이메일을 받고 나서 어떻게 해야 할지 고민했다. 처음에는 내게 돈을 빌려준 남자가 나를 찾아낸 것으로 생각했다. 노트북이 없는 나는 주로 인터넷 카페를 이용했는데, 그날은 셋방을 구하기 위해 부동산 매물을 확인하던 참이었다. 웹사이트에 로그인하고 점심거리로 만든 샌드위치를 한 입 베어 물던 순간, 그 메일을 보았다. 공용 노트북이니만큼, 실수일 거라고 생각했다. 하지만 아니었다. 분명 내게 온 것이었다.

이성적으로 생각하면, 그 이메일이 나와 관련이 있을 리 없었다. 누군가 잘못 보낸 것일 수도 있었다. 나는 빚 때문에 지난 삼 년 동안 내 과거를 아는 사람들과 만나지도 않았고, 소식을 나누지도 않았으니까. 하지만 돈이 너무 필요했던지라 경계심을 풀고 말았다. 그래서 지금, 일면식도 없던 사람의 무덤을 향해 거친 땅뙈기 위를 조심스럽게 걸어가고 있다.

내 머릿속에서 아주 작은 목소리가 들렸다. '이건 좋은 생각이 아니야.'

그러면서도 무덤 주위에 모여 있는 조문객들 쪽으로 다

가갔다. 낯선 사람들과 잡담을 나누는 데 영 소질이 없어 공포가 밀려왔다. 비싼 옷을 걸친 사람들과 주차장에 있는 화려한 자동차들을 보건대, 나는 그들과 어울리지 않는다. 하지만 일주일 내내 오늘만을 기다리며 준비해 왔는데, 이제 와서 물러나는 것은 어리석어 보였다.

장례식에 참석하기로 결심한 후 없는 돈을 털어 중고품 가게에서 드레스와 재킷, 구두를 샀다. 드레스는 브랜드 제품이었고, 몸에도 잘 맞았다. 재킷은 소매가 길었고, 주머니에 작은 얼룩도 있었지만, 드레스와 그럭저럭 잘 어울렸다.

생각보다 괜찮은 차림새였지만 신발이 너무 컸다. 휴지를 쑤셔 넣어 어떻게든 맞춰 보았지만, 발가락이 아팠다. 다른 구두를 고르는 게 맞지만, 오랜만에 검은색 스틸레토 힐을 신고 싶어 외면할 수 없었다. 원하는 구두를 신고서 의기양양하게 돌아다니다 보니 오래전, 행복했던 시절이 떠올랐다. 그것도 잠시 다른 조문객들 사이에 긴 지 몇 분도 채 지나지 않아 나무뿌리에 걸려 그대로 넘어졌다. 구두를 길들일만한 시간이 없었다. 앞으로 꼬꾸라져 땅에 처박혔다.

불안은 사람을 서툴게 만든다. 낸시 이모는 내게 어설프게 행동한다고 말했다. 그것은 비난이 아니라, '그게 너야'라는 식의 애정 어린 말이었다. 깊은 밤, 혼자 있을 때면 나는 이모를 떠올리며 눈물을 흘렸다. 가족 중 나에게 시간을 내

준 사람은 그녀뿐이었다. 낸시 이모를 떠올리면 그녀가 자주 쓰던 제비꽃 향수가 코끝에 아른거렸다.

나무뿌리에 걸려 넘어질 때 가장 크게 다친 곳은 무릎이었다. 스타킹은 찢어지고 살갗이 심하게 벗겨졌다. 하필 이런 순간에 다치다니. 긴장감과 충격으로 온몸이 떨렸다. 자신감이 쪼그라들고 평소보다 더 말이 나오지 않았다. 창피를 당한다면, 그게 구두 때문일 거라고 짐작하고 있었다. 스틸레토 힐은 내게 너무 과한 사치였다.

몸을 일으키며 나를 본 사람이 있는지 주위를 살폈다. 다행히 조문객들은 무덤가에 서서 설교에 집중하느라 나를 보지 못한 것 같았다. 여기에 온 보람이 있길 바라며 절뚝이며 걸어갔다.

설상가상으로 장례식에 늦기까지 했다. 달리 어쩔 도리가 없었다. 장례식장은 내가 사는 곳에서 아주 멀고, 대중교통으로 몇 시간이나 걸렸다. 버스가 제시간에 도착하리라고 기대한 게 애초에 무리였다. 체셔의 시골 풍경이 창밖으로 지나가는 걸 보면서 장례식장에 제때 도착하지 못하겠다고 생각했지만, 버스에 오른 이상 되돌아갈 순 없었다.

모르는 사람들이 무덤가에 모여 있었다. 어색한 상황이 될 것 같다는 예감이 들었다. 웃음거리가 되는 일이 벌어지지 않기를 바랄 뿐이었다.

무덤가에 옹기종기 모여 있는 소수의 사람들 뒤쪽으로 자리를 잡았다. 그들을 방해하고 싶지 않았다. 이메일에는 내가 고인의 친구라고 적혀 있었다. 하지만 주위를 둘러보니, 뭔가 착오가 있었던 게 분명했다. 여기 모인 사람 중에 내가 아는 사람은 단 한 명도 없었다. 만약 나와 고인이 친구였다면, 적어도 알아볼 사람이 한 명쯤은 있었을 것이다.

이 사람들은 서로를 잘 알고 있다. 고개를 끄덕이는 모습만 봐도 알 수 있다. 그들은 부유해 보였다. 옷차림만 봐도 돈 냄새가 났다. 나는 이런 것과 거리가 멀어도 한참 먼 삶을 살아왔다. 내게는 옷장이라 부를 만한 가구도 없고, 몇 안 되는 지인들은 나만큼이나 빈털터리 신세다.

사람들은 설교의 마지막 부분을 듣기 위해 한 걸음 다가섰다. 내 바로 뒤에 있는 한 여자가 못마땅하다는 듯 혀를 찼다. 그러고는 옆에 서 있는 여자에게 내가 누군지 물었다.

"뭔가 얻어갈 게 있나 싶어서 온 여자겠지, 이사벨. 저 옷차림 좀 봐." 여자가 대답했다.

나는 돌아서서 왜 그렇게 무례하게 구는지 묻고 싶었다. 하지만 내 눈은 피가 흐르는 무릎에 고정되어 있었다. 그녀 역시 피가 흐르는 걸 보았지만, 거들먹거리는 태도만 보일 뿐 도와줄 생각은 없어 보였다. 도움의 손길을 내민 것은 짙은 정장을 입은 키 크고 잘생긴 남자였다. 그는 미소를 지으며 티슈를 건넸다. 나는 감사의 표시로 작게 고개를 끄덕였다. 지금 이 순간 그는 반가운 지원군이었다.

"신경 쓰지 마세요. 저들은 다과회에서 먹을 음식과 험담 때문에 여기 있는 거예요." 그는 무덤을 가리키듯 고개를 움직였다. "많이 힘드시겠네요. 그녀와는 친구 사이였나요?"

친구? 나는 고인이 누군지 모른다. 그래서 아무 대답도 하지 않았다. 불안한 상황이었지만 적어도 고인이 여자라는 사실은 알게 되었다. 하지만 그게 전부였다. 이름이라도 알면 도움이 될 텐데.

"저 여자, 뭔가를 내놓으라고 요구할 거야, 두고 봐." 뒤에서 다시 독설이 날아왔다. "길고양이만큼이나 천박한 옷 좀 봐, 매너도 딱 그 정도겠지."

나는 고개를 돌려 그녀를 자세히 쳐다보았다. 처음 보는 여자였다. 삼십 대쯤으로 보이고 키가 컸으며, 짙은 밤색의 어깨까지 오는 머리카락은 우아해 보였다. 햇볕에 그을린 피부는 휴양지에서 보낸 즐거운 시간을 보여 주는 듯했다. 왜 이렇게까지 나를 싫어하는지 도무지 알 수 없었다. 그녀가 말한 것과 다르게 나는 아무것도 원하지 않았다. 내가 뭘 찾고 있는지, 관 안에 누가 누워 있는지조차 몰랐다.

"조용히 해, 이사벨." 정장 입은 남자가 꾸짖듯 말했다.

"이 젊은 여자분도 애도하는 중이잖아."

모르는 소리. 하지만 지금은 진실을 숨기는 게 더 나아 보였다. 휴대폰으로 이메일을 다시 확인해 보았다. 이렇게 말도 안 되는 상황이라니, 장례식을 잘못 찾아온 것 같았다. 하지만 그렇지 않았다. 이메일에는 시간도, 장소도 정확히 적혀 있었다. 장례 후에는 가족들과 함께 다과회에 참석하라는 안내도 있었다. 이게 다 무슨 일인지 전혀 알 수 없었다. 그냥 이곳을 벗어나 버스를 타고 집으로 돌아가 다시는 이 일에 대해 생각조차 하고 싶지 않았다.

그때는 몰랐다. 며칠 만에 정말 그래야 했다고 뼈저리게 후회하게 될 줄은.

다시 한번 혀 차는 소리가 들리더니 이사벨이라는 여자는 내 어깨를 밀치며 정장 입은 남자의 팔을 거칠게 낚아챘다. 그와 내가 짧은 시간 동안 쌓은 친밀감이 못마땅했던 게 분명했다. 나는 조용히 치러야 할 가족 행사에서 소란을 일으킨 사람이 되었고, 조문객 중 한 명은 알 수 없는 이유로 내게 적의를 드러냈다. 다른 사람들도 같은 감정인지 모르겠다. 여기 이렇게 서 있으니 죽은 사람이 가엾게 여겨졌다. 이런 사람들과 함께 살아온 그녀는 분명 행복하지 않았을 것이다.

나는 남자에게 감사의 미소를 짓고 앞으로 다가섰다. 섬

뜩한 본능이라고 할 수 있겠으나 궁금했다. 내가 가 본 유일한 장례식은 노숙하던 친구, 토미의 장례식이었다. 친구를 돕고 싶었지만 그러지 못했다. 나 역시 소파를 전전하며 친구의 집에 얹혀사는 신세였다. 그는 몹시 춥던 날 축축한 현관문 앞에서 홀로 죽었다. 정말 슬픈 일이었고, 이 일은 오랫동안 내게 영향을 미쳤다. 요즘 같은 시대에 누구도 그렇게 죽게 내버려두어서는 안 된다.

토미의 시신은 화장했다. 절차도 없고, 조문객도 없는 쓸쓸한 장례식이었다. 오늘 여기 모인 사람들은 완전히 다른 세상에 살고 있다. 저 고인의 친구와 가족들은 무덤에 놓을 꽃을 살 수 있고, 다과회도 열 여유가 있다. 토미를 알고 지냈던 사람 모두를 합쳐도, 그를 위해 이런 장례식을 치러 줄 수 있는 사람은 아무도 없었다.

매장은 화장과 달랐다. 관이 구덩이로 천천히 내려가는 모습을 보는 것은 생각보다 훨씬 더 끔찍했다. 옆에 쌓인 흙더미를 보자 몸이 움츠러들었다. 곧 흙이 모든 것을 덮고, 관과 시신은 벌레와 온갖 기어다니는 것들의 차지가 될 것이다. 이 모든 일의 마지막을 상상하니 등골이 서늘해졌다.

목사의 설교가 끝나자 사람들은 하나둘 자리를 떴다. 다과회는 무슨. 어차피 내가 사라진 걸 눈치채는 사람은 없을 것이다. 나는 저들과 같은 부류가 아니다. 하지만 고인의 이름만큼은 알아야겠다. 누군가 묻는다면 대답해야 하고, 나 또한 그녀가 누구인지 궁금했다. 나는 마지막으로 무덤 가까이 다가가 관이 땅속으로 영원히 묻히는 모습을 지켜보았다.

그것은 큰 실수였다.

오늘 내가 이곳에 초대된 것은 우연이 아니다. 이 장례식의 주인공은 바로 나다. 새하얀 관 위, 황금색 명패에 큰 글씨로 글자가 새겨져 있다. '앨리스 앤더슨'

바로 나다.

제2장

"얼굴이 창백한데, 괜찮으세요?"

'괜찮다'라는 말은 지금 느끼는 감정과 거리가 한참 멀었다. 나는 방금 인생에서 가장 큰 충격을 받았다. 내 장례식을 지켜보았으니까. 누가 이런 일을 벌였을지 떠올리다 보니, 별의별 생각이 들었다. 내게 돈을 빌려준 남자가 제일 먼저 떠올랐다. 하지만 그것은 그가 나의 새 이름을 알았을 때만 가능하다. 그럴 가능성이 얼마나 될까? 나는 조심히 살아왔고, 과거의 삶과 이어질 만한 연결 고리는 모두 끊어 냈다.

남자의 목소리에 정신이 들었다. 들어본 적 있는 중후하고 매력적인 목소리. 장례식에서 만난 정장 입은 남자다.

고개를 돌려 그를 보았다. 누군가를 붙잡고 말을 걸고 싶었다. 방금 벌어진 일이 무엇인지, 이 상황이 말이 되는지 묻고 싶었다. 그러나 본능적인 직감이 입을 다물라고 다그쳤다. 왜 그래야 하는지는 알 수 없었다. 그래도 지금 내가 미치지 않았다는 사실이 그 어느 때보다 필요하다.

어쩌면 그가 도움을 줄 수 있지 않을까. 그에게 말을 걸고 싶다. 그는 누군가의 문제를 외면하지 않고, 어떻게든 해결하려는 친절한 사람처럼 보였다. 어쩌면 나를 이곳으로 부른 사람의 정체나 고인의 이름이 내 이름과 같은 이유를 알아내는 데 도움을 줄 지도 모른다. 관 위에 새겨진 이름을 보는 순간, 나는 완전히 흔들렸다. 숨이 막힐 만큼 겁이 났다. 원래 쉽게 겁먹는 사람이 아닌데도 말이다.

"다과회는 앨리스가 살던 집에서 열립니다. 원하시면 제 차로 태워다 드릴게요."

그의 얼굴에 웃음이 번졌다. 큰 키에 넓은 어깨, 여자를 쉽게 유혹할 수 있는 외모였다. 결혼은 했을까? 말도 안 되는 생각이다. 정신 차려! 이런 생각이나 하다니 당황스럽다. 나는 오래전에 연애를 하지 않기로 마음먹었다. 지금은 해결해야 할 중요한 문제가 있기도 하고.

"그래 주시면 정말 고맙겠습니다. 주소를 몰라서요."

멍청한 소리. 장례식에 참석할 만큼 가까운 사이라면 주소를 모를 리가 없지 않은가. 나는 그의 시선을 피했다. 내가 누구인지, 고인과 어떤 관계였는지 질문을 쏟아내겠지? 다행히 내 예상은 빗나갔다.

"아까 이사벨과 그녀의 친구가 했던 말 때문에 불편하셨죠. 미안합니다. 이사벨은 입이 거친 데다 가끔 선을 넘을 때가 있어요." 그는 아까 있었던 일을 사과하며 위로를 건넸다. 나는 괜찮다는 뜻으로 고개를 끄덕였다.

"맥스 마스덴입니다. 앨리스가 사망하기 전까지 그녀의 고용주였어요. 오늘 이 조촐한 장례는 제가 준비했습니다. 앨리스에겐 의지할 사람이 없거든요. 적어도 우리가 알기에는요. 그녀는 지난 이 년 동안 제 사무 보조원으로 일했고, 가끔 제 비서 역할도 했어요. 그러니 이 정도는 해야 한다고 생각합니다."

"정말 자상하시네요."

그녀가 알고 지낸 사람이 없다는 점은 흥미로웠지만, 지금 가장 궁금한 것은 그게 아니었다. 중요한 것은 그녀가 왜 내 이름을 사용했는지, 어떻게 나를 알았는지다.

"우리 집으로 가겠어요? 앨리스는 우리와 함께 살았으니, 거긴 앨리스의 집이기도 합니다. 회사에서 제공한 일종의 혜택이죠."

운 좋은 앨리스. 나도 그런 직장을 구할 수 있다면 좋으련만.

"조촐한 송별회를 계획하고 음식도 준비했습니다. 솔직히 장례 일정이 끝나면 독한 술을 한잔 마시고 싶네요."

나 역시 그랬다.

"앨리스는 당신의 친구였나요, 아니면 친척인가요?"

드디어 대답하기 곤란한 질문이 나왔다. 하지만 그를 탓할 수는 없다. 난데없이 장례식에 어울리지 않는 차림으로 나타나 고인을 안다고 말한 것은 나였다. 그가 알기로 앨리스에게는 친구도, 가족도 없었으니 당연히 의구심을 가질 수밖에.

"친구였어요." 이 한마디가 충분한 대답이 되길 바랐다. 더는 질문을 받을 기분이 아닌 데다가 답을 해 줄 수 있는 상황이 아니었다.

"앨리스는 자신의 이야기는 거의 하지 않았습니다. 찾아오는 사람도 없었고요. 친구들이나 가족에게 연락도 하고, 집으로 초대하라고 권한 적도 있었지만 그러지 않았어요. 그녀가 이 세상에 아무도 없는 줄만 알았는데, 이렇게 찾아와 주시다니. 저희가 틀렸네요."

나는 어깨를 으쓱하며 변명거리를 생각했다. "연락이 끊겼어요. 한동안 보지 못했죠. 제가 먼저 전화해야 했는데…… 어느 순간 제 삶에서 사라졌어요."

그가 고개를 끄덕였다. 내 말을 받아들인 것 같았다.

"이름이 어떻게 되나요?"

피할 수 없는 질문.

"도나 슬레이드예요."

나는 옅게 웃었다. 거짓말이다. 하지만 방금 땅에 묻힌 여자가 내 이름을 훔쳐 썼다고 말할 수는 없지 않은가. 그러니 새 이름을 훔칠 수밖에. 정확히 말하면 이름을 훔친 것은 맞지만 죽은 여자와는 무관하다.

나는 지난 삼 년 동안 도나라는 이름으로 살아왔다. 새 삶을 얻기 위해서는 새 이름이 필요했다. 진짜 도나 슬레이드는 이 사실에 신경조차 쓰지 않을 것이다. 소셜미디어에서 도나 슬레이드란 사람의 사망 소식을 본 이후로 이 이름을 써 왔다. 왜 도나라는 이름을 골랐을까. 그냥 마음에 들었고, 무엇보다 아무도 찾지 않을 이름 같았다. 그렇게 '앨리스 앤더슨'은 '도나 슬레이드'가 되었다.

"혹시 제 이야기를 한 적은 없나요?"

그랬을 리 없다는 걸 잘 알지만, 그럴싸하게 들리는 말을 해야 했다.

"이름을 들었을 수도 있겠지만, 솔직히 기억나진 않네요. 장례식은 우리가 지역 신문과 맨체스터 신문에 낸 부고를 보고 알게 된 거죠?"

"앨리스는 어떻게 죽었나요?" 나는 잠시 대답을 미루고 질문을 이어 갔다.

"사고였습니다. 비극적이지만 피할 수 있는 사고였죠. 모든 사고가 그런 거 아니겠어요?"

사고인지 타살인지 알 수 없는 모호한 대답이었다. 좀 더 많은 것을 알고 싶었다. 기회가 되면 나중에 다시 물어볼 수도 있겠지만, 한 가지는 분명해졌다. 그는 이메일에 대해 아무것도 모르고 있다. 그렇다면 보낸 사람은 그가 아니다. 그 사실에 묘한 안도감이 들었다. 논리적으로 따지면 그가 보냈다 해도 이상할 게 없다. 남자의 외모 때문에 판단이 흐려질 거라면, 진실을 파헤칠 수나 있을까.

맥스 마스덴은 주차장으로 나를 안내하며 세련된 스포츠카를 가리켰다.

"아내한테 가봐야겠어요. 분명 누군가 붙잡고 수다를 떨고 있을 겁니다. 제가 떼어 놓지 않으면 오후 내내 여기서 못 벗어날 거예요." 그가 농담하듯 말했다. "먼저 타세요. 그 동안 아내를 데리고 올게요."

아내라니, 아쉬웠다. 혼자 품고 있던 부적절한 생각들을 억눌렀다. 물론 아내가 있겠지. 이렇게나 매력적인 남자인데, 누군가 먼저 낚아채지 않았다면 그게 더 이상한 일이다.

그가 뒷좌석 문을 열어 주자 엉거주춤 차에 올라탔다. 비싼 가죽과 향수 냄새가 코를 찔렀다. 이런 고급 차를 타 보는 것은 처음이었다. 돈 냄새가 물씬 풍겼다. 사실 이 동네 전체가 그랬다. 버스 창밖으로 보였던 작은 마을의 아기자기한 집과 주택들은 마치 크리스마스카드에 그려진 한 폭의 고풍스러운 그림 같았다. 내가 지금 있는 곳은 체셔에서도, 맨체스터 시내와도 아주 멀리 떨어진 깊숙한 부촌이었다. 딱히 물욕도 없고, 가난한 형편을 탓하지 않는 편이기도 했지만, 이곳에서 살 수 있다면 무엇이든 하고 싶어질 정도로 멋지고 예쁜 마을이었다.

오 분 정도 지나자 맥스 마스덴은 아내와 함께 돌아왔다. 그녀는 그의 팔을 단단히 붙들고 있었는데, 어찌나 세게 잡고 있는지 그의 팔이 뜯어지는 것은 아닐까 걱정될 정도였다.

그는 아내가 차에 오르는 것을 도와줄 뿐 소개는 하지 않았다.

"난 맥스의 아내, 타라예요."

아담하고 귀여운 여자였다. 그녀는 옆에 앉은 나를 초라하게 만들었다. 남편만큼이나 외모가 화려했는데 본인도 그 사실을 잘 알고 있는 듯했다. 타라는 내가 안중에도 없다는 듯 태연하게 핸드백에서 작은 거울을 꺼내고는 거울에 비친 자기 모습을 보며, 완벽하게 손질된 손톱으로 턱까지 오는 금발 머리를 매만졌다.

나는 그녀의 목소리 톤과 몸짓을 분석해 보았다(내가 무슨 분석 전문가인 것은 아니지만). 그녀는 친절한 타입일까, 아니면 질투심이 많은 타입일까? 음, 그녀가 나를 질투한다는 것은 말도 안 된다.

"그리고 그쪽은?" 거울에 얼굴을 고정한 채 그녀가 물었다. 가장 긴장되는 순간이 다가왔다.

나는 움찔하며 손가락으로 깍지를 꼈다. 부디 그녀가 내 말을 믿어 주길. "도나 슬레이드예요."

"네, 도나 슬레이드. 우리 앨리스를 어떻게 알았죠?"

그녀는 거울을 집어넣고, 제대로 나를 바라보았다.

"아주 잘 알지는 못했어요. 다만 예전에 제게 큰 도움을 준 적이 있어서요. 오늘 이 자리에 오는 게 맞다고 생각했어요."

내가 무슨 말을 한 거지? 생각 없이 말이 나왔다. 이렇게 말하면 내가 대답할 수 없는 질문들이 더 많이 나올 텐데. 미용실에서 만났다거나 가게에서 쇼핑하다 만났다거나 그런 이야기를 할 수 있었지만 그러지 않았다. 굳이 '도움'이라는 말을 꺼내고야 말았다.

"앨리스답네요. 안 그래, 맥스?" 그녀는 맥스의 어깨를 두드렸다. "한나가 전화했는데 출장 요리사들이 제시간에 도착해서 모든 준비를 마쳤대. 일을 제대로 하면 우리 기념일에도 불러야겠어."

불안감이 다시 몰려왔다. '출장 요리사들'을 불렀다는 것은 다과회에 꽤 많은 사람이 온다는 뜻이다. 무덤가에서는 조문객이 몇 명 없었는데. 장례식이 끝난 뒤 곧장 자리를 떠야 했는데. 다과회는 사정이 있다며 빠져나와야 했는데. 함정일지도 모른다. 누군가가 나를 이곳에 초대했고, 그 사람은 나를 '도나'로 알고 있다. 그렇다면 그 사람은 분명 내가 아는 사람이어야 한다. 등골을 따라 서늘한 기운이 스쳤다. 순간 몸이 굳어 버렸다. 결국 과거가 나를 찾아낸 걸까. 내가 바꾼 이름까지 알아낸 걸까. 설마 그 사람이 마스덴 부부를 아는 것은 아니겠지?

타라는 금발 머리카락을 쓸어 올리며 나를 위아래로 훑어보았다.

"그쪽, 이 동네 사람은 아니죠? 딱 보니 알겠어요."

반사적으로 등이 굳었다. 무례하게 구는 데 거리낌없는 사람. 내 옷이 새것도 아니고 스타일이 아주 훌륭하지도 않지만, 굳이 그런 말을 할 필요가 있을까. 속이 거북해졌다. 여긴 체셔에서도 손꼽히는 부촌이다. 솔직히 나 같은 사람이 올 만한 곳이 아니다. 내 옷이 중고품 가게에서 산 거라는 사실도, 몸에 잘 맞지 않는다는 사실도, 내 억센 '맨체스터 억양'도 숨길 수는 없다.

"롱사이트에서 왔어요."

"시내 근처죠?"

고개를 끄덕였다. 그녀가 어떻게 받아들일지 궁금해졌다. 표정을 보니 별다른 생각을 하는 것처럼 보이지는 않았다. 또 비꼬는 말을 하겠거니 예상했지만, 뜻밖에도 그녀는 태도를 싹 바꾸더니 호감 있는 미소를 지어 보였다.

"푸릇푸릇한 체셔와는 많이 다르겠군요. 오늘 하루라도 도시를 벗어난 걸 즐기다 가세요."

"제발 좀, 타라! 장례식이잖아. 소풍 나온 게 아니라고. 이런 자리에서 뭘 즐기라는 거야?"

맥스가 그녀에게 쏘아붙였다. 타라의 표정이 딱딱하게 굳고, 크고 파란 두 눈이 가늘어지며 매서워졌다.

"소리 지를 필요까진 없잖아, 맥스. 별다른 뜻이 있어서 한 말이 아니라고. 그냥…… 속상해서 그래. 그뿐이야. 난 특히 매장하는 걸 보는 게 너무 힘들어."

나도 마찬가지였지만, 말은 하지 않았다.

"그래, 당신 속상한 거 알아. 우리 모두 그래. 신경질 부린 거 맘에 담아 두지 마. 난 아직도 앨리스가 없는 삶을 상상하기 힘들어." 맥스가 말했다.

그녀는 그의 어깨를 가볍게 두드렸다. "알아, 나도 그녀가 무척 그리울 거야."

그들이 말하는 '앨리스'가 누구였든, 그들에게는 중요한 사람이었던 게 분명했다. 그리고 내게도. 문제가 있다면……
그녀가 누구였는지, 왜 내 이름을 쓰고 있었는지 전혀 모른
다는 것이다.

"잠깐 쉬는 게 어때? 따뜻한 곳으로 여행이라도 가자. 앨
리스도 당신이 너무 무리한다고 했어. 일이 전부가 돼 버렸
다고."

타라가 부드럽게 말했다. 그녀는 도움이 되려고 애쓰는
중이었다. 하지만 맥스는 조언을 들을 기분이 아닌 것 같았
다. 백미러로 그의 짜증 난 얼굴이 보였다.

"이래라저래라 하지 좀 마, 타라. 당신이 말하는 휴식 같
은 건 지금 불가능해. 몇 주 뒤라면 몰라도."

"난 그냥 당신 생각해서 그러는 거야. 며칠 자리를 비운
다고 회사가 망하진 않아."

"회사 사정이 어떤지, 내가 자리를 비울 수 있는지는 당
신이 정할 일이 아니야." 그의 목소리가 날카로워졌다. "진
짜 도움이 되고 싶다면, 제발 나 좀 그만 괴롭혀."

"알겠어, 당신이 다 알아서 하겠지." 타라가 콧방귀를 뀌
듯 말했다. "앨리스가 없으니 당분간 많이 힘들 거야. 대체
인력을 구하는 데도 시간이 걸릴 테고."

"대체? 타라, 전구 갈 듯이 말하지 마. 앨리스는 내 오른
팔이었고, 나만큼이나 사업에 대해 잘 알았어."

타라는 고개를 돌려 나를 바라보았다.

"이 사람은 워커홀릭이에요. 쉬질 않아요. 난 계속 경고했어요. 그러다간 큰일 난다고. 하지만 내 말을 귓등으로도 안 들어요."

그녀가 낮게 속삭였지만 맥스는 그 소리를 들었다. "아내 말을 들었으면 사업은 벌써 망했을 겁니다." 백미러에 비친 내 눈과 시선이 마주치자, 그는 미소 지어 보였다.

"난 당신이 걱정돼서 그래, 맥스. 속상하게 하려는 게 아니라, 그냥 돕고 싶은 거야."

"알아, 자기야." 그가 한숨을 내쉬며 말했다. "내가 가끔 고약하게 굴 때가 있지. 미안해. 우리 원래 이런 사람들 아니에요, 도나. 앨리스의 죽음이 우리에게 너무 큰 충격이라서 그래요. 특히 오늘은 감정이 북받치네요."

타라가 내 손을 가볍게 두드리고는 내 얼굴을 정면으로 바라보며 입 모양으로 '미안해요'라고 말했다. 그러고는 화제를 내게로 돌렸다.

"도나, 지금 만나는 사람 있어요?"

나는 고개를 저었다. 오랫동안 내 삶엔 아무도 없었고, 앞으로도 그럴 것이다. 그렇다고 그걸 타라에게 말하고 싶진 않았다. 처량하게 들릴 테니까.

"걱정 마요. 당신은 젊고 정말 매력적이에요. 곧 좋은 사람이 나타날 거예요."

나는 내가 매력적인 사람이라고 생각하지 않는다. 이상하게 뻗쳐 흐트러진 길고 붉은 머리카락. 어린 시절에는 머리 때문에 놀림을 받아 늘 우울했다. 미용실에 간 지 오래되어 허리까지 치렁치렁 늘어진 머리는 하나로 묶고 다닌 지 오래다. 화장품도 없고, 값비싼 피부 관리용 제품도 없다. 그리고 깡말랐다.

"연애할 생각 없어요." 나는 그녀를 보며 단호하게 말했다.

그러자 타라는 가늘고 날카로운 웃음을 터뜨렸다. 웃음소리는 마치 정원에 달린 풍경 소리 같았다.

"모든 여자는 인생에 남자가 필요해요, 그렇게 만들어졌어요. 내 말 들어요, 도나. 남자를 당신 인생에서 쉽게 밀어내지 말아요." 그녀가 확신에 차서 말했다.

"그만해, 타라." 맥스가 말을 잘랐다. "오늘은 연애 이야기를 할 만한 날이 아니야." 그가 백미러에 비친 내 모습을 보며 윙크했다.

"그냥 대화하는 거야, 맥스."

그녀에게 말할 생각은 없지만, 사실 나는 남자가 필요하지도 않고, 내 모습이 어떤지도 관심 없다. 그냥 배고프지 않고, 따뜻하게 지내기만 하면 그만이었다. 물론 꿈이 없는 것은 아니다. 이루어질 수 없다는 건 알지만, 그래도 꿈은 있다. 사랑하는 남편, 우리만의 집, 그리고 아이들. 순간 목이 꽉 막혔다. 남편이라면 몰라도, 아이? 나는 아이를 원할 자격이 없다.

나는 티슈로 무릎을 톡톡 두드려 닦았다. 무릎에서는 여전히 피가 나고 있었다. 비싼 가죽 시트에 피가 묻는다면 정말 최악일 것이다.

"조금만 더 가면 집이에요. 집에 도착하면 치료해 줄게요. 곪으면 안 되니까요." 타라가 내 무릎을 보며 말했다.

다리에 난 상처는 더 이상 신경 쓰이지 않았다. 중요한 것은 다과회였다. 낯선 사람들과 섞여야 한다는 생각만으로도 숨이 막혔다. 이런 모임에 참석한 지 너무 오래돼서 사람들과 대화하는 방법조차 잊어버렸다. 질문을 하는 것은 쉽지만, 낯선 사람들이 가득한 방에서 어떻게 답을 얻을 수 있단 말인가?

나는 괜히 없는 문제를 만들어 내고 있는지도 모른다. 정신 차려. 여기 온 이유를 생각해. 고인에 대해 알아낼 수 있는 것은 알아내고, 최대한 빨리 빠져나가자.

타라의 표정을 유심히 살피며 내가 위험에 처했다는 어떤 징후라도 있는지 알아내려 했다. 왜 그런 생각이 머릿속에서 떠올랐는지는 모르지만, 분명 그런 생각이 들었다. 그 이메일…… 그리고 관 위에 적힌 이름은 우연이 아니었다.

이건 계획된 일이었다. 그렇다면 내가 위험에 처한 걸까? 어쩌면 이 상황을 설명해 줄 아주 단순한 게 있을지도 모른다. 하지만 지금은 그게 무엇인지 전혀 감을 잡지 못했다.

왜 앨리스는 내 이름을 썼을까? 그녀는 분명 나를 알고 있었을 것이다. 그게 아니라면 말이 되질 않는다. 혹시 과거의 나와 밀접하게 연결돼 있었던 것은 아닐까? 여기까지 생각이 미치니 두려워졌다. 지난 몇 년간 나는 그 누구와도 연락하지 않았다. 심지어 가족이나 친한 친구들조차도. 타라가 이 일을 벌인 장본인이 아닐까, 아니면 맥스가 그런 건아닐까 의심이 들었다. 바보 같은 생각이다. 이들이 무엇 때문에 그러겠는가? 내가 여기 있는 게 그들에게 무슨 이득이라고.

타라의 태도 어디에서도 거짓은 느껴지지 않았다. 그녀는 외모와 돈에 집착했다. 안 그럴 이유가 있을까? 그녀는 아름다웠고, 그 사실을 매우 잘 알고 있었다. 반면 나는 평범하고 수수했다. 타라는 키가 크고 늘씬해서 슈퍼모델 같았다. 입고 있는 옷은 모두 유명 디자이너의 브랜드였다. 시내 고급 상점에서 비슷한 상품을 넋 놓고 바라본 적이 있어 잘 알고 있다. 그녀가 걸친 것은 내가 중고품 가게에서 산 드레스와 싸구려 신발과는 전혀 달랐다.

타라가 나를 보며 물었다. "시간 괜찮아요? 꽤 멀리까지 왔는데, 돌아가기 전에 뭐라도 좀 먹어야죠."

고개를 끄덕이곤 휴대폰을 확인했다. 나의 유일한 친구, 엘라가 보낸 메시지가 와 있었다. 그녀는 장례식이 잘 끝났는지, 언제쯤 돌아오는지 물었다. 나는 엘라를 아주 잘 안다. 그녀가 원하는 것은 술집에 가서 밤새 고주망태처럼 취하는 거다. 하지만 절대 사양이다. 나는 지금도 간신히 생계를 이어 가고 있다. 월세를 감당하지 못해 하나 남은 단칸방에서 쫓겨날 처지였을 때 엘라는 기꺼이 나를 도와줬다. 그녀 역시 나만큼이나 허름한 방에서 살고 있었지만, 소파를 내주었다. 그 은혜를 갚고 싶지만 오늘은 아니다. 지금 맞닥뜨린 이 일을 먼저 완수해야 한다.

다과회에 가는 수밖에 없다. 진심으로 바라건대 아무 탈 없이, 아무도 날 알아보지 못한 채로 지나갈 수 있기를. 나는 '투명 인간'이 되는 기술을 완벽하게 익히기 위해 노력했다. 그야말로 누구의 눈에도 띄지 않은 채 완벽히 섞여 드는……. 앞으로 몇 시간 동안은 이 기술을 요긴하게 써야 한다. 다른 상황은 상상조차 할 수 없다. 내가 알던 사람이 거기 서서 한없이 기다려 온 복수를 하는 모습은 상상만 해도 몸서리가 쳐진다.

 제3장

맥스와 타라가 꽤 호화롭게 살 거라고 예상했지만, 이 정도일 줄은 몰랐다. 차가 긴 진입로로 들어서는 동안 입을 떡하니 벌린 채 넋을 놓고 눈앞의 광경을 바라보았다. 그들은 프레스트베리 마을 외곽, 볼린강이 한눈에 들어오는 거대한 저택에 살고 있었다. 유명 축구 선수나 연예인들이 사는 부유한 곳이다.

저택 앞에 서면 우리가 달려온 좁은 시골길과 끝없이 이어진 넓은 들판을 볼 수 있었다. 도시의 때 묻은 흔적은 어디에도 찾을 수 없었다. 경치로 보자면 앞마당도 마찬가지였다. 진입로를 따라 색색의 장미와 만개한 수국이 줄지어 피었고, 정갈하게 관리된 관목들이 줄지어 있었다. 손길이 닿지 않은 곳이 없어 보였다.

집 안도 고풍스러웠다. 그러지 않으려고 노력했지만, 복도를 따라 걸으며 양쪽으로 늘어선 방문들을 힐끔힐끔 보았다. 화려한 소품과 값비싼 가구들. 말 그대로 꿈의 공간이었다. 타라가 출장 요리사들과 이야기를 나누는 바람에 우리는 주방 앞에서 걸음을 멈추었다. 주방에는 세상에 존재하는 가전제품이 모두 갖춰져 있는 듯했다. 그중에서 거대한 요리용 레인지가 눈에 들어왔다. 엘라의 단칸방에서 사용하는 한 구짜리 가스레인지와는 차원이 달랐다. 순간 질투가 났다. 맥스는 손님들을 맞이하러 다른 곳으로 갔다.

"다과는 다이닝룸에 차렸어요." 출장 요리사들과 이야기를 마친 타라가 복도 끝에 있는 방을 가리키며 말했다. "곧 다른 사람들도 올 거예요. 그전에 당신 다리부터 치료해야겠네요."

그녀는 넓은 응접실로 안내했다. 응접실은 정말 근사했다. 이 거대한 저택에 있는 것 중 가장 값비싼 가구들로 꾸몄다고 해도 과언이 아니었다. 거실 한가운데에는 부드럽고 푹신한 쿠션들로 뒤덮인, 커다랗고 붉은 벨벳 소파가 자리를 잡고 있었다. 아무 생각 없이 몸을 던져 그대로 잠들어버리고 싶게 만드는 소파였다. 살면서 이런 집은 본 적도 초대받은 적도 없었다.

"정말 아름다워요. 여긴 마치 궁전 같아요."

나는 놀라움에 크게 숨을 들이쉬며 말을 꺼낸 뒤, 주위를 둘러보다 거실 뒤편에 정원으로 이어지는 프랑스식 유리문을 향해 걸어갔다. 창밖으로 넓은 잔디밭이 펼쳐져 있었다. 사방을 둘러싼 화단들은 저마다 다른 꽃으로 채워졌지만, 색과 높이가 조화를 이루며 정교한 패턴을 그리고 있었다. 정원사라면 누구나 꿈꿀 법한 공간이었다.

"정원사가 따로 있어요. 저 넓은 공간을 우리 둘이 관리할 수는 없잖아요. 맥스는 바쁘고, 난 손에 흙 묻히는 게 딱 질색이거든요." 타라는 미소를 지으며 내게 거스러미 하나 없이 정돈된 손톱을 보여 주었다. "손톱 관리하는 데 돈이 얼마나 드는데요. 흙을 만지는 건 말도 안 되죠."

손에 흙을 묻히는 일이 그렇게 싫을까. 텃밭을 가꾸고, 그곳에서 자란 채소로 식탁을 차리는 삶은 오히려 나와 잘 맞을지도 모른다.

"맥스는 정말 성공한 사람이네요."

타라는 동의하는 듯 고개를 끄덕이며 미소를 지었다. 하지만 곧 시선을 피하며 문 쪽을 바라보았다. 그녀의 얼굴에 옅은 그림자가 살짝 드리웠다.

"맥스는 내가 자기 일에 대해 말하는 걸 좋아하지 않아요."

그래, 그럴 수 있지. 이쯤에서 맥스와 관련된 대화는 그만두기로 했다. 맥스는 왜 사업에 대해 이야기하는 것을 싫어할까. 대개 성공한 남자들은 자신이 거둔 성취를 화젯거리로 삼는 것을 좋아하는데 말이다.

타라는 고갯짓으로 호화로운 소파를 가리켰다. "앉아요, 금방 돌아올게요. 그 스타킹도 좀 벗고요. 당신도 그런 몰골로 손님들을 만나고 싶진 않겠죠?"

무릎에서 다시 피가 날 수도 있는데 이렇게나 멋진 소파에 앉으라고 하다니. 그녀는 소파가 더러워질 수 있다는 사실에 신경 쓰지 않는 듯했다. 정작 나는 소파를 더럽힐까 봐 전전긍긍하고 있는데 말이다.

"좀 아플 수 있어요. 그래도 상처는 잘 아물 거예요."

약이 묻은 솜뭉치가 무릎에 닿자마자 나도 모르게 얼굴을 찡그렸다. 그녀 말이 맞았다. 무슨 약을 바른 것인지 무릎이 불타는 것 같았다.

"됐어요, 이 정도면 괜찮을 거예요. 이제 가서 다른 사람들과 인사하는 게 좋겠어요. 우리가 어디 있는지 맥스가 궁금해할 거예요."

공포의 순간이 다가왔다. 낯선 사람들과 어울리는 시간. 나는 모르는 사람들과 잘 어울리지 못한다. 그렇다고 타라에게 이런 얘기를 할 수는 없다. 그녀는 이해 못 할 것이다. 그녀는 이런 자리를 능숙하게 이끌 테니까.

우리는 복도 끝에 있는 다이닝룸으로 향했다. 사람들이 대화를 나누는 소리가 들렸다. 간혹 웃음소리도 섞여 흘러

나왔다. 두렵다. 낯선 얼굴들과 쏟아질 질문들, 그리고 깔보는 듯한 시선들. 애초에 어떤 핑계라도 만들어서 여기 오지 말았어야 했는데.

"드디어 독한 술을 한 잔 마실 수 있겠네요." 타라가 내 옆구리를 쿡 찌르며 말했다. "정말 길고 힘든 하루였어요. 배고프죠? 많이 차렸으니까 편하게 가져다 먹어요."

다이닝룸 한가운데에는 음식으로 가득 찬 커다란 테이블이 놓여 있었다. 엘라의 표현을 빌리자면 '집어 먹기 좋은 한 입 거리'들이었지만, 내 눈앞에 있는 것은 우리가 평소에 먹던 한 입 거리보다 훨씬 예쁘고 맛있어 보였다.

말끔하게 차려입은 웨이터가 내게 작은 접시를 건네주며 카나페가 담긴 쟁반을 내밀었다. 짧은 미소로 감사를 표하며 하나를 집어 들었다. 크림치즈를 바르고 그린올리브를 얹은 것인데 너무 작아서 하나 더 집었다. 연어와 처음 보는 토핑이 얹어져 있는 것이었다. 여기는 내가 올 만한 곳이 아니었다. 나와 어울리지 않는 낯설고 어색한 세계다.

"우리 초면이죠?"

등 뒤에서 낮은 목소리가 들렸다. 고개를 돌리자 뒤로 빗어 넘긴 금발 머리에 햇볕에 잘 그을린 피부를 한 거대한 남자가 나를 내려다보고 있었다. 큰 체격에 군더더기 없이 딱 맞게 떨어지는 정장을 입고 있었다. 기성복이 아닌 게 분명했다.

"니코라고 합니다. 당신은요?"

"도나예요." 이름을 말하고 나니 머릿속이 텅 비어 버렸다. 이어 갈 말이 없었다. 어색한 침묵을 견디다 못해 결국 내가 먼저 입을 열었다. "예전에 앨리스를 알고 지냈어요. …… 아주 오래전에요." 마치 죄를 고백하는 것처럼 불쑥 튀어나온 말이었다.

니코가 씩 웃었다. "나도 그녀를 잘 알진 못해요. 앨리스는 이 집의 일부 같았어요. 항상 여기 있었지만, 딱히 눈에 띄진 않았거든요."

"그래도 인기가 많았나 봐요. 사람들이 많이 온 걸 보면요."

"맥스가 여기저기 부탁했을 겁니다. 앨리스를 꽤 아꼈으니까, 제대로 보내 주고 싶었을 거예요."

"그렇다면 성공했네요. 출장 요리사까지 불러서 이렇게 많은 음식과 술을 차리다니. 돈이 꽤 들었겠어요."

믿기지 않는다. 지금 나는 대화 비슷한 걸 하고 있다. 나는 니코를 향해 미소 지었다. 의외로 그는 이야기하기 편한 사람이었다. 덩치는 크지만, 전혀 위압적인 느낌은 없었다.

"맥스는 가끔 돈을 생각 없이 쓸 때가 있어요. 알 만하죠. 내가 그의 회계사거든요." 니코는 몸을 앞으로 숙이며 내 귀에다 대고 속삭였다. "그래도 내 생각엔 앨리스가 특별한 사람이었던 것 같아요."

"그녀가 정확히 무슨 일을 했는지 아세요?"

"맥스는 집에서 사업에 관련된 일을 봤고, 앨리스는 사무 일을 봤어요. 처음엔 그냥 단순한 사무 보조로 시작했지만, 이내 그 이상이 됐죠. 앨리스는 맥스의 오른팔이었어요. 작은 맥스 제국에 대해 그녀가 모르는 것은 없었으니까요."

"그런 사람을 다시 찾기란 쉽지 않겠네요."

"불가능하다고 봐야죠."

"당신은 장례식에 참석했나요?"

"못 갔어요. 맨체스터에서 중요한 미팅이 있었는데, 돌아오는 길에 고속도로에서 갇혀 꼼짝도 못 했거든요."

"저도 제시간에 도착하지 못했어요."

"맨체스터죠? 억양이 딱 그렇네요. 단번에 알아챘어요. 맨체스터 어디에서 왔어요?" 내 말에는 답하지 않은 채 니코가 다시 질문했다.

"롱사이트에서요. 시내 중심가에서 가까워요."

나는 스스로 세운 원칙을 어긴 참이었다. 내 정보를 말하지 말았어야 했다. '투명 인간처럼 굴어, 아무런 정보도 알려 주지 마' 속으로 되뇌었지만 이미 늦었다. 사는 곳을 이미 말해 버린 다음이었으니까.

"오, 저도 맨체스터를 좀 알아요. 친구들이랑 사무실 직원 두 명이 그쪽에 살고 있거든요."

내가 사는 지역과 그곳에 사는 사람들을 알다니. 이 대화는 여기서 끝내야 한다. 괜히 더 말을 나누다가는 돌이킬 수 없는 실수를 저지를지도 모르니까.

"실례지만, 무슨 일을 하시나요?"

뭐라고 대답해야 할까. 동네 구멍가게에서 야간 아르바이트를 한다고 말할까. 아니, 그건 내세울 만한 게 아니다. 그에게 잘 보이려는 것은 아니다. 지금 바라는 것은 니코가 나를 내버려두고 다른 사람과 이야기하러 가는 것뿐이다. 나는 이미 너무 많은 걸 말했고, 스스로 정한 원칙들도 모조리 어겼다. 아무래도 긴장한 탓일 거다. 나는 어깨를 으쓱하며 말했다.

"딱히 하는 일은 없어요. 새로운 일을 계속 찾아보고 있는데, 아시잖아요. 요즘 상황이 어떤지."

"그러게요. 음, 내가 아는 사람이 좀 있어요. 명함을 드릴게요. 전화해서 내 이름만 대면 바로 일하라고 할 거예요. 정말이에요."

"고맙긴 한데요, 일할 생각은…… 아직 없어요."

낯선 이들을 피하는 게 가장 안전한 상황임을 굳이 그에게 설명하고 싶지 않았다. 하지만 니코는 재킷 안주머니에서 명함들을 꺼내 고르기 시작했다.

"이거 받아요. 그리고 내가 한 말 잊지 말아요. 나중에 뭔가 새로 시작하고 싶어지면, 내 이름만 대요. 복잡한 절차 없이 당신을 받아줄 거예요."

니코는 명함들을 내 손에 쥐어 주었다. 차마 거절할 수 없었다. 그는 순수하게 도움을 주려는 것일 테고, 언젠가는 이 명함들이 필요해질 순간이 올지도 모른다.

"거기에 내 명함도 있어요. 궁금한 거 있으면 언제든 전화해요."

"정말 친절하시네요. 고마워요." 나는 진심을 담아 말했다. 이 니코라는 남자, 의외로 괜찮은 사람일지도 모른다.

"음료수 좀 가져다줄까요?" 그가 술이 가득한 테이블을 가리키며 물었다.

겨우 맥주 한두 캔 살 수 있을 정도의 적은 돈으로 살아가는 내게 와인과 위스키라니. 뭘 골라야 할지 전혀 감이 오질 않는다.

"레드 와인, 작은 잔으로 부탁합니다."

그가 음료를 가지러 간 사이 나는 손에 쥔 명함들을 살펴보았다. 그중 니코의 명함은 바로 재킷 주머니에 넣었다. 소프트웨어 회사 이름이 적힌 명함이 있었다. 머리를 써야 하는 곳은 나와 맞지 않는다. 앵코츠에 있는 도매업체 명함은 그나마 취업할 수 있는 곳일지도 모른다. 마지막 명함을 본 순간 머릿속이 어질어질해졌다. 내가 아주 잘 아는, 시내에 사무실을 운영하는 회사의 명함이었다. 오늘만 해도 벌써 두 번째다. 내 과거와 다시 마주하게 된 게.

제4장

　장례식장에서 만난 남자와 잠깐 이야기를 나눴을 뿐인
데, 그는 내게 일자리를 제안했다. 그것도 어떻게든 피하려
애써 온 그 남자, 최악의 악몽 같은 그와 다시 얽힐 수도 있
는 일이었다. 그런데 왜 하필, 이렇게 평화로운 체셔에서 나
와는 아무 상관도 없어 보이는 이 낯선 남자가 내가 아는
사람의 명함을 내미는 걸까. 그것도 수백 킬로미터나 떨어진
곳에 사는 사람의 명함을. 절대 우연일 리 없다. 분명 계획
된 일이다.

　니코가 음료를 들고 돌아왔다. 나는 와인 잔을 받아 든
다음 그에게 명함들을 되돌려주었다.

　"미안하지만, 이것들 가운데 나한테 도움이 될 만한 것
은 없는 것 같네요."

　지금 한 말이 설득력 있게 들렸을까? 내 귀엔 전혀 그렇

게 들리지 않았다. 높은 목소리는 약간 신경질적이었고, 무의식중에 머리카락을 계속 만지작거렸다. 불안할 때마다 튀어나오는 버릇이다.

"그냥 가지고 있어요. 사람 일은 모르는 거니까요. 나중에 그 회사들 가운데서 어디서든 일하고 싶어지면 나한테 전화해요."

그가 나를 보며 여유롭게 미소 지었다. 애써 태연한 척하려 했지만 내 정체를 들킬 것 같은 두려움에 몸이 부들부들 떨렸다. 긴장을 가라앉히려고 와인을 한 모금 마셨다. 니코는 분명히 누군가가 심어 놓은 사람일 것이다. 더 이상 아무 말도, 아무것도 묻고 싶지 않았지만 이대로 넘어갈 수는 없었다.

불안에 떨게 한 명함을 흔들어 보이며 말했다. "이 사람 이름, 어디서 들어본 것 같아요." 무심한 척 아무렇지 않게 말하려고 애썼지만, 사실 단순한 호기심에서 나온 게 아니다.

니코가 내 손에서 명함을 가져갔다.

"아, 이건 잘못 줬네요. 이 회사는 없어졌어요."

뜻밖의 말이었다.

"왜죠? 회사 사정이 안 좋아졌나요?"

"앤드루 울펜덴이라는 사람이 운영하던 곳이었는데, 지금 많이 아파요. 예후도 좋지 않은가 봐요. 그래서 프랑스

남부에 있는 별장으로 거처를 옮겼어요."

웬만해서는 누구를 미워하지 않는 나지만, 앤드루 울펜
덴만큼은 예외다. 그는 내가 알던 모든 사람이 돈이 필요할
때 찾던 사람이다. 나 역시 위험을 감수하고 그에게 손을 벌
렸다. 울펜덴은 걱정하지 말라며, 원하는 만큼 빌려주겠다
고 했지만, 욕심 부리지 않고 꼭 필요한 만큼만 빌렸다. 수입
이 있을 땐 상환에도 문제가 없었다. 그런데 가게에서 일하
는 시간이 줄어들자 어떤 주에는 원금도 제대로 갚지 못하
는 지경이 되었다. 그때 나는 앤드루 울펜덴의 진짜 모습을
보게 되었다. 그는 이자에 이자를 붙였고, 협박은 갈수록 노
골적으로 변했다. 내가 빌린 원금을 다 갚았는데도 그는 이
자를 갚아야 한다고 했다. 이해할 수 없었고, 무서웠다. 뭔
가 조처를 취해야만 했다. 내가 택한 방법은 이름을 바꾸고
은둔자의 삶을 살아가는 것이었다. 누군가 이 상황을 본다
면 극단적이라고 말할 것이다. 하지만 울펜덴 같은 남자가
당신의 뒤를 쫓고 있다면 이건 절대 과한 게 아니다. 그가
아프다니 안타깝긴 하지만, 일종의 인과응보라고 생각한다.

니코가 울펜덴에 대해 얼마나 알고 있는지 알아야 했다.
그는 내 과거와 내가 이렇게 살아오게 된 이유를 잇는, 끊어
지지 않는 연결 고리였다. 오늘 하루 벌어진 기이한 일들을
떠올려 보았다. 니코를 만난 건 단순한 우연일까. 아니면 좀

더 불길한 무언가를 의미하는 것일까.

"그 사람은 무슨 일을 했어요?"

일상적인 대화를 이어 가듯이 질문을 던졌다.

"금융 쪽에서 일했어요. 뭐, 자기 말로는요. 사람들이 그렇게 믿길 바랐던 거죠. 실제로는 사채업자였거든요. 그것도 돈을 받아 내는 데 수단과 방법을 가리지 않는 쪽으로 악명이 높았죠."

"아주 매력적인 분이셨겠네요." 나는 억지로 미소를 지었다.

"매력이라는 말은 어울리지 않아요. 말이 전혀 통하지 않는…… 그러니까 마치 약에 취한 로트와일러* 같았어요. 자기 돈을 갚지 않은 사람은 악착같이 쫓았어요. 그런데 요즘은 많이 누그러져서 대화가 좀 돼요. 병이 사람을 바꾸나 봐요."

"회계사라고 하셨죠. 그가 고객이었나요?"

"아주 잠깐요. 내가 알던 시절의 울펜덴은 변덕스럽고 위협적이었어요. 아주 최악이었죠. 그런 사람이 내 사무실을 드나드는 걸 용납할 수 없어서 관계를 끊었어요."

---

* 도베르만보다 체구가 큰 대형견이다. 유럽에서는 마피아가 경비용으로 길러 '마피아견'으로도 불린다.

"그가 누구한테 사업을 넘겼는지 알아요?"

알고 있으면 좋은 정보를 물었다. 운이 좋다면 울펜덴 패거리는 앨리스가 죽었다는 걸 알아내고 추적을 포기할 것이다.

"울펜덴과 같은 사람들이 소유한 사업은 보통 정상적인 방식으로 팔리지 않아요. 변호사를 선임하지 않는 데다가 합법적인 절차들이 동원되는 경우는 매우 드물죠. 고객 명단은 다른 대출업자에게 넘겨요. 뭐, 가격만 맞으면요."

니코는 유쾌한 사람이었고, 대화도 즐거웠지만 내 악몽의 대상인 울펜덴에 대해서 계속 이야기를 나누니 속이 울렁거리고 불안해졌다. 작은 카나페 한 조각을 제외하고는 하루 종일 아무것도 먹지 못한 상태라 머릿속이 핑 도는 것 같았다. 무의식중에 니코의 팔을 붙잡았다.

"미안해요, 좀 어지러워서요. 안이 너무 덥네요."

"앉는 게 좋겠어요. 내가 브랜디 한 잔과 음식을 갖다 줄 게요. 오늘 식사를 거의 안 했죠?"

나는 옅은 미소를 지으며 고개를 끄덕였다. "여기까지 오느라 밥 먹을 생각도 못 했어요."

실은 니코의 이야기를 들으며 깨달았다. 오랫동안 옥죄고 있던 사슬에서 풀려났다는 걸. 그토록 두려워하던 남자에게서 마침내 자유로워졌다는 걸. 눈앞이 아득해졌다. 그런데 이상하게도 속이 시원해졌다. 묵직했던 마음의 짐이 사라진 것 같았다.

니코가 음식과 브랜디를 가지고 돌아왔다. 나는 한 번에 잔을 들이켰다. 그러나 무언가 아쉬웠다. 롤러코스터 같은 날을 보낸 내게 와인보다 강한 무언가가 필요했다.

다 마신 잔을 내려놓자 니코가 물었다. "앨리스 앤더슨을 잘 알았어요?"

"아뇨, 조금 아는 사이였어요. 그녀가 이사하면서 연락이 끊겼죠."

"그녀는 괴짜였어요. 자기 과거나 가족에 대해 얘기한 적이 한 번도 없어요. 그리고 타라를 정말 싫어했어요. 틈만 나면 맥스에게 타라가 당신을 망칠 거라고 말했죠."

"그런 말을 한 이유가 있었나요?"

"글쎄요……. 음, 질투였던 것 같아요. 앨리스와 맥스는 절대 연인이 될 수 없는데 말이에요. 맥스에게 타라는 세상과 같은 존재니까요."

"두 분을 오래 알았나요?"

"맥스와는 몇 년 전부터 알고 지내는 사이에요. 지금도 가끔 사업을 같이 하는 파트너이기도 하고요. 조언 한마디 해도 될까요? 타라는 어떤 일이 있어도 피하도록 해요. 도움이 안 되는 사람이니까요."

그의 생각은 틀렸다. 아니, 틀려야만 한다. 타라는 지금 껏 내게 친절을 베풀었다. 니코는 수수께끼 같은 사람이다. 그는 내가 어떻게든 잊고 싶은 남자와 내 이름을 가져간 여자를 안다. 나는 사람을 좋아하거나 싫어할 때만 직감을 믿는 편이다. 만약 니코와 타라 중에 누군가를 선택해야 한다면 당연히 타라에게 손을 내밀 것이다.

그러나 지금 이 사람들이 서로를 좋아하거나 미워하는 이유를 파고드는 것은 시간 낭비다. 나는 한 시간 안에 이곳을 떠날 것이고, 다시는 엮일 일 또한 없을 테니까.

사람들 사이를 누비며 빈 술잔을 채워 주고, 완벽한 주인처럼 행동하는 타라가 보였다. 내 시선을 느꼈는지 나를 향해 고개를 끄덕였다. 미소로 화답했다. 이 자리에 오래 있지 않을 거라고, 이 사람들을 다시 볼 일은 없을 거라고 생각하면서.

내 생각은 틀려도 한참 틀렸다.

제5장

나와 니코가 대화하는 걸 본 타라는 우리 쪽으로 다가오며 큰 목소리로 말했다.

"니코, 오랜만이에요. 와 줘서 정말 고마워요. 앨리스를 잘 알지도 못했을 텐데요."

타라가 어떤 사람인지 잘 모르겠지만, 그녀의 태도가 진심이 아니라는 것쯤은 알 것 같았다. 니코는 조금 전 내게 타라를 좋아하지 않는다고 말했다. 겉으로 보기에 둘은 친근해 보였지만, 서로를 좋아하지 않는 게 느껴졌다.

"맥스가 연락했어요. 꽤 상심해 있더군요. 그래서 조금이나마 위로가 될까 해서 왔죠."

타라는 니코의 말에 대꾸를 하는 대신 나를 쳐다보며 미소 지었다.

"여긴 앨리스 친구 도나예요. 멀리서 보니 두 사람 꽤 대화가 잘 통하는 것 같던데."

그녀가 왜 우리를 유심히 보고 있었는지 의문이 들었다.

"내가 도나를 받아줄 만한 회사 몇 군데를 추천했어요."

"일자리를 찾고 있어요?" 타라의 얼굴이 굳어진 채 날
선 목소리로 물었다.

"아뇨, 그건 아니에요. 하지만 마음이 바뀔 수도 있으니
까요. 그래서 니코가 몇 가지 제안을 준 거예요."

타라는 니코를 향해 고개를 돌리고는 얼음처럼 차갑게
쳐다보며 말했다. "니코, 맥스와 나는 도나에게 일자리를 제
안하려던 참이었어요."

진심으로 하는 말인지, 아니면 니코를 화나게 하려고 그
러는 것인지 알 수 없었다.

"앨리스가 하던 일을 대신해야 한다면, 역시 앨리스와
가까웠던 사람이 하는 게 좋지 않겠어요? 그래서 우리는 도
나가 가장 적임자라고 생각해요."

이상한 논리였다. 경력도 보지 않고, 추천인도 없이 내게
일을 맡긴다고? 아니, 그보다 나한테 먼저 의사를 물어봐야
하는 거 아닌가?

"생각해 주셔서 감사해요. 하지만 제가 그 일을 잘할 수
있을지 모르겠어요."

"전화 받는 거야 어렵지 않잖아요? 맥스 일정 관리하고,

회계도 조금 보고요."

회계는 할 줄 모르지만, 전화 받는 일은 어렵지 않다. 그렇다면 괜찮은 제안이다.

"생각해 줘서 고마워요. 하지만 알아야 할 게 있어요. 전 숫자에 정말 약해요. 그래서 이 제안을 받아들인다고 해도 회계 관련 업무는 맡지 못할 거예요."

지금 내 처지만 보자면 적당히 얼버무려 기회를 얻어 내고, 나중에 어떻게든 해 보는 편이 나을 것이다. 하지만 그렇게 할 수 없었다. 거짓말은 오래가지 못할뿐더러 타라는 금방 알아챌 테니까.

"우린 간단한 회계 프로그램을 사용해요. 앨리스는 모든 걸 스프레드시트에 정리해 두었죠. 사용법도 다 적어 놨으니 금방 익숙해질 거예요."

업무상의 치명적인 약점을 털어놓았음에도 그녀는 개의치 않아 했다. 이쯤 되면 거절하는 게 오히려 바보 같아 보일 정도였다.

"고마워요. 그런데 너무 갑작스러워서 생각할 시간이 좀 필요해요."

"지금 당장 맥스에겐 새 비서가 필요해요. 당신이 이 일을 맡지 않으면 내일 인력 업체에 연락할 거예요. 그러면 몇 시간 내로 다른 사람을 구할 수 있겠죠."

점점 더 거절하기 어려워졌다. 타라가 이 일을 맡기려는 이유를 도무지 알 수 없었다. 하지만 남은 선택지는 없었다. 이 일자리를 받아들여야만 앨리스 앤더슨의 정체도, 그녀의 장례식에 초대받은 이유도 알아낼 수 있을 것 같았다.

"좋아요. 할게요."

결국 타라가 원하는 대답을 던졌다. 이제부터 좋든 싫든 이 부부 밑에서 일해야 한다. 지금은 그저 올바른 결정을 내린 것이길 바랄 수밖에 없었다.

"정말요? 맥스가 아주 기뻐할 거예요. 누구에게 일을 맡길지 걱정하고 있었거든요. 물론 앨리스도 기뻐할 거예요. 당신도 잘 적응할 거고요."

그 무엇도 확신할 수 없어 아무 말도 하지 않았다.

"도나 좀 데려갈게요. 괜찮죠?" 그녀가 내 팔을 붙잡으며 니코를 향해 고개를 돌렸다.

니코는 타라가 알지 못하게 슬쩍 윙크하며 말했다. "물론이죠. 행운을 빌어요! 여기서 행복하길 바랄게요."

"집이랑 사무실을 잠깐 보여 줄게요. 앨리스는 별채에서 살았어요. 맥스는 종종 집에 와서도 일을 했거든요. 앨리스도 맥스를 따라 기꺼이 일을 도왔고요. 그래서 이 집에 머물게 해 주었어요. 당신에게도 앨리스와 똑같은 대우를 해 주고 싶어요."

운 좋은 앨리스. 이렇게 큰 집에 머물며, 외부 사람과 섞이지 않고 사는 삶. 어쩌면 그녀에게는 잘 맞았을지도 모른다. 나 역시 그 생활이 썩 나쁘지 않을 것 같다는 생각이 들었다.

"집이 정말 멋지고 크네요."

"디자인이나 크기, 전부 맥스 취향이에요. 믿지 못하겠지만, 방이 여덟 개인 데다가 별채까지 있어요. 우리 가족은 맥스랑 나, 딸 하나까지 겨우 세 명뿐인데 말이에요. 사실 이 집은 맥스가 자기 욕심 때문에 마련한 거예요. 이 정도면 소규모 부대 하나쯤은 수용할 수 있을걸요."

딸이 있다고? 장례식에서 본 적이 있었나? 그녀가 그곳에 있었다면 왜 우리와 함께 차를 타고 집에 돌아오지 않았을까. 생각할 겨를이 없어 이 문제는 일단 제쳐두기로 했다.

"앨리스는 어떻게 죽었나요?"

타라는 어떻게 대답할지 고민이라도 하듯 잠시 말을 멈추었다. 이 질문을 맥스에게 했을 때도 같은 반응을 보였었다.

"안타까운 사고였어요. 아직도 기억이 너무 생생하네요……. 이 얘기는 그만하고 싶어요."

그녀는 훌쩍이며 떨리는 손으로 뺨 위에 흘러내린 눈물을 닦았다. 그날의 사건을 떠올리는 것조차 이렇게 힘들어

하는 걸 보니 아직도 기억이 생생한 모양이다. 화제를 바꿔야 했다.

"제가 앨리스 대신 일할 수 있을까요? 말씀드렸듯이 사무직으로 일해 본 경험이 거의 없어요. 고용 센터에서 컴퓨터 교육 과정을 들은 게 전부예요. 아, 성적은 아주 좋았어요. 시청에서 인턴으로 일했는데 재미있더라고요. 그런데 정규직이 되진 못했어요. 아마도 제가 마음에 들지 않았나 봐요."

"난 그렇게 생각 안 해요. 예산이 빠듯해서 어쩔 수 없었을 거예요."

그녀가 나를 보며 고개를 끄덕였다. "당신은 앨리스를 정말 많이 닮았어요. 앨리스도 이 제안을 두고 망설였거든요. 하지만 금세 적응했고, 얼마 가지 않아 능숙하게 해냈어요. 그녀는 무슨 일이든 빨리 배웠어요. 맥스에게는 정말 구세주 같은 존재였지요. 그이는 갑작스럽게 출장 갈 일도 많았고, 틈틈이 고객과 미팅도 해야 했거든요. 바쁜 일정을 정리하고, 숙소 예약을 한 건 모두 앨리스였어요. 회계 쪽 일도 정말 잘했고요. 회계사를 따로 고용하긴 했지만, 재정 관련된 건 맥스가 직접 챙기는 편이었거든요. 맥스는 앨리스를 많이 의지했고, 무척 고마워했어요. 그래서 장례식도 직접 주최하고 비용도 기꺼이 부담한 거예요. 어차피 앨리스에게는 도와줄 사람도 없었고요."

"남편분 마음 씀씀이가 정말 훌륭하네요. 앨리스도 분명 고마워할 거예요."

"자기 일이 도나에게 갔다는 걸 알면 앨리스도 기뻐했을 거예요. 아시다시피 사무실 일에는 아주 뛰어났지만, 낯선 사람을 그다지 좋아하지 않았거든요. 그래서 오늘 당신이 나타났을 때 좀 이상하다고 생각했어요."

타라는 의심 섞인 뉘앙스로 말했다. 낯선 사람들을 경계하는 것까지 포함해서 앨리스와 나는 비슷한 점이 많았다. 아마 타라는 익숙함 때문에 나를 고용하기로 마음먹었을 것이다. 하지만 아직 내가 믿을 만한 사람인지 확신하지 못하는 것 같았다.

"이곳에 꼭 와야만 했어요. 오랫동안 못 보긴 했지만, 앨리스를 좋아했거든요."

타라가 고개를 끄덕였다. 표정이 한결 밝아진 걸 보니 내 대답에 의심이 사라진 듯했다. 내가 정말 앨리스가 하던 일을 할 수 있을까? 사업 이야기를 하거나 숫자를 다루는 일은 자신이 없는데. 그래도 여기서 일하면 내 머릿속을 꽉 채우고 있는 질문에 대한 답을 찾을 수 있다.

"맥스는 어떤 사업을 하고 있나요?"

"그이는 부동산 개발업자예요. 땅을 사고, 그 위에 건물을 짓죠. 맥스는 안목이 있어서 인기 있는 지역의 땅만 골라서 사고, 집도 아주 크게 지어요. 어떤 건 거의 궁전 수준이라니까요."

이 거대한 집을 살 만큼 돈이 많았던 건 부동산 사업 덕분이었다.

"시내에 사무실이 하나 있는데 요즘은 집에서 일해요. 사무실을 왔다 갔다 하며 교통 체증에 시달리는 것보다 집에서 일하는 게 훨씬 나은 거죠."

"확실히 성공한 사람 같네요."

멋지게 꾸며진 방을 둘러보며 말했다. 말이 좀 지나쳤나 싶었지만, 당연하다는 듯 알면서 뭘 묻냐는 듯한 타라의 표정을 보니 내 말을 꼬아서 듣는 것 같진 않았다. 돈을 많이 벌고 싶었다. 부자들의 돈 버는 방법이 궁금했지만, 방법을 안다고 한들 자본도 없고, 기회도 없어 그들처럼 막대한 재산을 모을 가능성은 없었다. 그래도 배울 게 있을 거란 생각에 그들 곁에 있고 싶었다.

"맥스는 자수성가한 사람이에요. 지금 막대한 수입을 벌어들이고 있지만, 안주하지 않아요. 야망이 크고, 위험도 감수하고, 한계를 두지 않아요. 그래서 감정 기복도 심하고, 성미도 급해요. 하지만 시장을 읽는 눈이 뛰어나고, 어디에 투자해야 하는지 정확히 알아요. 이 동네처럼요." 그녀가 미소 지었다. "이 집도 맥스가 구한 거예요. 그이의 특별한 프로젝트였죠. 돈을 좀 과하게 썼지만, 우리가 살기에는 좋은 집이에요."

이 집이 마음에 들지 않을 리가 없다. 이곳은 모든 이가 꿈꾸는 곳인 데다가 대부분 상상조차도 못 할 수준의 것들로 채워져 있었다. 우리는 정원이 보이는 거실로 돌아왔다. 프랑스식 유리문 앞에 펼쳐진 정원은 정말 아름다웠다. 타라는…… 여전히 속을 알 수 없는 얼굴이었다.

앨리스는 이곳이 마음에 들었을까? 분명 그랬을 것이다. 작은 마을에 일터와 집이 한 공간에 있고, 외부 사람들과 어울릴 필요 없는 삶을 살고 싶었다면 더욱 그랬을 것이다. 과거를 숨긴 채 도둑질한 이름으로 살아가는 내 삶에도 딱 좋을 장소였다.

뒤뜰은 흠잡을 데 없이 완벽하게 꾸며져 있었다. 이렇게 조용하고 평화로운 곳에서 산다는 건 얼마나 좋을까. 내가 사는 곳은 하루 종일 시끄러운 경적이 끊이지 않았고, 길가에서는 늘 싸우는 소리가 들렸다. 같은 건물에 사는 사람들조차 걸핏하면 폭력을 휘둘러 편히 쉴 수도 없었다. 질투심이 별로 없는 편인데도, 지금은 이 가족이 부러웠다.

아니지 정신 차리자. 오늘 내가 이곳에 온 진짜 이유를 잊지 말아야 한다. 운명이 내게 뜻밖의 기회를 주었으니까. 이곳에서 일하면 앨리스라는 미스터리를 풀 수 있다. 계획을 세워야 했다. 할 말은 대사처럼 외우고, 불필요한 오해를 사지 않도록 조심하기로 마음먹었다. 앨리스가 내 이름을 훔친 건 우연이 아닐 것이다. 그녀가 이곳에서 일하게 된 것도 마찬가지일 것이다. 생각이 꼬리에 꼬리를 물고 이어졌다.

"딸이 한 명 있다고 했죠? 장례식에 참석했나요?"

뭔가 도움이 될 수도 있다는 기대에 그녀를 만나보고 싶었다. 타라는 팔짱을 끼고 고개를 저었다.

"한나는 장례식에 가지 않겠다고 했어요. 나이가 스물셋이지만, 철없는 십 대처럼 굴 때가 있어요. 사람들이 수군댈 게 뻔한데 오지 않은 건 좀 곤란했죠. 둘은 사이가 좋았어요. 앨리스는 한나의 재능을 알아보고 잘 이끌어 주었으니까요. 한나는 인근 마을에 카페를 차리는 게 꿈이었어요. 앨리스도 나도 그 아이의 꿈을 진심으로 응원했고, 시작할 수 있게 도와주려고 했어요. 그런데 한나가 혼자 힘으로 하겠다고 고집을 부리더라고요. 어리석은 생각이죠. 사업을 하려면 자본금이 있어야 하고, 그건 맥스에게 받아야 하는데도요."

아직 그 아이를 만나보지 못했기 때문에 아무 말도 할 수 없었다. 잘 손질된 잔디밭 왼쪽 맨 끄트머리에 거친 땅이 눈에 띄었다. 그곳에는 큰 울타리와 헛간처럼 보이는 건물이 있었다. 입을 떼려는 순간 타라가 먼저 입을 열었다.

"아, 저기는 맥스의 공간이에요. 이해할 수 없지만, 그는 예전부터 돼지에 집착했어요. 돼지는 끔찍한 동물이에요. 더럽고, 땅을 파헤쳐서 주변을 엉망으로 만들잖아요. 그런데 그이는 그렇게 생각하지 않아요. 돼지는 그 사람의 자랑이자 기쁨이죠. 조금이라도 시간이 나면 저기 가서 시간을 보낸다니까요. 맥스가 어디 갔는지 모르겠다 싶을 땐 저 돼지 우리부터 찾으면 돼요." 타라가 한숨을 쉬었다. "맥스가 없을 땐 한나가 돼지를 돌봐요. 하지만 억지로 하는 거예요. 한나는 강아지, 고양이 같은 귀엽고 작은 동물을 좋아하거든요. 맥스의 관심사는 오로지 돼지뿐이에요. 다른 건 안중에도 없어요. 이 집으로 이사 오고 나서 단 며칠 만에 지긋지긋한 것들을 데려왔다니까요. 취향도 유별나지."

나 역시 돼지를 좋아하지 않았기에 타라와 같은 생각이었다. 값비싼 디자이너 정장을 입은 맥스에게 돼지 사육은 이상한 취미였다. 그가 돼지우리를 치우는 모습은 상상조차 되지 않았다. 대화를 끝내기 전에 누가 나를 이곳에 초대했는 지 알아내야 했다.

"저는 이메일로 장례식에 초대받았어요. 발신자가 적혀 있지를 않아서 가족 중 누군가가 보낸 거라고 생각했어요.

그런데 이해가 안 되는 건…… 보낸 사람이 내 이메일 주소를 어떻게 알았냐는 거예요."

이 질문에 대한 답을 꼭 듣고 싶었다. 과거의 내 삶과 연관되었다 하더라도 누구도 나를 찾아낼 수 없을 것이다. 도나 슬레이드라는 이름을 아는 이 또한 없었다. 그런데도 타라는 내 질문에 놀라기는커녕 조금도 당황한 기색을 보이지 않았다.

"초대장은 한나가 보냈어요. 아마 앨리스가 당신 연락처를 건네줬을 거예요."

그럴 리가 없다. 앨리스가 또는 앨리스 행세를 하는 다른 누군가가 내 정보를 알았을 리 만무했다. 혹시 내가 잘못 짚은 걸가? 초대장과 이 일자리 제안, 이 모든 것이 처음부터 나를 이곳으로 끌어들이기 위한 계획 중 하나였던 건 아닐까?

역시 울펜덴이 아닐까. 그는 절대 자기 돈을 포기하지 않는다. 니코는 그를 알고 있다. 울펜덴이 니코에게 내 정보를 주었고, 니코는 한나에게 이메일을 보내라고 지시한 걸까? 그렇지 않고서야 한 번도 본 적 없는 한나라는 아이가 어떻게 내 정보를 가지고 있을 수 있단 말인가. 함정에 빠진 것 같아 불안해졌다.

제6장

 타라가 방금 한 말을 도저히 믿을 수 없었다. 머릿속에선 풀리지 않은 수많은 의문이 소용돌이쳤다. 한나는 나에 대해 얼마나 알고 있는 걸까? 타라나 맥스와 나에 대해 이야기를 나눈 적이 있는 걸까? 그렇다면 상황이 꽤 복잡해질 수도 있다. 타라의 마음을 알고 싶었지만, 그녀에게서는 그 어떤 것도 읽어 낼 수 없었다.

 타라가 무슨 말이든 해 주길 바랐다. 제발 뭐라도! 지금 이 상황을 설명해 줄 수 있는 말이라면 무엇이든 좋았다. 대체 무슨 일이 벌어지고 있는 걸까. 머릿속에서 작은 목소리가 속삭였다. '지금 떠나. 늦지 않았을 때 당장 여길 빠져나가!'

 "앨리스에 대해 말해 줘요. 어떻게 만났어요?"

 타라의 질문에 가슴이 철렁 내려앉았다. 그녀에게 같은

질문을 하고 싶지만, 아직은 때가 아니다. 지금은 타라가 나를 믿게끔 만들어야 한다. 내가 무슨 말을 하든, 그럴싸하게 들려야 하지만, 하필이면 내가 가장 못하는 일이다. 대놓고 거짓말을 하는 순간 내 몸은 긴장감으로 뻣뻣하게 굳어 버려서 금방 들통날 것이다.

"부동산 중개사 사무실에서 만났어요." 억지로 미소를 지어 보였다. "예산 안에서 집을 구하느라 애를 먹고 있었는데, 앨리스가 괜찮은 집주인을 소개해 줬거든요." 괜한 실수를 하지 않으려 조심히 말했다. "그 뒤로 한동안 연락하며 지냈고, 가끔 술도 한잔했어요. 이사를 간 뒤로는 자연스럽게 연락이 끊겼고요."

"당신을 도와줬다니, 앨리스답네요. 앨리스는 항상 맥스의 일을 정리해 주곤 했어요. 그이의 실수를 바로잡아 주고, 회의에 늦었을 때는 수습도 하고요. 당신이 그녀를 대신해 준다니 정말 다행이에요. 급여도 넉넉하고, 원하면 방도 따로 드릴 수 있어요. 맨체스터에서 여기까지는 꽤 멀잖아요. 버스로 출퇴근하려면 쉽지 않을 거예요."

맞는 말이다. 따뜻하고 조용한 공간을 가질 수 있고, 편히 쉴 수 있다. 무엇보다 앨리스라는 사람의 수수께끼를 깊이 파고들 절호의 기회다.

"제가 일한다는 걸 맥스가 반길까요?"

"아, 그건 걱정하지 마요. 당신은 맥스가 찾는 사람이에요."

겨우 두 시간 남짓 본 낯선 사람을 두고 할 말인가. 맥스와 타라를 만난 뒤로 줄곧 새빨간 거짓말만 하고 있다는 걸, 내가 사기꾼이라는 걸 안다면, 그녀는 지금처럼 나를 고용하고 싶지 않을 것이다.

이들에게 하는 말은 특히나 조심해야 한다. 실수하면 끝이다. 이야기는 단순하게, 과거는 최대한 짧게. 그래야 버틸 수 있다.

한 가지 걱정되는 것은 나를 고용하는 데 필요한 서류들이다. 거기에는 앨리스 앤더슨, 내 본명이 적혀 있다. 도나 슬레이드라는 이름을 쓰는 게 지금까지는 문제가 되지 않았다. 내가 해 온 일들은 대부분 실명을 밝힐 필요가 없는 일들이었으니까. 하지만 이제는 통하지 않을 것이다. 결국 어떻게든 넘겨야 한다. 어떻게 해야 할지 전혀 모르겠지만, 생각해 내야 한다.

"집 구경 시켜줄게요. 먼저 별채부터 보러 가요. 거기가 당신 방이에요. 짐은 언제든 가져와서 정리해도 돼요."

"일은 언제 시작하면 되죠?"

"맥스는 가능한 한 빨리 당신이 사무실로 나와 주길 원할 거예요. 밤낮없이 늘 바쁘거든요. 도움이 필요해요."

이사하기 전에 정리해야 할 중요한 일들이 있다. 엘라에게 이 소식을 먼저 전해야 한다. 내가 방을 빼겠다고 하면 엘라는 얼마 되지 않는 월세 수입이 사라지고, 아마 재정에 문제가 생길 것이다. 내가 갈 곳이 없을 때 받아 준 유일한 사람이라서 미안한 마음이 들었다. 하지만 이 제안을 외면할 수는 없었다. 그저 엘라가 이해해 주길 바랄 뿐이다.

타라는 응접실에 이어진 복도로 나를 안내했다. 복도 양쪽에는 방들이 늘어서 있었고, 그 끝에는 소파가 놓인 휴식 공간이 마련되어 있었다. 이곳에서도 근사한 정원을 볼 수 있었다. 우리는 고풍스러운 계단을 올라 이 층 복도로 향했다. 타라는 오른쪽 첫 번째 방문을 열었다.

"이 방을 쓰면 돼요. 원래는 아주 큰 침실이었는데, 맥스가 거실, 침실, 욕실로 공간을 나눴어요. 혼자 쓰기에도 넓고, 수납공간도 많아요."

방안으로 들어서는 순간, 기절할 뻔했다. '넓다'라는 말로는 부족한, 작은 아파트 수준의 크기였다. 거실, 더블 침대가 있는 침실, 욕실까지. 가구는 전부 새것처럼 보였다.

"이걸…… 다 제가 쓰면 된다고요?"

나는 믿기지 않아 크게 숨을 들이켰다. 타라는 아랑곳하지 않고 말을 이었다.

"저쪽에 텔레비전과 오디오가 있어요. 노트북도 있고요. 필요한 게 있으면 언제든 말해요."

필요한 게 더 있을 리가 없다. 혹시 내가 지금 다른 세계에 떨어진 건 아닐까. 엘라의 단칸방과는 비교도 되지 않을 정도로 완벽한 방이었다.

"정말 훌륭해요. 이렇게나 넓을 줄은 몰랐어요."

"당신이 이렇게 행복해하는 걸 보면 앨리스도 무척 기뻐할 거예요. 그녀는 가능한 한 남을 돕고 싶어 했어요. 정말 좋은 사람이었죠. 아마 적응하는 데 시간이 좀 걸릴 거예요. 당신이 준비되면 맥스가 사무실도 보여 주고, 앞으로 해야 할 일도 설명해 줄 거예요. 이번 달에 중요한 미팅이 몇 개 있어서 서류 정리를 해야 하는데, 괜찮죠?"

"물론이에요. 기꺼이 도울게요."

현관 초인종이 울렸다.

"다과회에 늦은 사람일 거예요. 내가 가볼게요. 다녀와서 마저 얘기해요."

타라가 나가는 걸 확인하고 새 공간을 둘러보며 가구를 만져 보았다. 확신하건대 지금 나는 지을 수 있는 최고의 미소를 짓고 있을 거다. 너무 웃어서 바보 같은 표정일지도 모를 정도로. 장례식에 간 게 정말 '신의 한 수'였던 걸까.

"마음에 들어요?"

화들짝 놀라며 뒤를 돌아보니 문가에 젊은 여자가 서 있었다. 키가 크고, 뼈대 있는 통통한 체형에 긴 갈색 머리카락, 몇 주째 햇빛을 못 본 사람처럼 얼굴은 지나치게 창백했다. 눈은 놀랄 만큼 선명한, 마치 여름 하늘 같은 파란색이었는데, 예리한 사람이라는 게 단번에 느껴질 만큼 눈빛이 날카로웠다. 아마 이 애는 그 어떤 것도 놓치는 일이 없겠지. 이 여자애는 분명, 한나다.

"다정한 부모님을 뒀구나."

잠시 침묵이 흘렀다. 한나의 시선이 벽에 걸린 야생화 그림으로 향했다.

"여긴 앨리스 방이었어요. 타라가 당신에게 일을 제안했다면서요? 그럼, 이제 여긴 당신 차지겠네요."

한나는 마치 내가 이 방의 주인이 된 것이 규칙이라도 어긴 일인 양 말했다. 그림에서 시선을 뗀 그녀는 내 옆을 지나쳐 소파에 털썩 주저앉았다.

"밤이면 이 소파에 앉아서 앨리스와 아주 오래 대화를 했어요. 앨리스는 제 얘기를 잘 들어 주었고, 세상이 어떻게 돌아가는지 깊이 이해하고 있었죠. 살아 있었다면…… 나도 도와줬을 텐데."

카페 얘기가 맞는지 굳이 물어보지 않았다. 안 그래도 내 머리는 생각거리로 가득 차 있으니까.

"앨리스가 보고 싶어."

중얼거리듯 말하는 한나에게서 깊은 상처가 느껴졌다.

아마 앨리스의 죽음이 그녀를 힘들게 만든 것 같았다. 위로의 말을 건네고 싶었지만, 섣불리 말했다가 망칠 가능성이 컸다. 하지만 무슨 말이든 하긴 해야 했다.

"내가 앨리스를 대신할 순 없겠지만, 우리도 친구가 될 수 있으면 좋겠어."

한나의 푸른 눈에 망설임이 어렸다. 믿지 않는 눈빛이다. 당연하다. 나는 그녀에게 그저 낯선 사람일 뿐이니까. 한나는 말없이 몸을 일으켜 문 쪽으로 향했다.

"미안해요. 창피 주려던 건 아니었어요. 그냥…… 이 방에 다시 들어오니까, 이제 다른 사람이 여기 주인이 되고, 앨리스 일을 하게 된다고 생각하니까." 한나는 숨을 한 번 고르고 말을 이었다. "앨리스는 내게 유일한 친구였어요. 나도 내가 그녀의 유일한 친구인 줄 알았는데…… 오늘 당신이 나타났잖아요."

이게 무슨 말인가? 젊고 자유분방한 아이가 아버지의 비서만이 유일한 친구였다니. 거짓말일 것이다. 한나처럼 젊은 여자애라면 친구가 많은 게 당연한 거 아닐까.

한나는 뺨 위로 흐르는 눈물을 닦았다. 섬세한 이목구비, 풍성한 금발 머리의 전형적인 미인상인 타라와 다르게 하나로 묶은 한나의 머리카락은 삐죽삐죽 지저분하게 잔머리가 튀어나왔다. 엄마의 외모를 전혀 물려받지 못한 것 같았다.

"정말 이 일을 받아들일 생각이라면 약속해 줘요. 우리한테서 도망가지 않을 거라고. 친구로 오랫동안 여기 남겠다고 약속해 줘요."

밝은 푸른빛 눈이 흐려졌고, 이내 입술을 떨었다. 이런 식으로 의지하는 것은 솔직히 조금 불편했다.

"좋은 기회를 얻었는데 내가 왜 떠나겠어? 타라는 친절한 사람이야. 내게 일자리랑 살 곳도 줬는걸. 이걸 걷어차면 내가 바보지." 나는 그녀를 안심시키며 말했다.

"지금은 그렇게 생각하겠지만, 언젠가는 여기 있게 된 걸 후회하게 될 지도 몰라. 지금은 타라가 마음에 들 수 있지만 나중엔 아닐 거예요. 내 말을 잊지 마요. 타라는 절대 함께 지내기 쉬운 사람이 아니에요."

한집에 사는 가족이라면 부딪칠 수밖에 없을 것이다. 하지만 나는 타라와 잘 지낼 수 있다. 맥스와도 마찬가지고. 그는 장례식에서 나를 도와준 유일한 사람이었고, 독설을 내뱉던 여자들을 상대로 내 편을 들어 주었다. 한나는 이집에 들어오지 못하도록 협박을 하는 걸까. 그게 진실이든 거짓이든, 나는 이 일을 원한다. 혹시 타라가 정말 까다롭다면…… 이를 악물고 버티면 된다. 한나가 말한 것들은 일단 제쳐둔 채 상황을 지켜보기로 했다. 어리석은 판단인지 아닌지는 모르겠지만, 확실한 것은 내게 일자리와 지낼 곳이 생겼고, 당분간 먹고사는 데 지장이 없다는 것뿐이다.

"그래도…… 그렇게까지 나쁜 사람은 아니지 않아?"

"그건 당신이 직접 겪고 판단해야 할 문제 같아요. 저는 더 이상 말할 수 없어요."

한나는 누군가 우리의 이야기를 엿듣는 것은 아닌지 불안해하며 문 쪽을 힐끗 쳐다보았다. 한나는 왜 자기 집에서 하고 싶은 말을 할 수 없는 걸까? '더 이상 말할 수 없다'라는 말이 머릿속에 작은 가시처럼 박혔다.

"앨리스가 당신을 좋아했다면, 나도 좋아할 거예요. 오늘 내가 한 말은 신경 쓰지 마요. 다신 앨리스를 볼 수 없다는 게 믿기질 않고, 당신이 그 자리를 대신 맡는다고 하니 속상했던 것뿐이에요."

금방이라도 눈물을 흘릴 것만 같아 보여 재빨리 화제를 바꿨다.

"여긴 위치가 좀 외진데, 외출은 자주 해?"

"말을 돌리시네요. 다른 얘기를 하면 앨리스 생각이 덜 날 것 같나요? 시간이 좀 걸릴 뿐이지 언젠가는 괜찮아질 거예요. 앨리스를 진짜 소중하게 생각했는데, 이제는 털어놓을 사람이 없어요. 타라와 맥스는 나한테 관심도 없고요. 난 그 사람들 인생에서 뒷전일 뿐이에요."

그건 잘못된 생각이다. 한나는 외동딸이니 그들은 애지

중지 키웠을 것이다.

"하나만 물어봐도 될까?"

"대답 못 할 수도 있어요. 알아도 말하기 싫을 수도 있고요."

무례하다고 오해받을 만한 태도다. 한나는 관계나 상황에서 주도권을 쥐고 흔드는 걸 좋아하는 사람 같았다.

"네 엄마는 내게 장례식 이메일을 보낸 게 너라고 하던데, 내 이메일 주소는 어떻게 알았어?"

"타라가 잘못 알고 있는 거예요. 나랑은 상관없어요."

한나는 모른다는 말을 남기고 휙 나가 버렸다. 나는 멍하니 서서 그녀의 말을 곰곰이 곱씹어 보았다. 앨리스가 나를 찾아낼 방법은 없다. 그게 가능하려면 앨리스가 내 '새 삶'을 알아야 한다. 그렇다면 도대체 누가, 어떻게 내 이메일 주소를 알아낸 거지? 앨리스가 내 이메일을 몰랐다면, 이 가족 누군가에게 알려줄 수도 없다. 그럼, 결론은 하나다. 누군가가 나를 알고 있다. 그리고 무슨 이유에서인지 나를 그 장례식에 불러냈다. 내 추측이 맞다면, 그동안 '다른 이름'으로 지켜온 내 보호막은 이제 완전히 사라졌다.

제7장

불과 몇 시간 사이에 내 이름을 갖고 살아온 여자의 장례식에 참석했고, 체셔 지역 상류층 사람들을 만났으며, 일자리와 거처까지 제안받았다. 결과만 놓고 보면 나쁘지 않았다.

그런데 왜 이렇게 찜찜하지?

한나의 말이 자꾸 마음에 걸렸다. 사실 그녀가 단서가 될 만한 결정적인 말을 한 건 아니었다. 문제는 그게 아니다. 이메일, 그게 나를 불안하게 했다. 분명 앨리스가 내 이메일 주소를 한나에게 줬다. 그런데 한나는 그런 적이 없다고 말했다. 한나가 거짓말을 하는 걸까? 하지만 왜? 뭘 알고 있어서? 내 정보를 가지고 뭘 하려는 건데?

한나가 골칫거리가 되지 않길 바라야 했다. 어쩌면 그녀는 습관적으로 거짓말을 내뱉는 애일 수도 있고, 남의 사정을 훔쳐보고 떠드는 철부지일 수도 있다. 내가 숨기고 싶은 걸 입방아에 올리는 타입이라면 최악이다.

하지만 한나는 '쓸모'가 있을지도 모른다. 그 애는 앨리스와 많은 시간을 보냈고, 어쩌면 이 집에서 앨리스를 가장 가까이서 본 사람일 것이다. 가능한 한 그녀와 우호적인 관계를 맺는 게 여러모로 좋은 상황이었다. 친구가 되자고 했으니, 그래야 한다. 그다음은 그때 생각하자.

그때 노크하는 소리가 들렸다. 돌아보니 타라가 서 있었다.

"미안해요. 아래층에서 사람들이 자꾸 날 불러세우는 바람에 늦었어요. 가만 보니 내일까지 기다릴 이유가 없겠다 싶어요. 지금 사무실 구경하는 거 어때요?" 그녀가 웃으며 물었다.

이제 진짜 시작이다. 이곳에서 해야 할 일이 현실로 다가왔다.

"맥스는 저녁 식사 전에 잠시 쉬고 있어요. 오늘 하루가 너무 힘들었거든요. 다과회에서 위스키를 몇 잔이나 마셨는데 도움이 되긴커녕 더 나빠졌네요. 그래도 당신이 제안을 받아들였다는 건 전했어요. 맥스도 그게 아주 좋은 생각이라고 하더군요. 내일부터 바로 시작할 수 있냐고 물었어요."

생각보다 빠르긴 하지만 문제 될 건 없다. 짐은 나중에 챙겨오면 그만이다. "네, 내일부터 시작해도 좋아요."

"그럼, 일할 곳부터 보여 줄게요." 그녀는 복도를 지나

문을 열고 들어갔다. "여기가 앨리스가 일하던 사무실이에요. 이제 당신 사무실이죠. 필요한 게 있으면 말만 해요."

인턴으로 일한 게 전부인 내가 보기에도 사무실은 흠잡을 곳 없이 깔끔하게 정돈돼 있었다. 방 한가운데에는 큰 책상과 컴퓨터가 놓여 있었다. 나는 컴퓨터를 빤히 쳐다보았다. 내 방의 노트북처럼, 이 안에도 답이 될 자료가 있을지도 모른다. 예를 들어 앨리스에 대한 정보 같은 것들 말이다. 운 좋게 뭔가를 건지길 바라며, 모든 것을 샅샅이 뒤져봐야겠다. 프린터, 전화기, 벽을 따라 늘어선 파일 캐비닛과 선반. 모든 게 제대로 갖춰져 있었지만, 어딘가 위압적인 느낌이 들었다. 옆 사무실로 이어지는 문도 하나 있었다. 아마 맥스의 공간이겠지.

타라는 마치 내 생각을 읽은 듯 고갯짓으로 문을 가리켰다.

"저 문은 항상 잠겨 있어요. 어떤 경우에도 저 방에 들어가서는 안 돼요."

타라는 굳은 표정으로 단호하고, 날카롭게 말했다. 맥스의 사무실은 출입 금지 구역이라고 경고하는 듯했다.

"제가 앨리스를 대신해 일하는 거라면…… 그의 사무실에 들어갈 수 없다는 건 좀 이상하지 않나요? 급한 일이 생기면요?" 미처 단속하기도 전에 말이 입 밖으로 튀어나왔다.

타라는 선을 넘었다는 듯이 나를 보고 날카롭게 대꾸했다.

"원칙이에요. 맥스는 일할 때 방해받는 걸 극도로 싫어해요." 변명치고는 너무 빈약한 대답이라 선뜻 믿기 어려웠다. 내 육감 또한 '뭔가 이상하다'라는 신호를 보냈다.

"그이는 일할 때 방해받는 걸 싫어해요. 그러니 문제가 생기면 내게 먼저 말해요."

업무 공간이 분리되어 있으니 그에게 질문할 기회는 없는 셈이다. 앨리스도 이런 환경에서 일했던 걸까? 쉽지만은 않은 일이었다. "제가 주로 해야 할 일을 알려주세요."

"문서 입력, 이메일 전송 같은 거예요. 맥스가 수시로 일거리를 줄 거고요. 회계 문제도 신경 써야 해요. 앨리스가 남긴 스프레드시트에 다 적혀 있으니까 걱정하지 마요. 확신하건대, 하루하루 일이 달라져서 지루할 틈은 없을 거예요."

듣기엔 그럴듯했지만, 분명 내게 곤란한 상황이 생길 것 같았다. 특히 맥스의 사생활과 관련한 문제는 매우 예민한 부분이다.

"맥스가 혼자서 일해야 하는 이유가 따로 있나요? 급한 일이 생기면 어떻게 하죠?" 내 입에서 또 다른 질문이 불쑥 튀어나왔다. 하지만 말도 안 되는 일이 펼쳐지기 전에 물어봐야 했다. 그를 찾는 전화와 이메일이 쏟아진다면 그와 이야기를 해야 한다.

"날 찾아와요. 내가 없으면 휴대폰으로 전화해요. 그럼 내가 알아서 처리할게요. 어려울 거 하나 없어요, 곧 익숙해질 거예요."

그녀가 지금과 같은 말투로 말하는 것은 우리가 만난 이후로 처음이었다. 맥스의 비위를 맞추고, 그가 원하는 것은 무엇이든 손에 넣게 해 주는 일은 타라를 정신적으로나 육체적으로나 완전히 소진시켰을 것이다. 오늘 내가 본 타라는 겉만 번지르르하게 꾸며진, 하나의 역할을 연기하는 여자에 불과했다. 혼자서 일하는 문제를 두고 유난을 떠는 것은 맥스가 비밀을 가지고 있음을 암시했다. 다음번에 한나를 만나면 이 부분을 캐물어야겠다.

"둘러보면서 사무실을 눈에 익히고, 당신 방도 제대로 살펴보도록 해요. 저녁 식사 시간은 일곱 시예요. 우리가 서로를 알아 나가는 시간이 있었으면 해요. 오늘 밤 우리와 함께 식사해요. 그렇게 해 준다면 정말 기쁠 거예요. 그리고 여기 남겠다고 말해 줘요. 나중에 집에 다녀올 수 있게 교통편도 마련해 주고 필요한 것들도 정리할 수 있게 도와줄게요."

그녀는 내 대답을 기다렸다. 하지만 내게도 계획이란 게 있다. 엘라네 집에서 칫솔조차 가져오지 않았으니 지금 당장 물건들을 가져와야 한다.

"실망하게 하지 마세요. 난 그런 상황을 좋아하지 않아요."

목소리가 냉랭했다. 사랑스러운 타라는 사라지고, 인내심이 바닥난 타라가 고개를 들었다. 그녀는 사무실 벽에 걸린 시계를 확인하고는 자리를 뜨려는 듯 몸을 들썩였다.

"내 친구가 다과회에서 당신을 봤대요. 상태가 좋지 않은지 기절할 것처럼 보였다고요."

"실내가 더웠어요. 오늘 먹은 게 거의 없기도 했고요. 니코가 브랜디를 갖다줘서 그나마 괜찮아졌어요."

니코의 이름을 언급할 때 타라는 매서운 눈으로 나를 쳐다보았다.

"저녁 식사까지는 아직 몇 시간 남았으니 배가 고프면 냉장고에 있는 거 뭐든 먹어요."

그 순간 배에서 꼬르륵 소리가 났다. 어쩔 수 없이 그녀 말대로 해야 했다. 저녁을 같이 먹으려면, 엘라네 단칸방에 들러 짐을 챙겨야 했다. 버스를 타고 왕복해야 하는데, 벌써 오후 다섯 시다. 시간이 빠듯해 보였다.

타라는 문가에서 고개를 한 번 끄덕이고 사라졌다. 돌아서는 모습이 꼭 내 움직임을 미리 계산해 두고 있는 사람 같았다. 사실 내 처지를 생각하면 그녀의 제안에 감사해야 마땅하다. 다른 곳에서는 이런 기회를 얻을 수 없을 것이다. 타라는 변덕스럽긴 해도 오늘 내게 엄청난 호의를 베풀었고, 나는 그 점을 잊지 않을 것이다.

"담배 있어요?" 타라가 사라지자마자 한나가 사무실 문 앞에 나타나 물었다.

"난 담배 안 피워."

"외출하게 되면 좀 사다 줄래요?"

"돈 주면."

"돈이 없는데, 좀 빌려줄 수 있어요?"

"한나, 나한테 있는 거라곤 동전 몇 개뿐이야. 힘들다는 건 알지만, 담배 끊는 거 생각해 봐. 금연 패치 사용해 봤어?"

마치 다른 행성에서 온 사람이라도 되는 양 그녀는 나를 빤히 바라보았다. "끊을 생각은 없어요. 난 이걸로 버티니까요. 담배만 피우는 것도 아니고."

그녀는 다 안다는 듯한 눈빛으로 나를 쳐다본다. 그녀가 무슨 말을 하는지 단번에 이해했다. 한때는 나도 그런 길을 걸었었다. 마약은 한나 같은 여자애들도 쉽게 살 수 있고, 서서히 은밀하게 퍼진다.

"앨리스 대신 고용됐다고 생각하겠지만 틀렸어요. 곧 타라가 당신한테 날 감시하라고 시킬 거예요. 당신이 좋아하지 않을 다른 일들도요." 그녀는 비꼬듯 말했다.

"네가 잘못 생각하고 있는 것 같은데."

"아뇨, 타라는 연기 잘해요. 거짓말도 잘하고. 충고 하나 할게요. 타라가 하는 말, 믿지 마요."

담배를 못 사 준다고 하니 토라져서 하는 말일 것이다.

"난 일하려고 여기 온 거야, 그게 전부야. 한나, 난 널 염탐하지도, 고자질하지도 않아. 약속해."

"좋아요. 타라와 맥스에게 내 얘길 하면 후회하게 될 거예요. 지금은 당신이 마음에 들어요. 하지만 이 마음 바뀌게 하지 마요. 난 당신이 건드리면 안 되는 사람이니까."

"그거 협박이야?" 그녀는 전혀 상황 파악이 안 되는 것 같다. "나도 한 번만 경고할게. 난 네가 함부로 대할 만한 사람이 아니야. 네가 내 과거를 안다면, 방금 그런 말은 생각도 못 했을 거야. 하물며 입 밖으로 내는 건 더더욱."

한나는 자기에게 유리할 때 놀랄 만큼 친근하게 군다. 하지만 그렇지 않을 때는 전혀 다른 사람이 된다. 그녀가 협박이나 경고에 기대는 데에는 분명 여러 이유가 있을 것이다. 한나는 좋은 부모 밑에서 안전한 집에서 자란 아이처럼 보였다. 자신을 운이 좋다고 여겨야 마땅하지만, 그보다 질투가 앞설지도 모른다. 늘 어머니의 그늘에 가려 살아오며 쌓인 원망일 수도 있다. 그녀를 도울 수 있다면 돕고 싶다. 하지만 그게 과연 의미 있는 일이 될지는 모르겠다. 분명한 것은 한나는 단순한 사람이 아니다. 그리고 나는, 내 시간을 여기에 쏟을 여유가 없다.

"그래요. 자기 앞가림 정도는 할 수 있길 바라요." 그녀가 경고했다.

그녀 머릿속에서 무슨 일이 벌어지고 있는지 짐작조차 할 수 없었다. 협박인지, 충고인지, 아니면 둘 다인지. 나는 그녀의 말을 그대로 믿지 않기로 했다.

"앨리스는 자기 자리를 지킬 줄 아는 사람이었어요. 부모님 밑에서 일하는 것은 쉽지 않을 거예요. 타라와 맥스는 요구가 많고, 무조건 순응하길 바라니까."

그녀는 나를 똑바로 바라보았다. "도나, 그들 때문에 힘들 거예요. 거기서 버티려면 정말 강해야 하는데……." 한나는 잠시 뜸을 들인 뒤, 낮게 덧붙였다. "문제는… 당신이 그렇게 강해 보이지 않는다는 거예요."

틀렸다. 그녀는 나를 아직 모르고 있다.

한나의 얼굴에 묘한 웃음이 번졌다. 그녀는 고개를 저으며 앙상하게 마른 내 몸을 위아래로 훑었다. 살아온 세월이 녹록하지 않았기 때문에 뼈만 남았다는 걸 잘 알고 있었다.

"너무 말라서 위협조차 안 될 것 같은데요. 문제가 생기면 바로 도망치겠죠."

"걱정하지 마, 한나. 내가 뭘 할 수 있는지 과소평가하지 않는 게 좋을 거야. 나는 나 자신을 지킬 수 있을뿐더러 상대를 이길 자신도 있어."

그녀가 내 말을 믿는지 아닌지는 표정만으로 알 수 없었다. 하지만 믿는 게 좋을 거다. 지난 몇 년간 내 삶은 힘들었고, 자신을 지키지 못했다면 살아남지 못했을 것이다.

그녀와의 짧은 대화는 유익했다. 그녀는 내게 자신의 다른 면을 보여 주었다. 여전히 내가 그리 좋아하지 않는 태도이긴 하지만. 그녀는 친구일까, 적일까? 친구였으면 좋겠다.

"사실 괴롭힐 생각은 아니었어요. 가끔 감정이 너무 올라오면 모두가 나한테 적대적인 것처럼 느껴져서 그래요." 한나는 감정을 누그러뜨리려는 듯이 숨을 천천히 들이키고 내쉬었다. "당신과 친해지고 싶어요. 정말이에요. 하지만 관계 맺는 게 어려워요. 타라와 맥스와도 마찬가지고요. 난 그들이 당신을 편하게 대해 주길 바랄 뿐이에요. 당신이 우리와 있어 줬으면 해요. 나한테는 얘기할 사람이 필요하거든요. 그렇게 해 줄 거죠?"

"물론이지. 나도 너와 잘 지내고 싶어."

허세는 사라졌고, 비난하는 말도 더 이상 나오지 않았다. 한나는 할 말을 다 했다는 듯 돌아서서 복도를 따라 걸어가다 이내 계단 아래로 사라졌다. 한나는 타라의 다른 모습을 왜 내게 이야기한 걸까. 그녀가 한 말은 모두 진심으로 한 말이었다. 나는 조금 불안해지기 시작했다.

제8장

　다음 날 아침, 나는 끔찍한 기분으로 눈을 떴다. 누군가 내 머릿속에서 심벌즈를 쾅쾅 치고 있는 것 같았다. 적어도 느낌은 그랬다. 새 직장에 출근하는 첫날인 만큼 좋은 인상을 남기고 싶지만, 내 머리는 협조할 생각이 없어 보였다.

　컨디션 조절은 내가 관리했어야 하는 문제이니 누구를 탓할 수도 없다. 어젯밤 집을 나설 때만 해도 내 계획은 분명했다. 필요한 물건들을 챙기고, 맥스 가족과 저녁을 먹기 위해 약속된 시간에 맞추어 돌아올 생각이었다. 하지만 현실은 그렇게 흘러가지 않았다.

　작별 인사를 하려 엘라가 돌아올 때까지 단칸방에서 기다린 게 실수였다. 나는 꼭 그러고 싶었다. 아무 말 없이 그녀의 삶에서 사라질 수는 없었다. 그녀는 내가 힘들 때 친구가 되어 주었고, 그 사실만큼은 지금도 잊지 않고 고맙게 생각하고 있다.

하지만 엘라는 충동적인 면이 강했고, 중독도 심한 편이었다. 안타깝게도 그녀는 지금까지 그 욕구를 조절하지 못했다. 매일 밤 외출하고, 술을 권하는 사람이 있으면 누구에게서든 받아 마시고, 자정이 훌쩍 넘어서야 비틀거리며 집으로 돌아왔다.

어제도 마찬가지였다. 내가 떠난다는 말을 듣자마자 엘라의 눈에는 눈물이 그렁그렁했다. 자기가 믿을 수 있는 유일한 친구는 나라면서 가지 말라고 애원했다. 좋은 의미로 앞으로 생활할 직장과 집에 대해 말했지만, 그게 오히려 그녀를 더욱 속상하게 만들었다. 그녀는 엉엉 울면서 내게 매달렸다. 미안한 마음에 작별의 의미로 한잔만 하자는 부탁을 거절하지 못했다. 한 잔 정도야 무슨 문제가 되겠는가 싶었다.

우리는 소파에 앉아 편하게 이야기를 나눴다. 장례식 이후 있었던 일들을 이야기했고, 웃기도 했다. 엘라는 계속 잔을 채웠다. 우리가 얼마나 많은 술을 마셨는지, 둘 다 전혀 기억하지 못했다. 와인뿐만 아니라, 보드카 샷까지 비워 버렸다는 사실도. 몸이 점점 말을 듣지 않는 걸 느끼고서야, 이미 새벽이 깊어졌다는 걸 깨달았다. 선택지는 하나뿐이었다. 나는 또다시 그 울퉁불퉁한 소파에서 밤을 보낼 수밖에 없었다.

* * *

　버스를 타고 저택으로 돌아가는 여정은 정말 끔찍했다. 커피를 두 잔이나 마셨고, 진통제도 한 움큼 먹었지만, 짐을 가득 욱여넣은 스포츠백을 내려다보고 있자니 엔진 소리에 머리는 깨질 듯 아프고 뼈마디마저 쑤셨다. 그나마 다행인 것은 이제 다시는 그 울퉁불퉁한 소파에서 잘 일이 없다는 점이다. 저택이 롱사이트에서 얼마나 멀리 떨어져 있는지 모르겠지만, 버스를 타고 가는 여정은 길고 지루했다. 나는 생수병에 든 물을 한 모금 마시면서 타라를 만나기 전까지 조금이라도 내 상태가 나아지길 간절히 바랐다.

　버스는 마을 한가운데서 멈추었다. 스포츠백을 메고 길을 걸어갔다. 저택에 사는 사람 중 누군가가 나를 발견하기 전에 내 방으로 몰래 올라가 샤워하고 싶었다. 하지만 열쇠로 문을 열자마자 타라가 현관에 서 있는 게 보였다.

　심장이 덜컥 내려앉았다. 그녀는 팔짱을 낀 채로 얼굴을 잔뜩 찡그리고 있었다.

　"어젯밤 저녁 식사 자리에 안 왔더군요."

　또 하나의 불문율을 어긴 것 같았다.

　"우리는 당신에게 이렇게 많은 걸 베풀었는데 실망시키는 건 달갑지 않아요."

말하지 않아도 안다. 그녀는 벌써 호의를 베푼 걸 후회하고 있다. 평소라면 약속을 어긴 것에 죄책감을 느꼈겠지만, 지금은 아니었다. 나는 오히려 묻고 싶었다. 무슨 권리로 내 사생활을 침해하는 거냐고. 하지만 꾹 참았다. 친구가 나를 필요로 했다고 말해 봤자 그녀의 기분이 나아질 리 없었다.

"그럴듯한 변명거리라도 말해 봐요, 도나. 그래야만 해요."

왜지? 나는 멍한 눈으로 그녀를 바라보았다. 뭐라고 말해야 하지? 꼭 말썽부린 아이가 된 것 같았다. 걱정과 분노가 뒤섞인 얼굴을 보고 있으려니, 내 부재를 설명하는 게 과연 의미가 있을까 싶었다. 아마 없을 거다. 그래도 뭐라도 말은 해야 한다. 내가 값싼 화이트 와인을 잔뜩 마셨다는 얘기는 하지 말자. 지금 분위기에서 그런 고백은 불에 기름을 붓는 꼴일 테니까.

"미안해요, 타라. 짐을 챙기러 친구 집에 갔었어요. 근데 하루 종일 종종거리느라 심신이 너무 지쳐 있었어요. 저녁 약속을 일부러 어긴 건 아니고, 친구 집에서 잠깐 쉬고 가려다가 그만 잠들었어요. 어쩔 수가 없었어요. 솔직히 말해, 같이 식사를 했어도 좋은 말동무는 못 됐을 거예요."

그녀의 입가에 희미하게 미소가 떠올랐다가 곧 사라졌다. 여전히 화가 풀리지 않은 듯했다.

"난 누가 내 초대를 어기는 게 정말 싫어요. 우리와 함께

하기로 한 첫날인 어제는 더욱 그랬고요.”

그녀는 점점 더 압박의 수위를 높였다. 죄책감이 온몸을 짓누르는 것 같았다. 이게 일상이 되면, 이 집 밖에서 할 수 있는 일이 아무것도 남아 있지 않을 것만 같았다.

“앞으론 꼭 기억해요, 도나. 이건 다 당신을 위해서예요. 당신이 여기 사는 이상, 초대받은 식사 자리에는 꼭 참석해야 해요. 예외는 단 두 가지뿐이에요. 아프거나, 맥스를 위해 출장 중일 때.”

‘나를 위해서’라니. 그게 무슨 뜻이지? 그냥 하는 말일 뿐일 것이라며 속으로 넘겼다. 어차피 숙취 때문에 머리가 깨질 듯 아파서, 그녀가 뭐라고 했는지 기억도 나지 않을 거다. 오늘 하루를 무사히 버티는 것만 해도 기적일 테니까.

“맥스가 지금 당장 당신을 만나고 싶어 해요.”

맥스의 이름을 말하는 그녀의 목소리는 흔들렸다. 가만 보니 손도 떨리고 있었다.

“괜찮아요?”

나는 진심으로 물었지만, 몇 초 뒤 그 말을 하지 말았어야 했다는 걸 깨달았다. 타라는 심술 난 표정을 지으며 내 짐이 든 무거운 스포츠백을 구석에 던져버렸다. 나는 움찔했다. 그 가방에는 내가 가장 좋아했던 유일한 사람, 낸시 이모가 가지고 있던 몇 개의 유리 장식품이 들어 있었다.

좋을 때나 나쁠 때나 내가 끝까지 지켜온, 과거의 흔적 같은 것들이었다.

부서졌을까 봐 가슴이 철렁 내려앉았다. 항의하려는 순간 타라의 표정을 보고는 입을 다물었다. 그녀는 매우 화가 나 딱딱하게 표정이 굳어 있었다. 이 상황이 반복된다면 과연 내가 감당할 수 있을까. 그래야 했다. 앨리스에 대한 답을 원한다면, 참아야 했다.

"앞으로는 행동 똑바로 해요, 도나. 다시는 내가 당신을 꾸짖는 일이 없었으면 좋겠어요."

'꾸짖는다'라……. 내가 이 집의 하인이라도 되는 줄 아는 걸까?

그녀는 내동댕이쳐진 가방을 턱으로 가리키며 말했다. "저건 나중에 정리하도록 해요."

타라는 계단을 올라가 맥스의 사무실로 사라졌다. 이곳에서 일해 달라는 그녀의 제안을 기꺼이 받아들이고 싶은 마음은 컸지만, 신경질적인 타라는 나와 가까워질 기회도 주지 않을 것 같았다. 그녀는 어젯밤 식사 자리에 참석하지 않았다는 이유로 나를 대역죄인처럼 대했다. 만약 이런 일이 일상이라면, 앞으로 험난한 나날이 기다리고 있을 게 분명하다. 그때 뒤에서 한나의 목소리가 들렸다.

"예상한 것과 다르죠? 앞으로 더 심해질 거예요. 어쩔 수 없어요. 스트레스를 너무 많이 받고 있고, 감당을 못 하거든요. 언젠가는 무너질 거예요."

왜 스트레스를 받는 걸까? 사업 때문일까? 그 부분은 맥스가 잘 처리하고 있을 텐데. 아니면 부부 사이에 문제가 있는 걸까.

"이게 이렇게 화낼 일이야?"

한나는 보고 싱긋 웃더니 팔짱을 끼고 고개를 끄덕였다.

"거의 매일 뭔가에 화가 나 있어요. 어제 저녁엔 맥스가 한 짓 때문에 난리였죠. 나랑 마리아 앞에서 그의 단점들을 다 들춰냈어요. 소리 지르고, 결국 뺨까지 때렸죠. 그래도 타라가 이기진 못했어요. 맥스가 바로 맞받아쳤거든요. 선을 넘지 않도록 조심하세요."

분명 과장일 거다. 부부 싸움이야 누구나 하는 법이니까. 더 캐묻는 건 의미 없어 보여서 입을 다물었다.

"뭐 때문에 싸웠는지 궁금하지 않아요?"

둘 사이에 관여하지 않겠다고 마음먹었지만, 한나는 이미 말할 생각인 것 같았다.

"마리아가 저녁을 잘못 만들었다는 게 시작이었어요. 하지만 그게 아니에요. 늘 '일상적인 게' 문제예요."

그 '일상적인 게' 뭔지 몰라 뭐라고 말할 수가 없었다.

"당신이 없어서 아쉬웠어요. 꽤 볼만했는데 말이죠. 어제 한 일이 그만한 값어치가 있는 일이길 바라네요."

그녀는 파랗고 예민한 눈으로 나를 보았다. 한나는 내 속을 전부 들여다보고, 내가 뱉는 말이 진실인지 거짓인지 단번에 가려낼 것처럼 보였다. 내가 어제 어디에 있었는지, 누구와 함께 있었는지는 절대 말하지 않을 것이다. 엘라, 그리고 그녀와 함께 살았던 생활은 철저히 내 사생활로 묻어 둘 거다. 어젯밤 내 행적은 여기서 끝이다.

"내 방에 있었어. 힘든 하루였으니까. 장례식에도 참석했고, 버스도 오래 탔잖아. 그러다 까무룩 잠들어서 아침까지 못 일어났어. 그래서 저녁도 놓친 거고."

그녀가 스포츠백을 향해 고개를 까닥했다.

"거짓말. 타라한테 한 소리 듣기 전에 저 가방을 들고서 현관문으로 들어오는 걸 봤는데요."

역시 예리하다. 하지만 지금 이 주제에 관한 대화는 여기서 끝내야 했다. 급히 화제를 바꾸었다.

"오늘 아침에…… 타라와 맥스는 서로 대화했니?"

"아뇨. 타라는 거의 말을 하지 않았고, 맥스는 아침 내내 신문만 봤어요."

"그럼, 말해 봐. 네가 말한 그 '일상적인 거'. 그게 대체 뭐야?"

"타라는 맥스를 직접적으로 비난하거나 해야 할 말을

대놓고 하지 않아요. 대신 관련 없는 일로 화를 내죠. 어젯밤에는 양고기가 너무 익었다며 마리아에게 불같이 화를 냈어요. 마리아는 울면서 주방으로 도망쳤죠. 타라가 따라갔지만, 마리아는 더는 못 참겠다며 집에 가버렸어요. 그것 때문에 얼마나 짜증이 났는지. 맥스는 마리아에게 사과하라고 했지만 타라는 거절했어요. 뭐, 저녁은 엉망이 됐죠."

저녁 식사 자리에 없었던 게 다행이었다. 타라가 그런 식으로 행동하는 걸 목격했다면 나는 정말로 당황했을 것이다. 내 머릿속에 있는 그녀의 모습은 전혀 딴판이다. 아름답고, 재치 있고, 친절하고…… 물론 이런 생각은 빠르게 바뀌고 있다. 한나가 한 말 때문이 아니라 그녀를 직접 겪어보니 그렇다.

"제대로 대답 안 해 줄 거야?"

"맥스가 바람을 피우고 있어요."

놀라웠다. 완벽해 보이던 그들의 결혼 생활이 그가 만나는 다른 여자 때문에 망가지고 있다니.

"여자 이름은 이사벨이고, 몇 달째 서로 만나고 있어요. 타라도 그녀를 알아요. 친구였거든요. 집에 온 적은 없지만."

'이사벨'이란 이름을 듣는 순간 머리가 어질어질했다. 이사벨은 장례식에 본 그 끔찍한 여자, 나를 대놓고 깔보던 여자였다. 맥스는 그 여자로부터 나를 구해 주었다. 그런데 그런 여자와 맥스가 바람을 피우고 있다고?

"그 여자를 알아?"

"본 적은 있어도 대화해 본 적은 없어요. 타라는 이제 현실을 직시해야 해요. 어떤 여자도 그런 대접을 참고 살 필요는 없잖아요. 이 집에서 사는 건 악몽이에요, 도나, 난 그냥 떠나고 싶어요."

나는 부모 밑에서 자라는 행운을 누리지 못했다. 엄마가 있긴 했지만, '엄마'라는 이름을 가질 자격이 있었는지는 지금도 의문이다. 아버지는 없었다. 엄마와 나는 여러 친척 집을 전전하며 살았다. 그 시간 속에서 행복하다고 느낀 순간은 거의 없었다. 예외가 있다면 낸시 이모와 함께 지낼 때였다. 이모는 나를 좋아했고 나도 이모를 좋아했다. 진심으로 이모가 내 엄마였으면 좋겠다고 바란 적도 있었다. 한나는 자신이 얼마나 운이 좋은지 모른다.

지금 굳이 이 자리에서 내 생각을 말할 필요는 없었다. 한나를 믿어도 되는지 확신이 서지 않았고, 내가 뒤에서 자기 이야기를 했다는 걸 맥스가 알면 불쾌해할 게 분명했다. 단순히 맥스와 타라를 기쁘게 하려고 여기서 일하는 게 아니다. 나만의 목적이 있어서고 평온한 환경이 좋아서다. 운이 좋다면 이곳에서 금세 나갈 수 있을 것이다. 맥스가 바람을 피우는 건 나와 상관없는 일이다.

"처음에 타라가 직접 물어봤어요. 그랬더니 맥스가 난리를 쳤죠. 타라는 하루 종일 방에 틀어박혀 나오지 않았어요. 그 뒤로 불륜 얘기는 꺼내지도 않아요. 대신 다른 걸로 폭발하죠. 어제 양고기처럼요." 한나는 씁쓸해하며 말했다. "남편으로서도 아빠로서도 형편없는 남자예요. 우리한테는 관심도 없고. 그 사람한테 우리는 중요하지 않아요."

나는 한나가 하는 말을 믿지 않기로 했다. 어제 내가 만난 맥스는 매우 친절하고 다정했으며, 이사벨로부터 나를 구해 줬다. 자기 아내를 존중하는 것처럼 행동했다. 그리고 누가 자기 자식을 미워한단 말인가? 한나가 뭔가 오해하고 있는 게 틀림없었다.

"너와 엄마는 이사벨에 관해서 얘기하니?"

"전혀요. 화를 내긴 해도 타라는 조용하게 살고 싶어 해요. 하지만 맥스와 함께 사는 한 그건 불가능하죠. 우리 중 누구든 아빠에게 맞서면, 고통스럽게 대가를 치러야 해요."

맥스가 그렇게 이기적이라는 사실을 믿기 어렵다. 한나의 말처럼 앨리스와 맥스가 바람을 피우고 있다면, 그녀는 분명 진작에 맥스를 이 집에서 쫓아냈을 것이다. 내가 아는 타라는 틀림없이 그랬을 것이다. 한나는 왜 나한테 이런 이야기를 털어놓는 걸까? 그녀가 내게 뭘 기대하는 건지 전혀 모르겠다.

분위기를 조금 밝게 바꾸기 위해 부모에 대한 이야기는 그만두고, 그녀가 좋아하는 화제로 전환했다. "듣기로는 카페를 열고 싶다면서."

말이 떨어지자마자 한나는 환하게 웃으며 표정을 바꿨다.

"여기서 팔 킬로미터 정도 떨어져 있는 마을에 열 계획이에요. 운하 옆에 빈 상점들이 여러 개 있는데, 위치도 좋고 처음 일 년 치 임대료도 저렴하거든요. 문제는 역시 돈이에요. 맥스가 초기 자금을 대주겠다고 약속해서 언제 줄 수 있냐고 몇 번이나 물어봤지만, 그때마다 얼버무리며 넘어갔어요. 이번 달 말까지 기다려 보고, 그때도 돈을 안 주면 은행에서 대출을 받을 생각이에요. 앨리스가 사업 계획서를 만드는 걸 도와줬고, 비용도 전부 계산해 두었어요."

한나의 목소리는 들뜬 기운으로 넘쳐흘렀다. 지금까지의 이미지와는 전혀 달랐다. 밝고, 의욕적이어서 내 마음에 꼭 들었다.

"돈을 좀 벌면 나만의 집을 갖고 싶어요. 사업을 하는 게 제 인생의 첫 번째 목표이지만, 이 집에서 벗어나는 것도 중요해요."

그녀는 이 집을 떠나고 싶어 했다. 호화로운 생활을 포기하고 스스로 벌어 먹고살겠다는 것이다. 엄청나게 운이 좋지 않은 이상, 그건 큰 도박이다.

한나가 현관 위쪽을 힐끗 보았다. "이제 사무실로 가는 게 좋겠어요. 안 그러면 성가신 맥스가 당신을 괴롭힐 테니까."

맞는 말이다. 어젯밤 저녁 식사에도 나타나지 않았고, 지각까지 했다. 변명 거리도 준비돼 있지 않았다. 맥스가 묻는다면 즉석에서 둘러대야 했다.

복도를 따라 사무실에 도착했다. 앞으로 이곳에서 일을 하다니. 불과 며칠 전만 해도 누가 이런 일을 생각이나 했을까?

문을 열고 들어가자마자 책상에서 고개를 숙이고 서류를 뒤적이는 타라가 보였다. 인기척이 느껴지자 그녀는 고개를 들어 미소를 지어 보였다. 평소 완벽하게 정돈되어 있던 금발 머리가 지저분하게 흐트러져 있었다. 지금 그녀는 아까 현관문 앞에서 나를 맞은 그 성질 더러운 타라가 아니었다. 그녀는 기분이 완전히 바뀐 것처럼 보였다.

"미안해요, 도나. 급한 일이 생겨서 당신 책상을 좀 살펴봤어요.

괜찮다는 의미로 미소를 짓고는 고개를 끄덕였다. 타라는 사무실을 오르락내리락하며 물건을 옮기고 서랍을 뒤졌다.

"도와드릴까요?"

"문서를 찾고 있었어요. 지난주에 런던에 있는 고객이 인근에 있는 매물 중 하나를 사고 싶다고 메일을 보냈어요.

놓치면 안 되는 고객인데. 맥스가 이메일을 출력해서 한 부는 변호사에게 주려고 이 책상에 두었고, 다른 한 부는 내 책상에 두었어요. 근데 모두 사라졌어요."

그녀는 머리를 뒤로 넘겨 귀 뒤로 고정한 후 나를 정면으로 바라보았다.

"맥스가 일을 제대로 하려고 노력했으면 좋겠어요. 잃어버린 건 그 사람인데 쉬고 있다고요. 나도 느긋할 수 있으면 좋겠어요. 예전에 스키를 타다 다친 다리가 아프대요. 대퇴골이 부러져서 수술을 받았는데 다리에 금속이 가득해요. 그게 가끔 아프대요."

아픈 그가 안쓰러웠다. 수술 후유증은 견디기 쉽지 않을 것이다. 서류 찾는 걸 돕고 싶었지만, 책상과 바닥에는 이미 알 수 없는 서류로 잔뜩 뒤덮여 있어 그럴 수 없었다.

"도나, 내가 당신 책상 위에 둔 사본 어떻게 했어요? 혹시 안전하게 보관하려고 어딘가에 뒀나요? 아니면 한나가 이곳에 왔었나요? 그 애는 나를 화나게 할 목적이라면 뭐든지 하거든요."

이런 말에는 어떻게 대답해야 할까? 이 일이 정말 내 탓이라고 생각하는 건 아닐 것이다. 타라가 사무실을 보여 준 이후로 발을 들인 것은 지금이 처음이기 때문이다. 한나가 손을 댄 거라면, 도대체 왜 그랬을까?

"무슨 얘길 하는 건지 전혀 모르겠어요. 난 오늘부터 일하는 데다가, 아직 책상에 앉아보지도 못했어요."

내가 그런 게 아니라고 설명하려 했지만, 그녀는 내 말을 무시한 채 서류를 바닥에 흩뿌렸다.

"문서가 없어졌다는 건 심각한 문제예요. 이렇게 소홀히 일하는 건 용납할 수 없어요, 도나. 이곳에서 일한다는 건 당신이 여기서 일어나는 일들에 책임을 져야 한다는 걸 의미해요."

어리둥절했다. 이게 어떻게 내 책임이란 말인가. 그녀는 지금 이성적으로 생각하지 못하고 있다. 지금 당장 필요한 중요한 서류가 사라졌다. 이런 상황에 맞닥뜨린다면 공황 상태가 되는 건 당연하다. 그렇다고 해서 애먼 사람을 추궁한다는 게 말이 되는 소리인가. 만약 이것이 타라의 평소 모습이라면 오래지 않아 나는 그녀를 견디지 못하게 될 것이다.

"타라, 오늘이 제가 처음 이 방에 들어온 날이에요. 사라진 게 있다면 제 잘못은 아닙니다. 그래도 찾는 건 도와드릴게요." 난장판을 둘러보며 어디서부터 시작해야 할지 머리를 굴렸다.

"여기서 일어나는 모든 일은 당신 책임이에요."

타라는 평소대로 웃으며 내게 말을 건넸다. 이제는 그녀가 화가 난 건지 아닌지 분간이 되질 않았다.

"당신을 고용한 게 큰 실수가 아니었으면 좋겠네요."

'큰 실수라고?' 나는 아무런 잘못도 하지 않았다. 오히려 실수하고 있는 건 내가 아니라 그녀다.

"이메일을 다시 출력하면 되잖아요."

가장 합리적인 해결책을 제시했지만, 그녀는 고개를 젓고, 나를 바라보며 혀를 찼다.

"난 바보가 아니에요. 내가 보기엔 의도적으로 이메일을 삭제하고 사본들을 없앤 게 분명해요."

그녀는 책상에서 몸을 일으켜 꼿꼿하게 섰다.

"내가 바라는 건 단 하나예요. 사람들이 자기 일을 제대로 하고, 일을 망치지 않는 것."

재차 항의하려 했지만 그만두었다. 그녀가 보기엔 내가 책임져야 할 사람이고, 그게 이미 정해진 결론이었다.

"한나가 또 무슨 수작을 부리고 있는 건지도 몰라요. 예전에도 이런 짓을 한 적이 있었는데, 이번엔 도가 지나쳤어요."

한나가 왜 굳이 이런 짓을 할까. 게다가 타라는 내게 사무실을 보여 준 후 문을 잠가 두었다. 아무도 들어올 수 없었을 텐데. 물론 열쇠를 손에 넣는 정도는 한나에게 어려운 일이 아닐 것이다. 그렇다 해도 이메일을 삭제하고 문서를 훔치는 게 무슨 이득이 있단 말인가?

사무실을 엉망진창으로 만들어 놓은 것은 타라였지만,

정리는 내 몫이었다. 문제는 물건들을 어디에 두었었는지 전혀 기억이 나지 않는다는 것이다. 이메일도 마찬가지였다. 컴퓨터와 관련된 지식이 부족해 해결책을 제시할 수도 없었다. 이러나저러나 가만히 있는 게 낫겠다는 판단이 들었다.

"당신, 전혀 도움이 안 되는군요. 이런 태도는 빨리 고치세요. 난 뭔가 필요하면, 몇 분 안에 내 손에 들어와야 해요."

점점 노골적으로 깔보는 눈빛에 형식적인 미소를 보였다. 그래도 다행이라면 폭발하지는 않았다.

"내가 원하는 건 유능한 사람이에요. 문제를 해결할 줄 알고, 이 사무실이 매끄럽게 돌아가게 해 줄 사람요. 그런데 지금 내 앞에 있는 건, 당신이군요."

내가 여기 온 건 끔찍한 실수인 걸까?

제9장

첫 출발이 좋지 않았다. 맥스의 사업이 조금이라도 삐걱거리거나, 일이 매끄럽게 돌아가지 않으면 타라는 가장 먼저 희생양을 찾는다. 그리고 지금, 그 표적은 나다.

그녀는 사무실에서 나가면서 아무 말도 하지 않았다. 자신이 얼마나 부당했는지에 대한 사과도, 바닥을 난장판으로 만들어 놓고 간 데에 대한 언급도 없었다. 맥스와 일하는 거라고 생각했지만, 이제 보니 두 사람의 부름에 응답해야 하는 처지였다.

나는 티도 나지 않는 일부터 했다. 바닥에 흩어진 서류와 폴더를 주워 캐비닛 위에 올려놓았다. 정리는 나중에 마음이 진정되고 나서 해도 늦지 않았다. 책상에 앉았지만 뭘 해야 할지 전혀 감이 잡히지 않았다. 당장 짐을 챙기고, 이곳에서 나가 다시는 돌아오지 말까? 솔직히 그러고 싶다. 어차피 내가 빠진다 해도 이 집은 잘 돌아갈 것이다. 나는 이미 부속품 같은 존재다.

"타라가 뭔가 말하려고 하는 것 같지 않아요?"

한나다. 또다시 불쑥 나타난, 귀찮기 짝이 없는 존재. 노크도 없이 그냥 들어온 그녀는 타라가 마녀처럼 화내는 소리를 듣고 찾아와 날 약 올리려 했다.

"내가 말했죠? 저 부부 둘 다 문제라고 했잖아요."

지금 내가 가장 원하는 건 한나가 내 옆에서 사라지는 것이다. 어떻게든 그녀를 내보내야 한다.

"나 지금은 얘기 못 해. 오늘 일을 하려면 저것들부터 정리해야 하거든."

어질러진 캐비닛을 가리키자 한나는 팔짱을 끼고 고개를 끄덕였다. "타라는 뭐든 대충 하는 법이 없는데. 내가 도와줄까요?"

"괜찮아, 혼자 할게."

"맘대로 해요. 하지만 이건 시작일 뿐이에요." 한나가 낮은 목소리로 말을 이어 갔다. "경고 하는데, 화를 내지 않을 때의 타라도 똑같이 위험하단 걸 잊지 말아요."

이번엔 농담처럼 들리지 않았다. 한나는 진지하고 진심인데다, 타라에 대해 나보다 훨씬 더 잘 알고 있다. 하지만…… '위험하다'고? 설마.

한나는 작게 속삭였다. "조용히 얘기하는 게 좋겠어요. 어쩌면 우리가 하는 말을 듣고 있을지도 몰라요."

혹시나 해서 살금살금 문으로 가 복도를 이리저리 살폈다. 까치발을 들고 맥스의 사무실 안도 슬쩍 들여다보았다. 안은 비어 있었고, 주변엔 아무도 없었다. "안심해도 돼."

"타라는 예전에도 앨리스를 똑같이 괴롭혔어요. 소리 지르지도 않고 욕도 하지 않았죠. 대신 은근하게 비난하고 위협했어요."

"나는 오늘 제대로 혼났는데. 앨리스는 어떻게 견딘 거야?"

"처음엔 거의 그만둘 뻔했어요. 엄마가 지금처럼 문서가 사라졌다고 난리를 쳤거든요. 하지만 선을 넘었다는 걸 깨닫고는 태도를 바꿨죠. 달래서 붙잡았어요."

"그다음엔?"

"앨리스가 뭔가를 알아냈어요. 아주 안 좋은 거랬는데, 특히 맥스에 대한 거요."

"어떤 거였는데?"

"그건 절대 말해 주지 않았어요. 아무리 물어도요. 그런데 엄마가 심하게 화를 내던 날, 앨리스가 화가 나서 '경찰'이란 말을 꺼냈어요. 그날 이후로 모든 게 달라졌어요. 타라는 갑자기 상냥해졌고, 맥스도 성질을 내지 않았고요. 앨리스는 훨씬 편해 보였죠."

솔깃한 말이었다. 도대체 앨리스는 그 둘에 대해 뭘 알고 있었던 걸까? 그리고 어떻게 그걸 알아냈을까? 그 난리를 단숨에 멈추게 할 수 있었다면, 그건 분명 가벼운 비밀은 아닐 것이다. 문득 또 다른 생각이 스쳤다. 앨리스가 알고 있던 그 '무언가'가, 어쩌면 나에게도 해답을 줄 수 있지 않을까 하는 생각이. 방법은 모르겠다. 그건 전적으로 그녀가 무엇을 알고 있었는지에 달려 있다.

내 문제도 뭔가 진척이 있어야 했지만, 장례식 이후 생긴 질문들은 여전히 풀리지 않은 채 남아 있다. 문제는 맥스네 가족과 저택, 맡겨진 일이 내 머릿속을 온통 지배해 버렸다는 사실이다. 조심하지 않으면, 애초에 내가 왜 여기 왔는지를 잊게 될 것 같다.

앨리스가 맥스에 대해 알아낸 건 그 무엇이라도 될 수 있다. 하지만 그녀가 경찰을 들먹이며 협박까지 했다면, 몇 가지를 후보로 떠올려 볼 수 있다. 가장 먼저 떠오르는 건 사업과 관련된 문제다. 앨리스는 좋은 일이든 나쁜 일이든, 무슨 일이 벌어지고 있는지 알았을 것이다. 앨리스가 회계 일을 맡고 있었으니까. 불법 자금 문제일 수도 있다. 예를 들어 맥스가 세금을 속였다든가, 심지어 횡령을 저질렀을 수도 있다. 하지만 이건 말이 되지 않는다. 상상력이 도를 넘은 것 같다. 그런 일은 아닐 것이다.

"나도 앨리스를 본받아서, 타라가 더 이상 나를 괴롭히지 못할 뭔가를 알아내야겠어. 이 일자리, 그리고 함께 제공되는 숙소는 기도에 대한 응답 같은 거야. 하지만 참고 견디는 데도 한계가 있어. 나랑 전혀 상관없는 일인데도 내 탓으로 돌리고 책임을 져야 한다면, 그건 얘기가 다르지. 또 한 번 그런 일이 생기면, 말도 안 하고 바로 떠날 거야. 미련 없이. 그러니 날 도와줘. 그럼 난 너한테 정말 큰 빚을 지는 거야."

그야말로 바보천치 같다. 내가 지금 무슨 말을 한 거지? 내가 가진 패가 거의 없는 상황에서 이 애가 뭘 요구할지도 모른 채 도와달라는 말을 했다. 어색한 침묵이 흘렀다. 지금 내가 얼마나 진지한가를 한나가 이해할 수 있도록 분명히 밝힐 타이밍이다.

"솔직히 말해, 난 이 일과 이 일에 딸려 오는 모든 게 필요해. 하지만 까칠쟁이 타라는 거래에 없는 항목이야."

"까칠쟁이 타라라. 그 말 맘에 드네요."

한나는 그 표현이 마음에 든다지만, 나는 아니다. 이런 식으로는 일할 수 없다. 늘 신경을 곤두세운 채 언제든 타라가 문을 벌컥 열고 들어와 내 머릿속을 헤집을까 두려워하며 지내는 건 싫다. 아직 오전 열 시도 되지 않았는데 벌써 하루가 지긋지긋하다. 이게 일상이라면 일주일도 버티지 못하고 녹초가 될 게 분명하다.

"한나, 제발, 내게 쓸만한 정보를 좀 줘."

"일단, 저 둘은 겉모습이 전부가 아니에요. 옷차림, 차, 이 저택…… 전부 허세일 뿐이죠. 맥스는 최소한 하나 이상의 더러운 비밀을 갖고 있어요. 정부, 이사벨이요. 지금은 그녀의 존재가 비밀도 아니지만. 하지만 앨리스는 다른 무언가가 있다고 했어요. 그들 과거에 절대 드러나면 안 되는 뭔가가 있다고. 앨리스에게 물었던 적이 있어요. 왜 타라에게 '경찰'을 들먹이며 협박했는지. 하지만 말해 주지 않았어요."

우리는 모두 숨기고 싶은 과거의 일이 하나쯤은 있다. 그 누구보다 내가 잘 안다. 하지만 맥스와 타라처럼 겉만 번지르르한 사람들이 숨기고 있는 게 뭘까?

"난 돈이 필요해요, 도나. 카페를 열고, 새로 출발할 정도로 충분한 돈이요. 이 엉망진창 같은 곳에서 벗어나고 싶어 미치겠어요."

"그건 아주 중요한 일이야. 네가 하려는 사업은 돈이 꽤 들 거야. 결국 맥스에게 손 벌려야 하는 거잖아. 그런데 거절하면? 맥스가 도와주지 않는다면, 은행이 차선책이야. 가서 상담이라도 받아 봐. 그들이 얼마나 대출해 줄 의향이 있는지 알아보는 거지."

"그건 시간이 너무 오래 걸려요. 지금 당장 돈이 필요하다고요. 그래서 말인데, 난 당신이 그 돈을 구해 줄 수 있다는 거 알아요."

그렇게 믿는다면 그녀는 꿈꾸고 있는 거다. "미안하지만, 나 완전 빈털터리야. 월급날까지 버텨야 하는데, 주머니에 든 몇 푼이 전부야. 내가 왜 이 일을 시작했겠어?"

"돈 때문이 아니라는 거 알아요."

순간 긴장감이 들었다. 이 애는 무슨 뜻으로 이런 말을 하는 거지? 뭔가 알고 하는 말인 건가, 아니면 그냥 추측이 맞은 건가?

"말도 안 되는 소리 하지 마. 너랑 마찬가지로 나도 돈이 필요해. 그게 내가 여기 있는 유일한 이유야."

얼굴이 뜨거워졌다. 분명 새빨갛게 달아올랐을 거다. 거짓말도 못 할뿐더러 설득력도 떨어진다는 게 또다시 드러나는 순간이다.

"거짓말. 이 일, 단순히 먹고살려고 하는 거 아니잖아요. 목적이 있는 거지. 풀어야 할 질문들이 있으니까, 부모님이 아무리 이상하게 굴어도 답을 얻기 전까지 절대 떠나지 않을 거면서."

제대로 맞췄다. 얼결에 짚어낸 것은 아니었다. 논리적으로 생각해 보면, 그녀가 진실을 알 수 있는 방법은 없다. 한나가 '앨리스 장례식' 사건을 조작하는 데 일조하지 않았다면 말이다. 등골이 서늘해지지만, 지금 파고들 문제는 아니다.

"난 돈이 없어. 돈을 모아도 네가 원하는 만큼은 절대 못 모을 거고. 그러니까 헛수고하지 말고…… 앨리스가 알고 있던 비밀을 말해 줘. 그것마저 없다면 난 여기에서 버틸 수 없어."

고개를 가로젓는 한나의 눈빛이 흐려졌다. 그녀는 내가 떠나질 않길 바라고 있다. 그 사실이 내겐 결정적인 패다.

"당신이 떠나면 나도 버틸 수 없어요."

한나치고는 꽤 과장된 말이다. 그냥 웃어넘기고 싶지만, 그녀의 눈가가 반짝였다. 농담이 아닌 것이다. 하지만 왜 그런 생각을 하는지, 나로서는 알 수 없었다.

"넌 괜찮을 거야. 지금 네가 위험에 처해 있는 것도 아니잖아. 부모님이랑 같이 살고 있고, 그 사람들이 네게 안 좋은 일이 벌어지는 걸 두고 볼 리 없어."

"아무것도 모르면서. 난 항상 긴장 속에서 산다고요. 다음에 무슨 일이 터질지 전혀 모르니까."

"이런 허황한 얘기, 이제 그만하자. 넌 정말 운이 좋은 아이야. 너처럼 살 수만 있다면 기꺼이 뭐든 내놓을 사람들이 세상엔 아주 많아."

한나는 책상 끝에 살짝 걸터앉아 몇 초간 컴퓨터 마우스를 만지작거렸다. 아마도 생각할 때마다 하는 습관이겠지. 그러다 마우스를 툭 하고 던져 놓고는 내 눈을 바라보며 조용히 고개를 끄덕였다.

"앨리스가 정확히 뭘 알아냈는지는 몰라요. 맥스와 타라도 앨리스가 뭘 알아냈는지는 모르고요. 경찰 얘기만 꺼냈을 뿐인데도 맥스 얼굴이 하얗게 질렸으니까요. 이걸 이용하면 돼요. 말을 살짝 비틀어서 당신이 뭔가를 알고 있다고 믿게끔요."

"난 거짓말에 소질 없어. 그런 연기는 무리야. 앨리스는 분명 뭔가를 알아냈고, 그걸 맥스에게 은근히 암시했겠지. 하지만 난 아무것도 아는 게 없……."

"뭐가 됐든 간에 맥스가 겁을 먹을 만큼은 되었단 얘기죠. 제대로 먹혔고요. 그날 이후로 맥스는 한마디도 함부로 하지 않았거든요."

내 말을 끊고 들어온 그녀는 잠시 멈췄다가, 의미심장하게 덧붙였다. "앨리스는 아빠가 안절부절못하는 모습이 재미있다고 했어요." 한나의 시선이 나를 단단히 붙잡았다. "도나, 할 수 있어요. 아무 말도 하지 않는 것만으로도 그에게 대가를 치르게 만들 수 있다니까요. 우리 둘이 힘을 합치면 각자 필요한 돈을 손에 넣을 수 있을 거예요."

대꾸하지 않았다. 한나와 한패가 되는 건 생각만 해도 위험해 보였다. 무엇보다 그녀는 이 집 딸이다.

"앨리스가 자기가 아는 일과 관련해서 힌트라도 준 적은 없어?"

"없어요. 죽지 않았다면 말해 줬을지도 모르죠."

"앨리스는 몇 살이었어?"

"마흔둘이요. 그녀의 생일에 다 같이 외식을 했는데, 맥스가 금목걸이를 선물했어요. 그 남자치곤 엄청난 선물이에요. 평소엔 절대 그런 데 돈을 안 쓰거든요. 크리스마스에도 비스킷이랑 초콜릿 상자 하나로 끝일 정도니까. 많아야 한 사람당 십 파운드 정도 썼어요. 그걸 보면 앨리스가 그 두 사람한테 얼마나 영향력이 강했는지 알 수 있죠."

"앨리스는 어떻게 죽었어? 아팠던 거야?"

맥스나 타라에게서 들을 수 없던 대답을 기대하며 질문을 던졌다. 한나라면 좀 더 자세한 걸 알고 있을지도 모른다.

"바보 같은 사고였어요. 계단에서 넘어져서 구른 게 틀림없어요."

"'틀림없다'는 말은, 사고가 벌어진 장면을 아무도 본 사람이 없다는 뜻이야?"

"엄마는 주방에서 마리아와 대화 중이었어요."

"그럼 맥스는?"

"아마도 밖에 있었던 거 같아요. 그런데 누가 거기 있었는지가 무슨 상관인데요? 검시관이 사고사라고 했고, 그걸로 끝난 일인 걸요. 책임져야 할 사람도 없고."

한나는 인상을 찌푸리며 어깨를 으쓱거렸다. 나도 모르

게 몸이 떨렸다. 건강했던 여자가 이 집에서 죽었다. 사고가 있기 전 그녀는 사무실 책상 앞에 앉아 일을 하고 있었을 것이다.

"아빠는 충격을 받았는지 며칠 동안 좀 이상했어요. 나나 타라한테 거의 말도 하지 않았고요. 매일 밤 이사벨이랑 외출해서 술에 취해 돌아왔고, 맨정신인 날이 없었어요."

"그런 일이었으면 그런 식으로 반응한 것도 이해가 가."

"그 얘긴 그만 해요. 그 일은 끝난 일이니까요. 그 여자는 죽었고, 맥스는 잠깐 감정적이었지만 금방 회복했어요. 이사벨을 만나면서 훌훌 털어 냈고요. 타라는 울기만 해서 아무런 도움도 안 됐지만."

이사벨, 장례식장에서 내 험담을 하던 그 여자. 예쁘긴 하지만 타라에 비할 바는 아니었다. 타라 같은 아내가 있는데, 맥스가 딴 사람에게 눈을 돌린다는 게 좀처럼 상상이 되질 않았다.

"이사벨은 어디서 일해?"

"맨체스터에 있는 한 회계 법인의 회계사예요. 근데 집에서 일하는 날이 더 많아요. 근무 시간에 헬스장에 가고 친구들이랑 점심도 먹죠. 어때요? 내가 알려준 정보, 이 정도면 꽤 값어치 있는 거 아닌가요?"

"말했잖아, 나 지금은 돈이 한 푼도 없어. 게다가 네가 말한 건 다 추측뿐이야. '수상하다'는 느낌만으로는 협박도 못해. 난 사실이 필요해. 그래야 뭐라도 시도해 볼 수 있지."

"좋아. 그럼 다른 방식으로 갈아요. 맥스가 하는 사업에 대한 내부 정보면 되겠네. 앨리스가 알고 있던 것도 아마 그런 게 관련됐을 테니까. 허구한 날 회계 장부에 코를 박고 있었거든요. 이 사무실에서 일하다 보면 별별 걸 다 알게 될 거예요. 뭔가 이상하다고 느껴지는 게 있으면 전부 나한테 말해 줘요."

"도대체 내가 뭘 찾아야 하는 건데?"

"불법적인 거든, 탈세든, 뭐든요. 맥스가 숨기고 싶어 할 만한 거라면 충분해요. 찾아내면 당신한테 빚지는 거고요."

한나는 맥스가 불법적인 일에 손을 대고 있다고 믿고 있다. 하지만 나는 회의적이다. 맥스는 사업을 성공적으로 운영하고 있다. 굳이 부정한 수단을 쓸 이유가 없다. 내가 할 수 있는 최선은 경계심을 갖고 지켜보는 것뿐이다. 설령 뭔가를 알게 된다 해도, 그걸 한나에게 말하는 게 내키진 않을 것 같다.

"내 생각이 맞아요. 몇 달 동안 지켜보고, 직접 보고 들은 일들이 있어서 하는 말이에요. 먼저 맥스는 밤낮없이 전화를 받아요. 해가 지고 나면 낯선 사람들이 집으로 찾아오고. 맥스는 그들이 누구인지 왜 찾아왔는지 이유를 설명하지도 않고, 집 안으로 들이려 하지도 않죠. 통화도 늘 쓰는 휴대폰이 아니라 다른 휴대폰으로 받아요. 앨리스도 이걸 의심했었고요."

오늘은 내가 이 사무실에서 일하는 첫날이다. 맥스의 사업에 대해 내가 아는 건 거의 없다. 하지만 직감적으로 한나가 잘못 짚고 있다는 느낌이 들었다. 그녀는 그저 심사가 뒤틀려있는 것뿐이다. 내가 접근할 수 있는 건 회계 프로그램, 엑셀 파일들, 이메일들 정도다. 설령 정말로 뭔가 수상한 일이 있다고 하더라도, 물론 '만약'이라는 전제를 달아야 할 만큼 매우 불확실하지만, 그걸 찾아내려면 시간이 필요하다. 그리고 지금 내가 가진 것보다 훨씬 더 많은 지식이 필요할 것이다. 이 집은 돈이 많다. 맥스는 굳이 불법을 저지를 이유가 없다. 그의 사업만으로도 가족이 원하는 것, 그 이상도 누릴 수 있다.

"난 네가 원하는 걸 할 수 없어. 네 아버지를 몰래 감시하긴 싫어."

"왜 못 해요? 간단한 일이에요. 서류나 이메일, 스프레드시트에서 수상해 보이는 걸 찾아요. 그걸 복사해서 나한테 넘기고요."

불가능한 요구였다. 이 일은 이제 시작이다. 서류도, 업무 절차도 모른다. 익숙하지 않아 실수할 게 뻔했다. 게다가 이런 대화가 달갑지 않았다. 내가 정말 원하는 것은 이 여자애가 더 이상 나를 괴롭히지 않는 것이다. 하지만 한나는 그걸 눈치채지 못했다. 그녀는 새파란 눈동자를 굴리며 나를 보았다.

"제발 생각만이라도 해 봐요. 난 도움이 필요해요."

나는 한나를 무시한 채 책상 위에 쌓인 서류들을 정리하기 시작했다. 머물 만큼 머물렀으니, 이제 그만 나가 주었으면 싶었다. 다행히도 몇 분간 이어진 침묵이 효과가 있는 듯했다.

"알겠어요. 나갈게요. 하지만 이 얘기를 곧 다시 하게 될 거예요. 지금 기회를 놓치는 거라고요." 문 쪽으로 걸음을 옮기며 그녀가 덧붙였다. "큰 약점 하나만 잡으면, 맥스는 입을 다물게 하려고 얼마든지 돈을 낼 거예요. 우리는 돈이 필요해요. 지난 몇 년 동안 힘들게 버텨 왔잖아요. 간신히 먹고 살면서 해코지할까 봐 숨어 지내면서. 난 당신이 더 배짱 있는 줄 알았는데."

그녀가 사무실을 나가며 남긴 마지막 말에 등골이 서늘해졌다. 그 누구에게도 내가 얼마나 은둔자처럼 살아왔는지, 그리고 왜 그래야만 했는지 말한 적이 없다. 그런데 처음 만난 이 젊은 여자애가, 생전 처음 보는 낯선 이가 내 삶을 이상하리만치 잘 알고 있다. 도대체 그녀는 내 이야기를 어디까지 알고 있는 걸까? 그리고 누가 그녀에게 말해 준 걸까?

제10장

'좀 더 배짱이 있는 사람'이라. 무슨 뻔뻔한 소린지. 나는 지금껏 힘든 삶을 살아왔다. 열여섯 살에 홀로 세상에 내던 져졌을 때부터 그랬다. 그 경험은 나를 강하게 만들었다. 한 나는 그런 사실을 모르고 있다.

한나가 나가고 나서 몇 분 정도 흘렀을까, 맥스의 사무 실 문이 쾅 닫히는 소리가 들렸다. 또 무슨 일이야? 타라가 다시 와서 한바탕 퍼부으려나 싶었는데 문을 열고 들어온 건 그녀가 아니라 맥스였다.

"미안해요, 도나."

그는 책상 반대편에 서서 내 눈을 똑바로 바라보며 말했 다. 그러곤 한 손으로는 짙은 검정 머리카락을 쓸어올렸다. 수줍어 붉어지는 얼굴을 감추려 하고, 말도 더듬지 않으려 애써 보았지만 소용이 없었다. 맥스는 유부남이고, 그렇지 않다 해도 나 같은 사람을 좋아할 리 없다.

사과를 할 사람은 따로 있다. 잘못한 건 그의 아내다. 하지만 지금 이 순간만큼은 그가 어떤 잘못을 저질렀다 해도 모두 용서할 수 있을 것만 같다.

"타라가 지나쳤어요. 첫날부터 당신 탓도 아닌 일로 불편한 일을 겪게 했군요. 다시는 이런 일 없을 거예요. 약속해요."

환하게 웃는 맥스를 보니 온몸에 힘이 빠져나가는 것 같았다. 한나는 그에게 애인이 있다고 했다. 지금 이렇게 보고 있으려니 어떤 여자든 그에게 빠질 수밖에 없겠다는 생각이 들었다.

"괜찮아요. 그 정도쯤은 감당할 수 있어요. 필요한 문서가 사라지면 누구나 짜증 나잖아요."

"그래도 타라의 태도는 변명의 여지가 없어요. 내가 메일을 다시 확인해 봤는데, 아내가 찾던 문서는 휴지통 폴더에 있었어요."

그가 타라를 대신해 사과하는 데다, 어차피 함께 일해야 하는 처지이니 이번에는 그냥 넘어가기로 했다. 우리 모두를 위해서라도 괜히 맞서 싸울 필요는 없다. 맥스는 엉망진창이 된 사무실을 둘러보기만 할 뿐 도와줄 생각은 없어 보였다.

"오늘 뭘 하면 될까요? 바로 시작할 수 있어요."

"이메일에 답장하고, 청구서를 회계 프로그램에 입력해야 해요. 앨리스는 스프레드시트에 따로 기록해 두었죠. 꼼꼼한 사람이었어요."

그가 두 개의 서류철을 건넸다.

"그 안에 고객에게 발행된 청구서와 공급 업체에서 받은 청구서들이 들어 있어요. 입력을 끝내면 벽 쪽 캐비닛에 고객 이름순으로 정리해서 넣어요. 앨리스는 한 달에 한 번씩 대조해서 오류를 찾아냈어요. 미납된 청구서가 있으면 직접 연락해서 독촉했고요. 미납 금액이 꽤 클 때도 있었는데 발견해서 도움이 됐어요. 우린 에이전트에게 동시에 여러 채의 집을 파니까 결제도 빨라야 해요. 늦지 않도록 해 줘요. 아, 걱정할 필요는 없어요. 앨리스가 잘 정리해 놔서 할 일은 단순하니까요."

단순한 일이라고 해도 일은 일이다. 또다시 분노의 대상이 되고 싶지 않았다. 그는 내게 종이 한 장을 건넸다. 거기에는 노트북 로그인 정보가 적혀 있었다.

"필요한 게 있으면 사무실 문을 두드려요. 그럼 내가 도와줄게요."

맥스가 사무실을 나가는데, 그의 손이 내 어깨를 스쳤다. 고의적인 건가, 아니면 우연일까? 어느 쪽이든 마음이 편치 않았다. 그 순간 '내가 무언가를 손에 쥐고 그를 위협할 수 있을까'라는 의문이 들었다. 설령 나와 한나가 어떤 사실을 찾아낸다 해도, 그걸 타라나 경찰에게 넘길 수 있을 것 같지는 않다. 그가 그 뒤에 따라오는 일련의 일을 겪게 하고 싶지 않다. 그렇다고 해서 그가 조심할 필요가 없다는 뜻은 아니다. 이사벨과의 관계를 계속 유지하는 건, 분명 위험을 감수하는 선택이다. 맥스는 문을 나서다 되돌아서며 말했다.

"오늘 밤 다 같이 저녁을 먹으러 가는 거 어때요? 첫 근무를 망친 거에 대한 사과도 겸해서요. 마을 끝자락에 레이크사이드라는 레스토랑이 있는데, 거기 음식이 정말 맛있어요?"

어떻게 생각하느냐고? 가장 먼저 든 생각은 초대받아 황송하다는 거다.

"좋아요, 그럼 8시에 출발하죠."

맥스는 빠르게 고개를 끄덕이곤 사라졌다. 지금처럼 이러고 있는 거, 그만두어야 한다. 매일 저 남자를 만나게 될 텐데……. 매번 그가 내게 말할 때마다 이렇게 들뜬 기분이 될 순 없다.

그가 떠난 지 몇 분도 채 지나지 않아 한나가 다시 나타났다. 그녀의 시선이 바닥에 흩어진 서류들을 훑었다. 곧 엄마를 비꼬는 말이 나올 게 뻔하다.

"정리하는 걸 도와주겠다는 말은 없었나 봐요? 타라는 일을 망치는 데는 선수고, 맥스는 그걸 못 본 척하죠."

"괜찮아. 내가 하면 돼. 점심때까지 다 정리할 수 있을 거야."

"식당에 가자는 이야길 들었어요. 그건 그 두 사람이 당신 환심을 다시 사려는 거예요. 속지 말아요. 맥스는 숨 쉬듯이 사람을 홀리니까."

"그냥 오늘 일에 대해 미안해서 그러는 거겠지. 타라가 아침에 폭발했으니까."

"레이크사이드는 꽤 고급스러운 곳인데, 뭘 입고 갈 거예요? 입고 갈 옷은 있어요?"

없다. 이 동네에서 그런 레스토랑에 어울릴 만한 옷은 내 옷장에 없다. 타라는 당연히 눈부시게 등장하겠지. 그리고 나는…… 아마 가사도우미처럼 보일지도 모른다.

"괜찮다면 내 옷을 빌려줄 수 있어요."

나는 아무 말도 하지 않았다. 하지만 우리 둘 다 문제가 뭔지 안다. 한나는 나보다 두어 살 어리지만, 키가 훨씬 크다. 옷은 적어도 세 사이즈 정도 크다. 그녀의 표정을 보니, 내 마음을 읽은 것 같다.

"무슨 생각인지 알겠는데, 그렇다고 당신처럼 다 말라깽

이일 수는 없잖아요?"

상처받은 그녀의 표정에 죄책감이 밀려온다.

"걱정하지 마요. 내 옷 중에 마음에 드는 게 없으면 타라 옷방에 가서 하나 골라 입어요. 어차피 한 번 입었을까 말까 한 옷들이고, 기억도 못 할걸요."

호의는 고맙지만, 타라가 정말로 모를 거라고 확신할 수 없다. 만약 그녀가 알아보기라도 한다면, 상상만 해도 아찔하다. 사람들 앞에서 난리를 피울지도 모른다. 이 가족과 함께 외출하는 게 처음이니 좋은 인상을 주고 싶지만, 타라에게 공개적으로 망신 당하고 싶지는 않다.

"네가 괜찮다면 점심시간에 네 옷을 보러 갈게. 타라 옷은…… 괜찮아. 위험을 감수할 생각은 없어."

"좋을 대로."

솔직히 말하면, 그녀의 옷장도 별 기대는 되지 않는다.

한나가 사무실에서 나가자, 바닥에 어질러진 것들을 둘러보았다. 저건 나중에 치우자. 먼저 앨리스의 영역이었던 곳을 한 번 둘러보고 싶다. 캐비닛부터 바닥에 떨어지지 않은 것들까지. 책상 서랍도 반드시·확인해야 한다. 그 안에 개인적인 물건이 있을지도 모르니까.

하지만 내가 시간 낭비를 하고 있다는 걸 깨닫는 데는 채 오 분도 걸리지 않았다. 책상 서랍에는 펜과 클립 외에 아무것도 들어 있지 않았고, 캐비닛들도 대부분 비어 있었다. 놀랍지 않았다. 그 안에 있던 서류철과 서류들이 바닥에 널브러져 있었으므로.

여기에 답이 있을지도 모른다는 마음으로 컴퓨터를 켰다. 하지만 내가 일하는 환경에 익숙해지는 게 급선무다. 예전에 컴퓨터를 배운 적은 있지만, 지금은 다 잊어 버렸다. 만약 컴퓨터를 능숙하게 다루지 못해서 실수한다면 타라가 나를 달달 볶을 것이다. 사실 내가 사업의 한 부문을 책임져야 하는 상황 자체가 위험했다. 가르쳐 주는 사람이 없기에 내가 뭘 하고 있는지 알 수가 없었다. 화면에는 회계 프로그램과 '스프레드시트'라고 표시된 폴더 여러 개, 은행 내역서용 폴더가 하나 있었다. 내가 여기에 접근할 수 있다는 게 놀라웠다.

잠깐 훑어보니, 생각보다 구조는 단순했다. 프로그램도 간단해 보였다. 앨리스는 수입용 스프레드시트 하나, 지출용 하나를 따로 만들어 두었다. 수입용 스프레드시트를 열어 보니, 가장 먼저 눈에 띄는 건 맥스의 사업이 벌어들이는 엄청난 금액이었다. 회계 장부를 보니 지난달에만 거의 오십여 채의 집을 팔았다. 사업이 잘될 거라 짐작했지만, 이 정도일 거라곤 생각하지 못했다. 맥스는 정말 엄청나게 많은 돈을, 그야말로 갈퀴로 긁어모으고 있었다. 그의 가족이 사치스러운 생활을 하는 게 전혀 놀랍지 않았다.

이제 일에 대해 좀 더 편안한 마음이 들었다. 맥스의 말이 맞다. 회계는 충분히 감당할 수 있다. 이걸 제대로 해내면, 나중에 다른 일을 구할 때도 분명 도움이 될 것이다. 앨리스에 대한 답을 얻으면 여기서 나갈 생각이다. 아직 그 이후의 계획은 없다. 하지만 엘라에게로 돌아갈 수는 없다. 도리상 그럴 순 없다. 내게는 일자리와 살 곳이 필요할 터. 여기서 번 돈은 한 푼도 쓰지 않기로 마음먹는다. 앨리스의 비밀을 밝히는 데 생각보다 오래 걸릴지도 모르니, 그동안은 최대한 이 상황을 활용해야 한다.

한결 나아진 기분으로 팔을 쭉 뻗어 스트레칭을 했다. 그 순간 팔꿈치가 쌓여 있던 서류 더미를 쳤고, 서류는 바닥으로 와르르 쏟아졌다. 속이 울렁거리고 얼굴이 달아올랐다. 이렇게 덤벙거리다니. 바닥은 서류로 엉망진창이 되었다. 아무도 보지 못했을 때 재빨리 서류를 주워 캐비닛에 넣으면 된다. 그래 봐야 이 작은 사무실이 깨끗하게 정리되진 않겠지만.

이곳에 남아 일을 계속하고, 이 가족과 어울리고 싶다면 실수할 때마다 당황하지 않는 법을 배워야 한다. 의자를 옆으로 밀고 책상 밑으로 기어 들어가 흩어진 종이들을 주웠다. 정리를 끝내고 나서 점심을 먹어야지. 그때, 그것을 발견했다.

책상 밑에 붙어 있는 그것은 내 이름이 적힌 USB 메모리 스틱이었다. 잠시 USB를 보며 어떻게 해야 할지 고민했다. 앨리스가 숨겨둔 걸까? 그런 거라면 누구에게서 숨긴 걸까?

나는 쭈그려 엎드린 채로 USB에 적힌 글씨를 읽었다. 빨간 매직으로 적힌 글자. '도나 슬레이드' 불가능한 일이었다. 도나는 보이지 않는 존재다. 이 집에 있는 누구도 나를 몰라야 했다. 그런데 누군가가 나를 알고 있다는 증거가 지금 떡하니 눈앞에 놓여 있다. 분명 이 USB는 내가 발견하게끔 의도적으로 숨겨진 것이었다. 손이 떨려 왔다.

제11장

아까 타라에게 당한 일로 놀란 내 가슴이 채 진정되기
도 전에 다시 널뛰기 시작했다. USB를 이렇게까지 숨겼다
는 것은, 그 안에 담긴 내용이 꽤 중요하다는 뜻이다. 누구
에게 중요한 걸까? 어쩌면 그게 나일지도 모른다. 내가 왜
이곳에 오게 되었는지 그 이유가 들어 있을 수도 있다. 그렇
다면 대환영이다. 혹은 맥스에 관한 비밀이 있을지도 모른
다. 어쩌면 법적인 선을 넘었을 수도 있다고 생각하니 더더
욱 그랬다. 적어도 그의 딸은 그렇게 믿고 있으니까.

처음엔 관에 적힌 내 진짜 이름을 봤고, 이젠 또 다른
이름인 '도나'를 여기서 보게 되었다. 둘 다 내게는 중요한
이름이다. 하지만 그 사실을 아는 건 나뿐이다. 이것은 뭔
가 잘못되었다는 신호다. 나를 '도나'로 아는 건 그렇다 치
고, 두 이름을 모두 아는 사람이 있을 가능성이 있을까? 이

집에서 나에 대해 알아서는 안 될 것을 아는 누군가가 있는 걸까? 설령 그 누군가가 앨리스라고 해도, 어떻게 그런 일이 가능한 걸까?

의자에 앉아 오랫동안 USB를 들여다봤다. 등골이 서늘해지며 소름이 끼쳤다. 누군가가, 아마도 앨리스겠지. 내가 이걸 발견할 것을 알고 기대하며 거기다 숨겨둔 것이 분명했다. 하지만 어떻게 이 모든 일이 순서대로 흘러가 내가 여기까지 올 거라 확신할 수 있었을까? 이 안에 든 내용을 보면 그 이유를 알 수 있을 것이다. 감히 내가 봐도 될까? 물론이다. 나에게는 그럴 권리가 있다.

테이프를 떼고 USB를 컴퓨터 포트에 꽂았다. 화면이 깜빡거리며 켜지자, 두려움으로 신경이 더 곤두섰다. 이런 내 모습이 바보 같다는 건 알지만, 그 안에 무엇이 들어 있을지 모르는 일이다. 이미지일까, 문서일까, 아니면 더 끔찍한 것일까? 물은 이미 엎질러졌다. 눈을 꼭 감았다. 하지만 진실은 내가 상상했던 것보다 훨씬 덜 무서웠고, 엄청나게 실망스러웠다.

비밀번호가 걸려 있었다.

나를 위해 준비한 물건인 것 같은데 정작 나는 열어볼 수 없다니. 말이 되지 않는다. 문제는 계속 쌓여 가는데, 가장 중요한 답에는 전혀 다가가지 못하고 있다. 내 이름을 홈처 간 앨리스는 누구였고, 왜 그런 일을 했을까? 이 모든 상황이 지긋지긋하고, 이제는 그만 포기하고 싶다.

USB와 테이프를 챙겨 사무실을 나와 방으로 돌아갔다. 혼자 생각할 시간이 필요했다. 만약 지금 떠난다면 그 대가는 분명하겠지. 무엇보다 진실을 영영 알 수 없게 될 것이다. 이 사건의 해답을 얻지 못한 채 전처럼 지낼 수 있을까? 어쩌면 가능할지도 모른다. 당장 목숨이 걸린 일은 아니니까. 지금 떠나면 앨리스의 수수께끼는 평생 풀지 못할 것이다. 결국 내 정신 건강을 위해서라도 머물 수밖에 없다.

"일찍 끝났네요?

한나의 목소리에 화들짝 놀랐다. 가슴이 철렁 내려앉았다. 지금은 그녀를 상대하고 싶지 않았다. 솔직히 말하면 짐을 싸서 도망치고 싶은 또 다른 이유 중 하나가 그녀다. 내가 빚졌다는 생각을 절대 놓지 않을 테니까.

"시간 되면 골라 놓은 드레스 좀 볼래요? 잘 어울릴 것 같은데. 마음에 안 들면 다른 거 아무거나 골라도 되고요."

이렇게까지 도와주려는 걸 보니 아까 그녀를 밀어내고 싶었던 마음이 죄책감으로 바뀌었다.

"그래, 좋아. 앞장서."

내 사무실을 나와 한나의 방으로 가는 복도를 걷는 동안 그녀는 내게 한마디도 건네지 않았다. 이윽고 나란히 붙은 두 개의 문 앞에 다다랐다.

"여기가 내 방이에요. 이름, 보이죠?"

그녀가 명패를 두드렸다. 나는 고개를 끄덕였다. 그런데 옆 방의 문에도 같은 이름이 적혀 있었다.

"그 문은 잠겨 있어요. 앞으로도 쭉."

왜인지 묻고 싶었지만, 딱히 알아야 할 필요도 없다는 생각이 들어 그만두었다.

"나 말고는 아무도 거기 들어가지 않아요. 나도 꼭 필요할 때만 들어가고요."

"너도 나처럼 거실로 써도 되잖아. 너만의 공간 말이야. 그런 거 원하지 않아?"

"저 방은 싫어요. 다른 사람이 들어가는 것도 싫고."

"알았어. 들어가지 않을게."

비밀이 뭔지 궁금하지만, 지금은 내 문제만으로도 벅찼다.

"저 문 뒤에 있는 것 때문에 아직도 악몽을 꿔요. 한동안 내 방이었는데, 견디다 못해 여기로 옮긴 거예요."

그녀의 눈에 눈물이 맺혔다. 뭐가 문제인 건지 말해 주지 않으니 도움을 줄 수 없었다. 대화가 점점 불편한 방향으로 흘러갔다. 한나는 꽤 복잡한 아이다. 내 과거를 고려해도 이 아이는 유난히 뒤엉켜 있는 것 같다.

"넌 거의 항상 네 부모님을 이름으로 부르던데, 무슨 특별한 이유라도 있어?"

그녀는 바보 같은 질문에 기라도 찬 듯 나를 위아래로 훑었다.

"그렇게 불릴 자격 없어요." 그녀는 어깨를 으쓱하며 팔짱을 꼈다. "엄마 아빠라니, 웃겨. 그 사람들은 신경도 안 써요. 자기들 세계에만 빠져서 내가 어떻게 느끼는지는 관심도 없거든요."

이건 내가 원했던 상황이 아니다. 비밀과 거짓말로 가득한 난장판 속으로 걸어 들어온 것 같았다. 방 안으로 들어가자 침대 위에 놓인 드레스가 눈에 들어왔다. 형편없는 옷이었다. 진흙빛 회색에, 목은 답답하게 올라오고 치마는 퍼져 있고, 무엇보다 나한테는 너무 컸다.

"가져가서 입어 봐요."

별다른 선택지가 없었다. 도와주려는 걸 거절하면 그녀가 더 상처받을 것 같기도 했다.

"그래, 고마워."

"마음에 들면 가져요. 살이 너무 쪄서 다신 못 입을 것 같으니까."

나는 드레스를 집어 들었다. 두껍고 까슬거렸다. 도저히 입을 수 없을 것 같은데, 어떻게 말해야 속상해하지 않을까? 옷을 가져간다면 그대로 옷장 구석에 처박히겠지.

"이것도."

한나는 검은색 클러치백을 툭 던졌다. 엘라는 이별 선물로 검은색 에나멜 하이힐을 줬다. 장례식 때 신었던 신발과 다르게 내 발에 꼭 맞았다. 클러치백은 하이힐과 잘 어울릴 것 같았다. 드레스가 아쉬울 뿐.

"빌려줘서 고마워. 이런 드레스는…… 한 번도 입어본 적이 없어." 진심이었다.

한나가 어깨를 으쓱하며 말했다. "그거 입고 가요. 예쁘게 차려입은 걸 보면, 타라는 바로 반응할걸요? 질투가 나서 가만 있지 못할 거예요."

타라가 나를 질투한다고? 말도 안 돼.

제12장

저녁 식사 자리를 앞두고 계속 마음이 편치 않았다. 무슨 일이 벌어질지 알 수 없다는 것도 그렇지만, 고급 레스토랑에 입고 갈 옷이 없다니 끔찍했다. 한나가 드레스를 빌려 주었지만, 입을 자신은 없었다. 솔직히 말해, 그걸 입으면 꼴이 말이 아닐 것이다.

아닌 척해 봐야 무슨 소용이 있을까. 핑계를 대고 빠지는 수밖에 없었다. 편두통이 도졌다든가, 몸이 안 좋다든가. 적당한 이유를 만들어야 했다. 맥스와 타라가 이해해 줘야 할 텐데. 그렇지 않으면 타라의 냉랭한 시선을 감당해야 할 테니까.

그때 문 두드리는 소리가 났다. 이미 한 시간 전에 한나에게 진이 빠질 대로 빠졌기 때문에 그녀가 아니길 바랐다.

"도나, 안에 있어요?"

미안해하는 표정의 맥스가 문 앞에 서 있었다.

"미안해요, 도나. 근데 당신이 아까 한나랑 나눈 대화를 우연히 듣게 됐어요."

남의 대화를 엿듣는 일이 잦은 걸까? 만약 그렇다면 앞으로 그에 대해 말할 땐 더 조심해야겠다.

"고급 레스토랑으로 저녁 초대를 해 놓고, 당신이 입을 드레스를 생각하지 못했어요. 내가 좀 더 세심하게 챙겼어야 했는데, 미안해요."

조금 사적인 얘기이긴 하지만, 한편으로는 그의 말이 맞았다. 나는 소파 위에 놓인 드레스를 가리켰다.

"한나가 빌려줬어요."

"그 옷은 안 돼요. 걔가 좋은 의도에서 그렇게 한 건 알겠지만, 솔직히 '그 옷'을 입으면 안 돼요."

"선택의 여지가 없어요, 맥스. 드레스를 새로 장만할 여유가 없거든요."

내 처지를 에둘러 말했다. 지난 삼 년 동안 새 옷을 한 벌도 사지 못했다고 말하면, 돌아오는 건 동정뿐일 테고, 나는 그 시선을 감당할 수 없으니까.

"내가 도와줄게요. 타라에겐 입지 않는 옷이 한가득 있어요. 거기서 원하는 걸 골라 봐요. 그녀는 모를 거예요."

"타라한테 물어봐도 될까요? 확실히 해 둬야 하니까요."

"타라는 미용실에 갔어요. 걱정 마요, 괜찮을 거예요. 타라는 도움이 된 걸 기뻐할 거예요."

그럴 리가 없다. 그녀의 옷을 입고 나타나면 분명 한마디 들을 것이다. 사람들 앞에서 창피를 당하고 싶지 않지만, 그렇다고 한나의 드레스를 입을 수도 없다. 그걸 입으면 정말 끔찍해 보일 테니.

"괜찮아요. 타라도 분명 이해해 줄 거예요. 자, 따라와요."

매력적인 미소에 결국 그를 따라 타라의 침실로 향했다.

방 안에는 옷이 가지런히 걸려 있는 옷걸이들이 빼곡하게 채워져 있었다. 평상복과 정장 드레스, 치마, 블라우스, 그리고 모피코트 두 벌을 포함한 겨울옷까지, 없는 게 없었다. 모피는 진짜일지 궁금해 그중 한 벌을 손바닥으로 조심스레 쓰다듬었다.

맥스가 바퀴 달린 옷걸이를 내 쪽으로 끌고 왔다.

"여기 드레스 중에 마음에 드는 걸로 골라요. 오늘 저녁만큼은 당신 드레스예요."

그의 시선이 내 등을 타고 내려와, 마치 몸을 꿰뚫는 것처럼 훑고 지나갔다. 노골적인 눈빛에 민망해졌다.

"내가 전문가는 아니지만, 이 색깔이 당신한테 아주 잘 어울릴 것 같아요."

그가 아름다운 파란색 실크 드레스를 고르며 말했다. 목선이 깊게 파였고, 다리가 트인 몸에 딱 붙는 디자인이었다.

"이게 당신한테 잘 어울릴 거예요. 그 예쁜 빨간 머리에도요."

얼굴이 화끈거렸다.

"봐요, 한 번도 입지 않은 드레스예요. 가격표가 아직 붙어 있잖아요. 그러니 타라도 신경 안 쓸 거예요."

가격표를 보는 순간 숨이 턱 막혔다. 도나의 세계에서는 엄청난 액수였다. 솔직히 말해 요즘의 나는 어떤 옷을 입어도 '멋지다'라는 말과는 거리가 멀겠지만, 적어도 이 드레스는 한나가 준 것보다 오늘 식사 자리에 훨씬 어울렸다.

"가져가서 입어 보고, 마음에 들지 않으면 나한테 다시 와요. 다시 골라 보죠."

무슨 말을 해야 할까. 드레스를 받아 들고 어색하게 웃었다. 분명 바보 같겠지. 그저 '고마워요'라고 말하면 될 것을. 마치 사탕을 한 움큼 받은 애 같겠지.

"액세서리도 필요하죠?" 그가 물었다.

엘라가 준 구두가 어울릴까? 이 드레스엔 안 된다.

"이건 어때요?"

맥스는 내게 남색의 하이힐 한 켤레와 그에 어울리는 클러치백을 건넸다. 완벽했다. 그는 보석함을 열어 뒤적이기 시작했다.

"이것도요. 마무리로 딱 좋네요."

맥스가 건넨 것은 고급스러운 진주 목걸이였다. 너무 과하다 싶어 항의하려던 순간, 그가 말을 막았다.

"타라가 문제 삼을 일이라면, 애초에 이런 말도 안 해요."

드레스에, 하이힐에, 가방에, 이제 목걸이까지. 이보다 더 나은 모습은 상상할 수 없을 것만 같았다. 맥스는 정말 구세주다.

"고마워요. 당신은 정말 친절하시네요. 정말 난처했는데 다행이에요. 당신이 아니었다면 전 청바지에 운동화를 신고 갔을 거예요."

"별말씀을요. 분명 멋지게 보일 거예요. 오늘 밤은 즐거울 겁니다."

이렇게 차려입고 외출하는 건 새로운 경험이었다. 하지만 문제는 과하게 꾸민 내 모습이 오히려 긴장을 부추긴다는 점이다. 손에 잡힐 듯한 불안감. 제발 실수하지 말자. 특히 맥스 앞에서는 더더욱.

'정신 차려, 이 여자야. 바보 같은 생각 그만해. 맥스는 널 좋아하는게 아니야. 그냥 도와주려는 것뿐이야.'

방으로 돌아와 샤워를 하고, 최대한 보기 좋게 머리를 매만졌다. 내 머리카락은 길고, 짙은 빨간색이다. 나는 내 머리를 좋아하지 않는다. 학창 시절 내내 놀림을 받아서 돈만 있다면 다른 색으로 염색하고 싶을 정도로 지긋지긋했다. '언젠가 하고 싶은 것' 목록에 좋은 옷을 사는 것에 이어 머리 염색하기를 추가했다. 맥스가 제아무리 친절하다 해도 이런 도움은 받고 싶지 않았다. 솔직히 말해, 너무 부끄러웠다.

머리를 말리고 진주 목걸이를 한 채 드레스를 입고 전신 거울 앞에 섰다. 이 드레스는 말라깽이보다 풍만한 몸매에 더 어울릴 것 같다. 예전엔 내 몸매도 꽤 괜찮은 편이었다. 하지만 지금은 아니다. 낸시 이모가 봤다면 뼈만 남았다고 말했을 것이다. 예전 몸매로 돌아가려면 시간이 걸릴 테다. '타라와 비교하면 어떨까'라는 생각이 스쳤다. 하지만 그럴 일은 없을 거다. 백만 년이 지나도 타라를 따라잡을 수는 없을 테니.

문득 한나가 떠올랐다. 그녀는 외출 준비를 할 때 무슨 생각을 할까? 옷이나 헤어스타일에 신경을 쓴다 해도 그리 큰 차이는 없을 것 같았다. 포기하기엔 아직 한창 젊은 나이인데도 외모 가꾸는 걸 도외시하다니. 그녀에게 도움을 주고 싶지만, 잘못 건드리면 오히려 상처가 될 수 있으니 그냥 내버려두기로 했다.

슬슬 식당으로 출발해야 할 시간이 되었다. 화장을 하고 싶었지만 화장품이 없었다. 먹고사는 일에 치여 지난 몇 년간 외모엔 신경 쓰지 못했다. 하지만 이제는 다르다. 곧 돈도 생기고, 안정적인 생활도 할 수 있을 것이다. 그러니 조금은 내게 투자해도 괜찮겠지.

화장을 하지 못했지만, 맥스 덕분에 훨씬 나은 차림새를 갖추었다. 내가 가진 물건으로 꾸미는 것보다 훨씬 낫다. 솔직히 말하면 내가 가진 것은 거의 없기도 하고. 외모에 관심을 갖는 것도 물론 중요하지만, 버는 돈은 삶을 다시 시작하는 데 써야 한다. 도심을 벗어나 적당한 곳에 거처를 마련할 보증금부터 모을 생각이었다. 그곳에서는 숨어 살지 않고, 친구도 사귀며 평범하게 생활할 수 있을 것이다.

거울 앞에서 다시 한 번 포즈를 잡고 속으로 중얼거렸다. 나쁘지 않아, 도나. 나가서 즐겨.

레이크사이드 같은 고급 레스토랑은 처음이었다. 치장할 때 느꼈던 설렘은 점점 사라지고, 익숙한 긴장감이 그 자리를 대신했다.

'잘할 수 있어.' 하지만 이 가족은 언제 돌변할지 모른다. 순식간에 재앙이 될 수도 있으니 조심해야지.

크게 심호흡을 하고 현관으로 내려갔다. 기다리고 있는 건 한나뿐이었다.

"그 드레스 안 입었네요." 그녀의 어깨가 축 처졌다.

"미안해, 한나. 조금 크고 길이도 너무 길어서 밑단이 발목까지 내려오길래." 그녀를 상처 주고 싶지 않아 거짓말을 했다.

"예약한 테이블을 놓칠까 봐 두 사람은 먼저 출발했어요. 창가 자리인데 호수가 한눈에 보이거든요. 근데 예약 담당 직원이 일을 못하는 걸로 유명해서."

한나는 더 이상 옷에 대해 말하지 않았다. 나도 굳이 말을 꺼내지 않았다. 그녀는 검은 드레스를 입고 있었는데, 이상하게도 오늘 분위기엔 잘 어울리지 않았다. 그렇게 옷에 신경 쓰던 아이치곤 의외였다. 이 집안은 모든 게 모순투성이다.

"맥스가 예약한 택시가 왔어요. 레스토랑은 여기에서 십 분 정도 걸려요. 음식은 정말 맛있어요. 문제는 내가 너무 잘 먹는다는 거죠." 한나는 고개를 살짝 기울이며 말을 이었다. "특히 인도 음식, 태국 음식도 좋아해요. 그 나라의 음식을 먹으면 여러 가지를 배울 수 있잖아요."

그녀는 음식 이야기를 하며 웃다가, 갑자기 조용해졌다. 아랫입술이 떨리더니 곧 눈물이 맺혔다.

"괜찮아, 한나?"

"사람들이 날 보면 무슨 생각 하는지 알아요. 다들 뚱뚱한 몸만 보잖아요."

"그런 거 아니야. 넌 정말 예뻐."

"모두가 내가 쓰레기 같은 음식만 먹는다고, 그래서 이렇게 바다에 떠밀려온 고래처럼 됐다고 생각해요."

"그렇지 않아. 자신감을 가지라고. 그리고…… 또…… 외식은 어디에서 주로 해?"

"여기서 몇 킬로미터쯤 떨어진 곳에 멕시코 식당이 있는데, 타라와 맥스랑 가끔 가요. 미리 말하면 거기 음식은 입맛에 맞지 않아서 돼지처럼 먹지 않아요. 경험상 돼지가 얼마나 먹는지도 잘 알고 있고요."

"타라가 요리는 해?" 너무 비난조였나? 내 말투에서 그런 뉘앙스가 묻어난 것 같아 순간 마음이 걸렸다. 이미 곤란한 상황인 만큼 조심스럽게 그녀의 눈치를 봤다.

"타라는 요리 못 해요. 마리아가 해요. 마리아는 우리집 근처에 살고 있는데, 요리도 해 주고 식료품도 배달시켜 줘요. 타라는 장 보러 가는 것도 귀찮아하니까. 솔직히 말해서 슈퍼 안에 들어가 본 적도 없을걸요? 마리아가 노력하는 건 알지만, 맛은 별로 없어요. 건강식을 선호해서 맨날 샐러드에 담백한 생선 요리, 가끔 더 역겨운 것도 내놓아요. 난 쓰레기통에 다 갖다 버려요. 그걸 먹느니 피시앤칩스나 외국 음식점이 훨씬 나아요."

더 물어보고 싶지만, 입을 꾹 닫았다. 한나 역시 더 이상 말하지 않고 조용히 앉아 창밖만 바라봤다.

택시는 레스토랑 주차장으로 들어섰다. 목을 길게 빼고 레스토랑 안을 들여다보려 했다. '고급'은 '돈'을 뜻하고, 이곳 역시 상류층의 삶을 엿볼 수 있는 또 하나의 기회일 것이다. 하지만 실망스러웠다. 택시가 선 곳은 레스토랑 정문쪽이고, 창마다 블라인드가 내려와 있었다. 뭐, 이상할 것도 없다. 주차장을 바라보며 식사하고 싶은 사람은 없으니까.

"이건 내가 하려고 한 게 아니에요." 한나가 말하는 순간 등골이 서늘해졌다. "난 시키는 대로 했을 뿐이에요. 당신이랑 같이 택시를 타고 들어가라고…… 미안해요."

그녀가 무슨 말을 하는지 나는 전혀 알 수 없었다. '지시'라니. 그 말에는 무수히 많은 뜻이 담겨 있을 테지만, 지금의 나로서는 알고 싶지 않았다. 이미 예민해질 대로 예민해진 신경은 그 모든 걸 감당할 여유가 없었다. 나는 한나의 눈을 똑바로 바라보았다. 한나는 감정을 숨기는 데 능숙한 아이였지만, 지금은 울고 있었다. 부모에게 휘둘리면서도 속마음만큼은 좀처럼 드러내지 않던 아이였는데. 나는 좀 다른 모양이었다. 눈물은 분명한 신호다. 무언가 잘못되었고, 그게 나와 관련 있다는 걸 그녀는 알고 있었다. 썩 내키지는 않지만, 그게 무엇이든 가만히 당하고만 있지는 않을 것이다. 클러치백을 단단히 움켜쥐고 택시에서 내렸다.

"알겠어, 걱정하지 마. 안에서 봐."

택시 문을 닫으려는 순간, 한나가 마지막으로 말했다. "이 동네 사람들, 오지랖이 넓어요. 당신은 새로 왔으니까 사람들이 계속 쳐다볼 거예요. 그러니 마음 단단히 먹어요."

식당 안으로 들어서자마자 한나의 말이 맞다는 걸 깨달았다. 물론 새로운 사람의 등장 때문이 아니었다.

맥스와 타라는 금방 찾을 수 있었다. 그 순간, 오늘 여기온 것은 잘못된 선택이었다는 걸 알았다. 두 사람은 호수 전망이 내려다보이는 창가 자리에 앉아 있었다. 한나가 말한 그대로였다. 맥스는 짙은 정장에 흰 셔츠, 나비넥타이까지 완벽하게 차려입고 있었다. 하지만 이 상황에서 나를 가장 혼란스럽게 만드는 사람은 타라였다.

우리 둘은 똑같은 드레스를 입고 있었다. 정확히 말하자면, 우리는 쌍둥이처럼 똑같이 꾸민 상태였다. 드레스, 구두, 심지어 진주 목걸이까지. 함정에 빠졌다.

제13장

지금 일어나는 상황은 타라에게 큰 망신이었다. 그녀 같은 여자에게는 이곳에서 펼쳐지는 쇼가 악몽이나 다름없을 것이다. 그녀의 옷들은 하나같이 값비쌌고, 대부분은 단 하나뿐인 물건이었다. 게다가 이 자리에 그녀를 아는 사람들이 분명 있을 테고, 그들은 이 광경을 흥미롭게 지켜볼 것이다. 당장이라도 뒤돌아서서 택시를 타고 집으로 돌아가 이 모든 일을 없던 일처럼 지워버리고 싶었다. 하지만 그럴 수 없었다. 내 분노는 뒤로하고 맥스가 왜 이런 짓을 했는지 알아내야 한다. 그는 도대체 무슨 게임을 벌이고 있는 걸까?

사람들은 우리 둘을 쳐다보며 손가락질하고 수군거렸다. 맥스가 꾸민 일이 분명하다. 그는 타라가 무슨 옷을 입을지 미리 알고 있었고, 내가 그녀와 한 치의 오차도 없이 똑같아 보이게 만들었다. 이제야 드레스에 가격표가 달려 있던 이유를 짐작할 수 있었다. 그는 타라의 것과 똑같은 드레스를 산 게 틀림없었다.

내가 둘에게 다가가자 타라는 충격과 당혹스러움이 뒤섞인 표정으로 일어났다.

"도대체 이게 뭐예요?"

이 말의 끝은 내가 아니라 맥스를 향해 있었다. 무고한 당사자인 나로서는 약간의 안도감을 느꼈다.

"진정해, 타라. 이건 그냥 단순한 실수야. 그게 다야."

실수? 타라와 나는 꼭 닮은 쌍둥이 인형처럼 차려입고 있었다. 우연일 리가 없다. 이건 맥스가 완벽하게 꾸민 짓이다. 그는 대체 무슨 이유로 이런 일을 벌였냐는 거다.

"나 여기 못 있겠어. 여기 있으면 마을 사람들한테 웃음거리가 될 거야."

타라 말이 맞았다. 벌써 몇몇 여자들이 킥킥거리는 게 보였다. 그 모습을 본 타라는 문 쪽으로 걸어갔다. 그녀의 눈빛이 살인 무기라면, 맥스는 지금쯤 바닥에 쓰러져 있을 것이다. 그런데도 맥스는 타라를 막지 않았다. 그저 사람들이 동정 어린 표정으로 그녀를 바라보는 걸 지켜볼 뿐이었다. 타라가 그들 곁을 지나 시야에서 벗어나자 기다렸다는 듯 비웃으며 수군거렸다.

맥스가 자리에서 일어나 내 쪽을 바라보며 말했다.

"어떻게 이런식으로 타라를 따라 할 수가 있어요? 저 사람 자존감이 낮다는 거, 당신도 알잖아요."

내가 안다고? 맥스는 나한테 아무 말도 해 주지 않았다.

"타라가 정신과 상담을 받는 거랑 지금껏 잘 극복해 왔다는 것도 알고 있을 텐데요."

대체 이게 다 무슨 소리인지? 내가 그런 걸 어떻게 안단 말인가?

"집과 옷, 부를 과시하는 것들은 타라한테 아주 중요해요. 자존감을 회복하는 도구죠. 그녀는 이런 것들이 이 마을에서 자신을 지켜주는 방패라고 믿고 있어요. 타라는 소속감이 필요한 여자예요. 그런데 오늘 밤 당신이 한 행동은 그녀를 다시 예전 상태로 돌아가게 했어요." 그는 숨을 고르더니 나를 바라봤다. "도나, 당신이 무슨 생각을 하는지 모르겠지만, 오늘 밤 당신이 한 행동에 대해 이해할 만한 설명을 내놔야 할 거예요."

여긴 평행 우주인가? 분명 그는 오늘 오후 내게 드레스를 건넸던 걸 기억할 텐데. 게다가 나는 타라의 정신 상태와 같은 얘기들은 전혀 모르고 있었다.

"당신이 나한테 이 드레스를 줬잖아요. 구두도, 가방도, 진주 목걸이까지도요. 지금 무슨 농담을 하는 거예요?"

그는 고개를 젓고는 마치 나쁜 짓을 하다 들킨 말썽꾸러기 아이처럼 바닥을 내려다보았다.

"솔직히 말하면, 오늘은 너무 힘든 하루였어요. 아직까지도 머릿속이 뒤죽박죽 엉켜서 내 이름도 가물가물할 지경이에요. 타라가 이렇게까지 상처받을 줄은 몰랐어요. 아마우리 둘 다 오래도록 용서받지 못하겠죠. 더 안타까운 건……나의 타라가 다시는 이곳에 오지 않을지도 모른다는 거예요. 여긴 그녀가 가장 좋아하는 곳인데."

'나의 타라'라니……. 자기가 벌인 짓이 있는데 감히 그런 말을? 이번 일은 정말 도를 넘었다. 그는 타라와 나에게 망신을 주었다. 내 속에서는 분노가 소리 없이 들끓기 시작했다. 맥스가 이런 짓을 하고도 아무런 문제 없이 빠져나가게 둘 수는 없다. 오늘 밤, 그에게서 전혀 다른 얼굴을 봤다. 그리고 그 모습에 대해서는 분명히 짚고 넘어가야 한다. 그의 무책임한 행동이 아내의 감정을 가지고 노는 단계로 넘어가기 전에.

지난 삼 년 동안 정말 열심히, 조용히 살기 위해 애썼다. 문제를 일으키지 않고, 혼자 힘으로 생활을 꾸려나가고, 누가 나를 화나게 해도 무시해 왔다. 누군가 심각하게 날 건드려도 그냥 넘겼다. 술에 취하지도 않고, 굶주렸다고 남의 음식을 훔치지도 않았다. 법을 어긴 적도 없었다. 그저 내 삶을 살도록 나를 내버려두기만 하면 모든 게 괜찮았다. 요즘의 나는 문제를 만들고 싶지 않은, 평화주의자였다.

하지만 또 다른 도나 역시 내 안에 있다. 남의 시선은 신경 쓰지 않고, 양심도 없는, 기회를 기다리는 나쁜 도나. 내가 되고자 하는 도나와는 완전히 다른. 지금, 바로 그 도나가 고개를 들었다.

이번 일은 내가 잘못한 게 아니다. 그리고 난 절대 이 일에 대한 책임을 뒤집어쓰지 않을 것이다. 진짜로 책임져야 하는 사람한테 그걸 되돌려줄 것이다.

"일부러 그런 거군요. 자기가 무슨 짓을 저질렀는지 똑똑히 알고 있으면서. 그런데도 느긋하게 앉아 이 웃기지도 않은 연극을 구경한 건가요?"

소리를 지른 것도 아닌데 식당 안이 조용해졌다. 레스토랑에 있던 사람들이 하나둘씩 우리를 바라봤다.

"당신은 타라가 입으려는 것과 똑같은 드레스를 일부러 샀어요. 그리고 이 드레스를 내게 준 거고요. 난 당신이 나를 진심으로 도와주고 싶은 거라고 생각했어요. 하지만 그저 소란을 일으키고 싶었던 것뿐이군요. 타라 얼굴을 보니, 목적은 제대로 달성했네요." 나는 물러서지 않고 말했다. "맥스 마스덴, 당신은 정말 비열한 사람이에요. 타라는 당신이 이런 짓을 하고도, 아무런 책임도 지지 않고 그냥 넘어가게 두진 않을 거예요."

그는 몇 초 동안 한마디도 하지 않고, 그저 팔짱을 긴 채 고통스러운 표정을 지으며 그 자리에 서 있었다.

"좋아요, 인정할게요. 그리고 책임도 질게요. 하지만 나한테 이런 식으로 말하는 건 정말 마음에 안 들어요. 알겠어요?"

"미안하지만, 이게 곤란한 상황이라는 것쯤은 당신도 분명 알잖아요. 타라는 잘 알려진 사람이에요. 오늘 당신은 타라에게 상상할 수 없을 정도로 큰 상처를 줬어요."

그는 당황한 표정을 지으며 내게 한 발짝 더 가까이 다가왔다. 그가 이런 일을 꾸며 놓고도 괜찮다고 생각할 수 있다는 게 믿기지 않았다.

"난 소란 피우는 거 싫어해요, 도나. 지금 우린 구경거리가 되었어요. 이제 그만 해요. 그렇지 않으면 사람들이 계속 수군댈 거예요. 지금 여기 있는 사람들 앞에서 이 소동에 대해 나에게 사과해요. 안 그러면 이 집에서 당신의 입지는 달라질 거예요."

"아뇨. 우리 두 사람이 사과해야 할 사람은 타라예요. 타라에게 드레스를 빌려도 되는지 확인하지 않은 것에 대한 책임은 내가 기꺼이 질 거예요. 하지만 당신은 타라한테 이야기해야 해요. 오늘 밤 내가 입은 드레스, 당신이 골라줬다는 걸." 맥스를 정면으로 응시했다. "내가 당신 밑에서 일하

1
4
5

는 걸 원치 않는다면, 그냥 그렇다고 말해요. 섭섭하긴 하겠죠. 이 일도, 이 집도⋯⋯ 아쉽지만 떠날게요."

마지막 말을 마치고 나서야 한나가 바로 내 뒤에 와 있다는 걸 알아차렸다. 내가 자리를 뜨려고 돌아서자, 한나가 큰 소리로 손뼉 치며 나를 보고 싱긋 웃었다.

"도나 슬레이드, 정말 대단해요. 제대로 한 방 먹었네요."

　한나와 함께 택시를 타고 집으로 돌아왔다. 이동하는 내내 그녀는 한마디도 하지 않고, 그저 내 옆에 앉아 미소만 띠었다.

　집에 들어서자 거실에서 흐느끼는 타라의 울음소리가 들렸다. 그녀를 위로해 주고 싶었지만, 지금은 그러지 않기로 했다. 그녀가 지금 이 순간 보고 싶지 않은 사람은 아마도 나일 테니까.

　그건 맥스가 벌인 짓이었다. 나는 괜찮았지만, 타라가 안쓰러웠다. 도대체 왜 그는 이런 짓을 벌인 걸까. 도무지 이해가 되지 않았다. '남자들이란 원래 이런 걸까?' 자기가 무슨 일을 저질렀는지조차 모르는 걸까. 차라리 그렇다고 믿고 싶은 지경이다. 그게 아니라면 이런 행동은 내가 아는 맥스와 전혀 어울리지 않았다.

여길 떠나고 싶진 않지만, 그는 내 일자리를 재고하겠다고 으름장을 놓았다. 그 말이 무슨 뜻이든, 부디 이성이 돌아와 계속 일하는 걸 허락해 주길 바랄 뿐이었다. 그렇지 않다면 끝내 앨리스의 수수께끼를 풀지 못할 것이고, 나는 평생 괴로울 거다.

"제발…… 가지 마요." 등 뒤에서 울먹이는 목소리가 들렸다. "당신 없이는…… 못 버틴다고요."

한나였다. 눈물이 뺨을 타고 흘러내렸다. 불과 십오 분 전까지만 해도 얼굴에 가득하던 여유로운 미소는 온데간데없었다. 집으로 돌아오는 택시 안에서 그녀가 지었던, 그 묘하게 만족스러운 표정은 도대체 어디로 사라진 걸까.

"아까 정말 멋졌어요. 그 사람한테 제대로 맞섰잖아요. 이제 괜찮을 거예요. 다시는 당신에게 함부로 못 할 걸요."

"오늘 밤, 그는 날 괴롭힌 게 아니야, 한나. 그가 한 모든 짓은 네 엄마를 겨냥한 거였어. 그리고 내가 여기서 계속 지내는 건 네 아빠 손에 달렸어. 들었잖아. 솔직히 말하면, 앞으로 어떻게 될지 모르겠어."

"나가면 어디로 갈 건데요? 다시 친구 집 소파를 전전하게요? 여기엔 집도 있고, 좋은 일자리도 있고, 그리고 당신이 숨기고 있는 다른 것들도 있잖아요."

"무슨 말을 하는 거야?" 제발, 내가 생각하는 그 얘기가 아니길 바랐다.

"알면서 그러는 거잖아요, 도나." 한나는 나를 똑바로 보았다. "앨리스요. 그녀가 누구였는지, 어디서 왔는지 알아내고 싶잖아요. 그건 이 집이 아니면 절대 못 알아낼 텐데."

심장이 철렁 내려앉았다. 내 머릿속을 들여다본 것처럼 정확했다. 한나가 어떻게 이걸 알고 있는 거지? 앨리스가 한나에게 뭔가 말해 준 걸까? 어쩌면 자신의 진짜 정체에 대해 말해 줬는지도 모른다. 만약 내가 여기를 떠나게 된다면, 앨리스에 대해 알아낼 모든 기회를, 그 실체를 파헤칠 기회를 모두 포기하는 거겠지.

"시간을 줄 테니 생각해 봐요." 한나가 한발 물러서며 말했다. "난 당신이 떠나는 거 싫어요. 당신이 없다면 정말 견딜 수 없을 것 같거든요. 이 집에서 이런 얘기 나눌 사람이 당신밖에 없어요."

한나가 방을 나간 뒤 침대에 앉아 가만히 생각했다. 맥스와 얘기해야 한다. 무슨 수를 써서라도 마음을 돌려놔야 한다. 그때 복도에서 또 다른 발소리가 들리더니, 맥스가 모습을 드러냈다. 오늘 밤 내 방은 공용 공간이라도 되는 건가? 한나에 이어 맥스까지. 분명 맛이 간 생각들을 주절거리러 왔을 것이다.

"구경하러 온 거예요? 이 난장판을 만들어 놓고, 아내를

울리고, 사실상 날 해고도 했죠. 오늘 하룻밤 만에 이룬 엄청난 성과네요, 맥스. 이 정도면 아주 만족하시겠어요."

아까의 자신감 넘치는 얼굴은 사라지고 없었다. 지금 그는 진심으로 충격받고, 속상해 보였다.

"무슨 생각이었는지 모르겠어요, 도나. 오늘 밤 일······ 당신과 타라에게 준 상처, 정말 미안해요. 고의가 아니었어요. 조금만 더 생각했더라면, 내가 당신에게 빌려준 드레스를 떠올렸더라면, 상황이 그럭저럭 흘러갔을 거예요."

"그럭저럭이라고요, 맥스? 그건 장난이 아니었어요. 당신이 타라한테 한 짓은······ 지나쳤어요. 잠깐이지만, 당신이 일부러 망신을 줬다고 생각했어요. 내가 레스토랑에 들어갔을 때 타라 얼굴 봤어요? 완전히 충격받았잖아요."

"실수였어요. 기억력이 엉망이었던 것도 있지만, 타라가 뭘 입을지 말한 걸 내가 잘못 들었어요." 그는 한숨을 쉬며 말했다. "솔직히 말해서, 난 그녀가 뭘 입든 별로 신경 안 써요. 타라는 자루를 입어도 예쁠 사람이니까."

"그게 실수였다고요? 지금 당신 아내는 눈물 흘리며 나를 원망하고 있을 거예요. 나는 일자리를 잃었고요. 이런 걸 다 합쳐 놓고 보니, 정말 멋진 외출이었네요, 그렇죠?"

"설명할 기회를 줘요."

나는 팔짱을 낀 채 맥스의 변명을 기다렸다.

"타라가 마을 부티크에서 그 파란 드레스를 샀어요. 그런데 조금 작았죠. 내가 당신한테 빌려준 게 그 드레스예요. 내가 몰랐던 건…… 타라가 그 드레스를 한 사이즈 큰 걸로 샀다는 거예요. 처음 샀던 걸 반품하지도 않았고요. 진짜 실수였어요."

그럴듯한 변명 같았다. 딱 한 가지를 제외하면. "당신이랑 타라, 같은 택시 타고 갔잖아요. 타라가 뭘 입었는지 당신은 봤을 텐데요?"

"인정해요, 내 잘못이에요. 미안해요. 근데 타라가 택시 안에서 코트를 입고 있어서, 안에 무슨 드레스를 입었는지 보지 못했어요. 타라는 계속 휴가 얘기만 하고 있었고, 난 너무 정신이 없어서 그냥 멍하니 있었거든요. 기억나는 건 그 끝없는 수다뿐이에요."

그가 택시에서 드레스를 못 봤다는 건 이해할 수 있다. 하지만 식당에서 타라가 코트를 벗고 자리에 앉았을 때는 분명히 봤을 거다. 맥스의 변명은 온통 거짓뿐이다.

지금부터 신중하게 생각하고 말을 골라야 한다. 그의 얼굴은 후회와 죄책감으로 가득했다. 연기일까? 단정할 순 없지만, 설령 그렇다 해도 이상할 건 없다. 맥스는 지금 이 상황을 즐기고 있다. 그리고 내게는 그런 짓거리에 장단 맞춰 줄 에너지가 없다. 다만, 지금 떠나면 전부 포기해야겠지. 일도, 거처도, 그리고 앨리스에 대한 단서도. 짐을 싸서 뛰쳐나가고 싶은 마음은 굴뚝같지만, 그렇게 하는 건 어리석은 짓일 것이다.

"좋아요, 사과는 받아들이죠. 그런데 내 일자리는요?"

"이곳에 남아서 오래 일해 줘요."

그를 보며 고개를 끄덕였다. "내가 하지도 않은 일로 날 또 탓한다면, 내가 여기서 일하는 걸 재고할 사람이 당신 말고도 한 사람 더 생길 거예요."

너무 쉽게 물러서는 모습을 보니 오히려 불안한 마음이 들었다. 내가 지금 누군가에게 조종당하고 있는 건 아닐까.

"그럼, 새출발이네요. 난 이만 갈게요. 아직 타라와 정리할 일이 남았거든요." 맥스가 미소를 지으며 말했다.

'행운을 빌죠.' 속으로 생각했다. 그는 방을 나서기 전에 내 옆에 다가와 뺨에 가볍게 입을 맞추었다. 예상하지 못한 그의 행동에 반사적으로 몸을 조금 뒤로 젖혔다. 그의 시선이 내 눈을 향하고, 예상보다 몇 초간 더 오래 머물렀다. 또다시 십 대처럼 설레다니, 이건 정말 곤란하다. 내 정신 건강을 위해서라도, 이 감정은 여기서 끝내야 한다.

2부

균열이 드러낸 진실

제15장

오늘 밤, 내 작은 거실로 사람들이 끊임없이 들락날락했다. 맥스가 나가자마자, 이번엔 한나가 웃는 얼굴로 들어왔다. 아까 일을 다 듣고 있었던 게 분명했다.

"이제 좀 괜찮아?"

"당신이 안 떠난다니 얼마나 다행인지 몰라요. 하지만 조심해야 해요. 맥스가 너무 쉽게 물러섰으니까. 그리고 사과까지 했잖아요? 그건 절대 맥스다운 행동이 아니에요."

"명심할 테니 걱정하지 마. 난 그냥 조용히 일만 할 수 있으면 돼. 그 이상도 이하도 바라지 않아."

"그리고 또 하나. 앨리스에 대한 수수께끼 말인데요."

"그 얘기는 내일 하면 안 될까? 오늘 있었던 일 때문에 피곤하고 머리도 아파. 지금은 기운이 하나도 없어."

"좋아요. 그건 내일 아침에 해요."

오늘 밤은 이쯤이면 충분했다. 맥스와 정면으로 부딪친 건 도움이 되었지만, 여전히 풀리지 않은 질문들이 남아 있었다.

"한 가지 물어보고 싶은 게 있어. 우리가 식당에 도착했을 때 넌 나랑 같이 들어가지 않았어. 나 혼자 들어가게 만들고 싶었던 거지. 왜 그랬던 거야?

그녀는 고개를 떨구며 내 시선을 피했다.

"약속해 줘요. 대답을 듣고 나서도 날 미워하지 않겠다고."

"알겠어."

"맥스가 당신 혼자 들어가게 하라고 시켰어요. 그에게 무슨 계획이 있는지는 전혀 몰랐어요. 조용히 살고 싶으면 그저 시키는 대로 해야 해요."

아마도 맥스는 한나가 사람들의 시선을 분산시키는 걸 원치 않았을 거다. 타라가 그 장면을 온전히, 그대로 받아들이길 바랐겠지. 맥스는 오늘 밤 자신이 뭘 하고 있는지 정확히 알고 있다. 기억이 헷갈렸다는 변명은 거짓이다. 오늘 밤 피해자는 나와 타라, 둘뿐이다. 그러니 타라가 맥스를 제대로 응징해 주길 바랄 뿐.

"괜찮아, 한나. 이해해. 맥스가 또다시 그런 식으로 널 괴롭히면 나한테 말해."

한나는 힘없이 쓸쓸하게 웃으며 스포츠백에 쑤셔 넣었던 짐을 꺼내 정리했다.

"그거 알아요? 맥스는 우리가 친구가 되는 걸 원치 않아요."

"왜?"

한나는 단단히 오해하고 있다. 대체 이유가 뭐길래.

"숨기는 게 많거든요." 한나의 목소리가 낮아졌다. "내가 당신한테 뭔가 말할까 봐 두려운 거죠. 자기한테 불리한 얘기들요."

피곤했지만, 이 말을 그냥 넘길 수는 없었다. 어차피 궁금해서 밤새 뒤척일 게 뻔했다.

"좋아, 더 말해 봐."

"싫어요. 맥스가 알면, 난 벌을 받을 거예요."

오늘 밤 있었던 일을 보았을 때 한나의 말이 사실이라는 것을 알 수 있다. 한나를 물끄러미 보다가 고개를 저었다.

"벌이라니…… 그런 짓을 하려고 하면 바로 말해. 내가 그 사람을 어떻게 대했는지 너도 봤지? 비슷한 상황이 생기면 난 또 그렇게 할 수 있어. 걱정하지 마. 그리고 네가 말하고 싶을 때 얘기해 줘."

문제는 내 호기심이다. 맥스는 도무지 종잡을 수 없는 사람이다. 한순간엔 멀쩡하다가, 다음 순간엔 위험할 정도로 돌변한다. 좋아해야 할지, 미워해야 할지도 모르겠다.

"며칠 전에 내 방 앞에 서 있었을 때 기억나죠. 왜 옆방으로 옮겼는지 궁금해했잖아요."

나는 말없이 고개를 끄덕였다.

"너무 무서워서 거기서 못 자겠어요. 그 방은…… 맥스가 나를 얼마나 싫어하는지 보여 주는 증거거든요. 너무 창피해서, 누구한테도 보여 줄 수가 없어요."

도통 감이 오지 않았다. 도대체 그 방에 뭐가 있길래 이런 반응을 보이는 걸까.

"맥스는 영리해요. 벌을 줄 때도, 사람을 무너뜨릴 때도 전부 심리적으로 해요. 한 번도 내게 손을 댄 적은 없어요. 그 사람 방식은 훨씬 교묘하거든요."

"자세히 말해 줄래?"

한나의 표정이 어두워졌다. 하지만 나를 바라보는 눈빛은 여전히 날카로웠다. 그녀를 도와주고 싶었지만, 마음을 열지 않는 이상 내가 해 줄 수 있는 것은 아무것도 없었다.

"언젠가는 말할 수 있겠지만 지금은 아니에요. 그리고 나보다 도나, 당신이 더 위험해요. 맥스에 대해 아는 게 많아질수록, 더더욱. 그 사람한테 맞선 건 앨리스 말고는 당신이 처음이에요. 그래서 당신도 앨리스처럼 그렇게 될까 봐 무서워요."

심장이 빨리 뛰었다.

"앨리스는 사고 때문에 죽었다고 했잖아?"

"그건 맥스가 경찰에 그렇게 말한 거예요. 경찰도 그대로 받아들였고요. 하지만 나도 타라도 사고 난 걸 본 적 없어요. 우리가 아는 건 전부 맥스가 말해 준 것뿐이에요."

"너무 깊이 생각하지 마, 한나. 사고는 그냥 사고일 뿐이야. 괜히 의심하고 집착할 필요 없어."

하지만 한나는 전혀 납득하지 못한 얼굴이었다.

"그래도 조심해 줄 거죠? 그 사람, 지는 걸 싫어하는데, 오늘은 도나가 이겼잖아요. 그러니 더 집요하게 굴 거라고요."

"난 괜찮아. 내 몸은 내가 지킬 수 있어."

지난 삼 년 동안 더러운 원룸을 전전하고, 술 취한 이웃과 싸우고, 굶주림을 견디며 지낸 것은 맞지만 그 시간 동안 아무것도 배우지 못한 것은 아니다. 이 일자리를 받아들인 것은 맥스에게 나라는 새로운 장난감을 쥐여 준 셈이지만, 나 역시 얻은 게 있다. 앨리스의 수수께끼를 풀 기회 말이다. 이제 더는 다른 데 한눈팔지 않을 것이다. 지금부터 내 최우선 과제는 '수수께끼 해결하기'다. 이 집 사람들 누구도 그걸 방해하게 두지 않을 것이다.

"내가 여기 남는다면, 앨리스에 대해 알아보는 걸 도와주겠다고 약속할 수 있어?"

"도망가지 않을 거죠? 그냥 사라지지 않겠다고 해요. 제발 여기 있어 줘요. 내가 할 수 있는 건 다 도울게요."

한나는 나를 필요로 한다. 그리고 나 역시 그걸 이용할 생각이다. 딱히 자랑할 만한 선택은 아니지만, 원하는 것을 얻으려면 어쩔 수 없다.

"앨리스가…… 아니, 그 여자가 왜 당신 이름을 썼는지 알고 싶은 거죠?"

예상치 못한 충격에 말문이 막혀 버렸다. 어떻게 알았을까. 묻고 싶은 말이 많지만, 입이 떨어지지 않았다. 한나는 이미 다 알고 있다는 듯 나를 보았다. 혼란스러웠다. 한나는 아무 근거 없이 내뱉은 게 아닐 것이다. 누군가 이 사실을 그녀에게 전해 주었을 게 분명하다. 이 사실을 가장 잘 알고 있는 것은 앨리스밖에 없다. 앨리스는 이 젊은 여자애를 나보다 더 훨씬 잘 알고, 그녀가 믿을 만한 사람이 아니라는 걸 알았을 것이다. 그런데 왜 굳이 한나에게 이 엄청난 비밀을 말했을까.

제16장

"무슨 생각하는지 알아요, 도나. 내가 어떻게 당신 이야기를 아는지 궁금하죠? 아주 간단해요. 앨리스가, 아니 그 사람이 뭐였든 자기 이름은 앨리스가 아니라고 했어요. 그리고 머지않아 진짜 앨리스가 나타날 거라고 했죠." 한나가 능글맞게 웃으며 말했다.

앨리스가 그런 걸 알았을 리 만무하다. 나조차도 알게 된 게 겨우 일주일 전이니까.

"그녀가 왜 '앨리스'라는 이름을 썼는지 말해 줬어?"

"아니요. 다만 자신을 지키기 위해 그 이름을 빌려야 했다고 했어요. 그리고 당신은 '도나'라는 이름을 쓸 거라고도 했죠."

어떻게 알았을까. 한 번도 만난 적 없는 여자가 내 진짜 이름뿐 아니라 겹겹이 숨겨 두고, 안전하다고 믿었던 또 다른 이름까지 모두 알고 있었다. 이건 말이 되지 않았다. 내 이름을 훔친 그녀가 나를 지켜보고 있었던 게 아니라면 말이다.

속이 울렁거리기 시작했다. 토할 것 같은 기분을 간신히 억눌렀다. 이건 악몽이다. 앞으로 어떻게 해야 하지. 앨리스가 이 집에 온 데는 분명 이유가 있었을 것이다. 그렇다면 나도 같은 이유로 이곳으로 오게 된 걸까? 그녀는 다른 사람에게 내 얘기를 했을까? 이 일에 얽힌 누군가가 또 있는 걸까? 그런 사람이 등장하면 난 어떻게 대응해야 하지?

지금 내가 알고 싶은 건 하나뿐이다. 앨리스는 왜 자신을 보호해야 한다고 생각했던 걸까. 그 말은 나도 위험에 처했다는 뜻인 건가? 그녀도 나처럼 자취를 감추고 싶었던 게 분명했다. 머릿속은 이런저런 질문들로 꽉 차 있었지만, 한나가 그 모든 것에 답해줄 수 있을 것 같지는 않았다.

"당신이 처음 여기 왔을 때 앨리스에 대해 뭔가 알고 있다고 생각했어요. 그래서 장례식에도 참석했을 거고요."

"난 이메일로 초대받았어. 앨리스가 내 이메일 주소를 너에게 줘서 초대장을 보내게 했던 것 아니야?"

만일 그렇다면 상황이 조금 단순해질 테지만, 그게 아니라면 골치 아픈 문제가 될 수 있다. 내가 한 번도 만난 적 없는 또 다른 누군가가 나에 대해 너무 많이 알고 있다는 뜻이니까.

"내가 보낸 거 아니에요. 앨리스가 당신 얘기를 몇 번 했지만, 별거 아니었어요."

"장례식장에서 내 이름을 봤을 때 정말 무서웠어. 무슨 일이 벌어지고 있는지 전혀 몰랐거든. 내가 여기에 남기로 한 건 진실을 알아내기 위해서야. 그러니 뭐라도 알고 있다면 꼭 말해 줘."

"내가 도와줄 수 있는 건 뭐든지 도와줄게요. 그렇지만 앨리스는 이곳에 오기 전 자기 삶이나 가족에 대해 거의 말을 하지 않았어요. 그녀가 어떤 사람이었는지 난 잘 몰라요."

한나는 잠시 생각하다가 덧붙였다.

"곰곰이 생각해 봤는데, 당신이 알고 지내던 사람이었을 거예요. 그렇지 않으면 설명이 안 돼요. 그건 그렇고 진짜 이름이 아니라는 거 알지만, 그래도 계속 도나라고 불러도 되죠?"

아무래도 좋았다. 그녀가 나를 앨리스라고 부르면, 타라와 맥스가 질문해 댈 테니 말이다.

"그렇게 불러. 그런데 내가 거짓말을 하고 있다는 걸 부모님이 알게 되면 분명 좋게 넘어가진 않을 거야. 네가 알고도 숨겼다는 사실 역시 달가워하지 않을 테고."

"아무한테도 말 안 할게요, 약속해요. 믿어도 좋아요."

"그래. 내일 얘기하자, 한나."

"그럼 쉬어요. 아침에 봐요."

마침내 혼자가 되었다. 방에는 나와 수십 개의 질문만이 남았다. 당분간 잠은 오지 않을 것 같았다. 아래층에서 맥스와 타라가 다투는 소리가 들렸다. 딱히 자는 데 도움이 되진 않을 것 같았다. 맥스의 목소리가 얼마나 큰지 집 안 전체에 울려 퍼질 정도였다. 그는 드레스 사건에 대해 타라를 몰아붙이고 있었다. 타라도 맞서보려 하지만 소용없었다. 불쌍한 타라. 그녀는 맥스를 상대하기엔 역부족이었다.

엿들으려는 것은 아니었지만, 무슨 말이 오가는지는 알고 싶었다. 이 모든 일의 책임을 한나에게 뒤집어씌우지 않길 바라며 조심스럽게 복도로 나와 계단 위에 섰다. 그 순간, 바닥에 놓인 무언가가 시선을 붙잡았다. 본능적으로 걸음을 멈췄다.

파란 드레스. 타라가 입고 있던 바로 그 드레스가, 갈기갈기 찢긴 채 내 방문 앞 카펫 위에 흩어져 있었다. 누군가 나에게 할 말이 있는 듯했다. 메시지일까, 경고일까. 한나는 방금 막 나갔고, 맥스는 아래층에서 타라와 싸우고 있다. 그렇다면 이 짓을 한 사람은 누구지? 나는 도대체 어떤 곳에 발을 들여놓은 걸까?

제17장

다음 날 아침, 사무실에서 맥스와 타라를 마주쳐야 한다니, 세상 무엇보다도 싫었다. 난 타라가 드레스 이야기를 꺼내지 않기를, 아니면 최소한 그 책임을 맥스에게 돌리기를 속으로 빌었다. 어떤 변명을 늘어놓았든, 어쨌든 이 모든 일의 원인은 그에게 있다.

컨디션이 영 좋지 않았다. 몸도 제대로 가누지 못해 침대에서 간신히 몸을 일으켜 세웠다. 거울에 비친 내 모습은 어젯밤과 딴판이었다. 얼굴은 창백하고 눈 밑에는 짙은 다크서클이 생겼으며, 머리카락은 제멋대로 뻗쳐 있었다. 오늘 하루는 아무것도 하지 않고 침대 속으로 다시 들어가 푹 자고 싶었다.

하지만 그럴 순 없다. 오늘은 사무실에 꼭 나가야 한다. 맥스가 자기 때문에 내가 출근하지 않았다고 생각하게 둘 수는 없다. 타라가 또다시 어제 일어난 모든 일이 내 탓이라고 책임을 떠넘기려 한다면 참고, 감당해야겠지. 그녀는 어리석은 사람이 아니다. 자기 남편이 어떤 사람인지, 그 누구보다 잘 알고 있을 테니까.

깊게 숨을 들이쉬며 방을 나섰다. 방문을 잠그고 복도를 따라 사무실로 향하던 중 마리아를 마주쳤다. 그녀는 아무 말도 하지 않았지만, 숨죽인 웃음소리가 내 귀에 들렸다. 어젯밤 일, 그녀도 알고 있는 걸까? 아마 알고 있을 것이다. 그건 분명 맥스 때문일 터다. 어쩌면 둘이서 내 얘기를 하며 비웃었을지도 모른다. 정식으로 인사를 나눈 사이도 아닌데, 어쩐지 그녀는 나를 우스운 존재로 취급하고 있다. 이런 식의 비아냥이 계속된다면, 언젠가는 폭발할지도 모른다. 참을 수 있는 데에도 한계는 있는 법이니까.

자리에 앉자마자 맥스가 사무실로 들이닥쳤다. 그는 마치 우리가 아주 친한 사이라도 되는 양 웃고 있었다. 그 웃음이 매우 거슬렸다. 지금은 그런 능글맞은 태도를 받아줄 기분이 아니었다. 잠도 제대로 자지 못한 터라 더더욱 그랬다.

"어젯밤 일은 미안해요. 그 일은 전적으로 타라 잘못이에요. 내가 당신에게 드레스를 빌려줬다는 걸 알면서도 일부러 그 옷을 입고 나왔거든요."

그가 마지막으로 내게 했던 변명과는 전혀 다른 말이었

다. 다시 맞설 것인가, 아니면 그냥 넘길 것인가. 결정을 내리기 전에 진통제부터 먹고 싶었다.

"난 그저 도와주고 싶었을 뿐이에요. 당신이 자신감을 갖고 즐거운 시간을 보내길 바랐어요. 내가 당신을 조금 칭찬했더니, 타라가 그런 식으로 반응한 거죠. 타라는 자기보다 어린 여자들에게 예민하게 굴어요. 싫어한다기보다 경쟁자로 보는 거죠. 어젯밤은 당신과 나에게 동시에 복수한 거나 마찬가지였어요. 내가 진작 눈치채야 했는데…… 그러지 못했네요. 타라는 한번 그렇게 되면 스스로를 감당하지 못해요."

'농담하는 거지, 지금!' 타라는 그 일과 전혀 상관이 없다. 이 모든 헛소리는 맥스가 나를 자기편으로 끌어들이려는 노골적인 시도였다. 어젯밤 우리가 나눈 대화나, 사람들 앞에서 벌인 일을 정말 기억하지 못하는 걸까? 속에 다른 꿍꿍이가 있는 게 분명했다. 어쨌든 당장은 이 일자리를 지켜야 했기에 억지로 미소를 지어 보였다.

"모두 이해해요. 그저 난 어젯밤 일은 잊고, 내 일에 집중하고 싶어요."

지금 당장 그를 거짓말쟁이라고 몰아붙인다면 상황만 악화시킬테니 진심이 아닌 말로 둘러댔다. 내가 원하는 건 조용한 하루니까. 게다가 한나에게 앨리스에 대한 정보를 최대한 많이 끌어내려면 어쩔 수 없었다.

"당신이 우리와 함께한 지 오래되지 않았지만, 곧 알게 될 거예요. 타라는 예민하고 아주 연약한 사람이라는 것을요."

또 시작이다. 그는 '정신적 문제가 있는 아내' 카드를 꺼냈다.

"타라는 심한 우울증에서 회복 중이에요."

'당신 같은 사람하고 사는데 당연히 그럴 수밖에!' 나는 이렇게 되받아치고 싶었지만 입을 다물었다.

"어젯밤은 타라가 우울할 때 보이는 전형적인 모습이에요. 그녀는 내가 호감을 보이는 여자에게 병적일 정도로 질투를 해요. 사실 이런 어제와 같은 일이 일어나리라고 어느 정도 예상하긴 했어요. 타라는 다른 사람들을 망신 주려는 마음도 있지만, 진짜 원하는 건 동정심이에요. 사람들을 자기편으로 만들고 내게서 등을 돌리게 하려는 거죠."

그의 말을 믿는 것은 아니었지만, 겉으로는 동의하는 것처럼 보이려고 살짝 웃으며 책상 위의 서류함을 뒤적였다.

"타라가 한나 방에 무슨 짓을 저질렀는지 당신은 봤을 테죠. 한나는 장식품들이며 가구, 그리고 그 끔찍한 낙서까지 모두 내 짓이라고 말했을 거예요. 그건 사실이 아니에요. 타라는 늘 한나를 가스라이팅했어요. 그 모든 건 타라가 벌인 짓이에요. 그 일 이후로 타라는 병원에 입원했죠."

한나의 방이라니. 내가 본 방은 멀쩡했다. 지금 그가 말하는 방은 분명 옆방, 늘 잠겨 있던 그 방일 것이다.

"타라는 모든 사람이 악의를 품고 있다고 생각해요. 새삼스럽지도 않아요. 어렸을 때부터 그랬거든요. 자기가 장난감들을 부수고는 선생님들한테 부모님이 그랬다고 말했대요. 그걸 알고도 결혼했어요. 내가 바보였죠. 그녀를 바꿀 수 있고 행복하게 만들어 줄 수 있을 거라 믿었으니까요. 그런데 요즘 다시 무너지고 있는 것 같아요."

그는 정말 훌륭한 배우처럼 보였다. 눈가가 촉촉이 젖어서 거짓말을 하는 사람처럼 보이지 않았다.

"당신에게는 설명해야 할 것 같았어요. 난 위험한 사람이 아니에요. 다만 타라에 대해서는 조심해야 해요. 그녀는 이사벨이라는 친구에게 병적으로 집착하고 있어요. 당신도 이사벨을 봤을 거예요. 장례식 때 우리 뒤에 서 있던 여자 중 한 명이었죠."

물론 기억하고 있었다. 무례한 말들을 퍼부었던 바로 그 여자였다. 거드름 피우던 가슴 큰 여자. 사랑스러운 타라와 결혼하고 그런 여자를 정부로 둔 맥스를 도저히 이해할 수 없다.

"타라는 내가 이사벨과 바람을 피운다고 단단히 믿고 있어요. 전혀 사실이 아니죠. 하지만 아무리 부정해도 소용이 없어요. 심지어 한나까지 그 거짓말에 넘어가게 만들었죠. 한나는 나에 대해 온갖 말을 할 거예요. 내가 그녀를 학대한다고요. 사실이 아니에요. 한나는 우리 외동딸이에요. 난 그저 보살피고 싶었을 뿐인데, 이젠 엄마 아빠라고 부르지도 않아요."

맥스 말로는 이사벨과의 바람은 타라가 만들어 낸 허상이고, 한나 또한 망상에 시달리고 있다는 거다. "힘드시겠어요. 혼자 다 감당하려면." 최대한 진심으로 위로하는 것처럼 보이려 애썼다. 그가 거짓말을 늘어놓을 때마다 믿는 척하며 조용히 넘길 요량이었다.

"혹시 걱정거리가 있거나, 타라가 또 문제를 일으키면 나한테 말해요. 내가 직접 얘기하는 게 낫죠. 당신이 상처받지 않게. 난 당신이 여기 남았으면 해요. 이 사무실에 꼭 필요한 사람이니까."

내가 그만큼 중요한 사람이라는 말을 믿을 수 없다. 분명 나를 속이려고 꾸며낸 말이다.

그 말을 곧이곧대로 믿을 만큼 바보는 아니지만, 그를 안심시키기 위해 그저 고개를 끄덕이며 웃었다. 내가 이렇게까지 연기를 잘한다니!

"오해가 풀려서 다행이에요. 그럼, 오늘 일을 시작하죠." 그는 서류 더미를 내게 건넸다.

"이 서류들을 서류철에 분류하고, 스프레드시트에서 최신 지출 내역을 타라에게 전달해 줘요. 이유는 모르겠지만 또 수익 얘기로 난리예요."

부동산 사업은 엄청난 수익을 내고 있었다. 내가 살펴본 바로는 걱정할 게 전혀 없었다.

맥스의 기분은 좋아 보였다. 이참에 과감하게 앨리스에 관한 것이나 사고에 대해 물어보려 했지만, 곧 그만두었다. 즉흥적인 질문은 위험했다. 모든 질문은 자연스럽게, 사소한 호기심처럼 보여야 했다.

그가 나를 매력적이라고 했던 말도, 이제는 아무 의미가 없다. 이틀 전 아니, 어제의 나였다면 하늘을 나는 기분일 것이다. 하지만 지금은 아니다.

어젯밤에는 잠도 제대로 못 잤지만, 덕분에 맥스를 포함해서 모든 걸 곰곰이 따져볼 수 있었다. 내가 그를 좋아했었다니. 한나가 이 사실을 알면 나를 바보 취급하며 더는 믿고 따르지 않을 것이다.

십 분 후, 자료를 인쇄해서 타라에게 들고 갔다. 맥스의 사무실 유리창으로 들여다보니, 타라가 그의 책상에 앉아 있었다. 노크를 하고 들어가자, 타라가 내게 다가왔다. 미소라고는 찾아볼 수 없었다.

"아직 용서 안 했으니까 용서해 달라는 소리는 하지 마요. 허락도 없이 내 물건 가져가는 사람들은 정말 싫어요. 그 드레스는 내가 제일 좋아하는 건데. 대체 내 옷장은 왜 뒤진 거예요? 이해할 수가 없네요."

세상에, 같은 드레스를 두 벌이나 가지고 있으면서도 이런 식으로 나오다니. 맥스가 그녀에게 아무 말도 하지 않은 걸까. 어젯밤 무슨 일이 있었는지 설명조차 하지 않았던 걸까. 타라의 말과 표정을 보니, 그럴 가능성이 커 보인다. 지금 그녀의 기분으로 봐서는 내가 그 드레스를 입게 된 게 맥스 때문이었다고 말하거나, 드레스 문제로 이미 그에게서 한 소리 들었다고 설명해 봐야 소용이 없을 것 같았다. 타라는 어젯밤 벌어진 일의 책임을 나에게 떠넘기기로 마음을 굳혔고, 그걸로 모든 판단은 끝난 상태였다.

"미안해요. 다시는 그런 일 없을 거예요."

"그래야 할 거예요. 안 그러면 대가를 치러야 할 테니까요."

협박하는 거냐고 따지고 싶었지만, 그녀를 화나게 하면 맥스를 설득해 나를 해고하려 들 것 같아서 그만두었다. 맥스는 내가 이 사무실에 필요한 사람이라고 말했지만, 모를 일이다.

내 자리로 돌아온 지 몇 분도 지나지 않아, 타라가 또다시 내 앞에 들이닥쳤다.

"당신 짓인 거 알아요. 당신 말고는 있을 수가 없으니까."

드레스 얘기인가? 충분히 말한 줄 알았는데, 아직도 부족한 걸까.

"그 문제는 이미 정리된 줄 알았는데요. 이번엔 제가 또 뭘 했다는 거죠?"

딱딱하고 날카로운 목소리, 지금 내 기분 그대로였다.

"드레스 얘기가 아니에요."

타라는 팔짱을 끼고 나를 매섭게 쏘아보았다. 무슨 말을 하려는지 전혀 감이 오지 않았다. 나는 고개를 저으며 그녀를 똑바로 바라봤다. 내 표정도 그녀만큼이나 날카로웠다.

"내 화장대 보석함에서 18캐럿 금목걸이가 없어졌어요. 세공된 장식을 두른 큰 에메랄드 펜던트가 달린 거예요. 그걸 가져갈 사람은 당신밖에 없어요. 다른 사람은 감히 그럴 엄두도 못 내니까. 그걸 못 찾으면 경찰을 부르겠어요. 하지만 그전에 당신에게 바로잡을 기회를 주고 싶어요. 지금 사과하고 그 목걸이 제자리에 갖다 놔요."

말이 너무 빨리 쏟아져 나와 도대체 이해할 수가 없었다. 타라는 실망감과 복잡한 마음이 섞인 표정을 지으며 나를 바라보았다.

겨우 요지를 파악하고 나서야 입을 열 수 있었다.

"내가 아니에요. 난 절대 훔치지 않았어요."

나는 최대한 차분하고 솔직하게 말하려 애썼다. 쉽지

않았다. 난처한 상황에 몰리면 손이 떨리고 목소리가 한 옥타브쯤 올라간다. 그녀가 나를 믿지 않는 것도 무리는 아니다. 나는 뭘 잘못하지 않아도, 늘 죄지은 사람처럼 굴어버리니까.

"도나에게 기대한 건 이런 게 아니에요. 우리는 새로 시작할 기회와 새 직장을 제공했는데, 이런 식으로 보답해요? 얼마나 중요한지 알잖아요. 당신을 내쫓고 싶진 않지만, 목걸이를 돌려주지 않으면 어쩔 수 없어요."

타라는 조용히 말할 생각이 없는 듯했다. 아래층에 있던 맥스는 우리가 다투는 소리를 들었을 게 분명했다. 아니나 다를까, 몇 초 만에 그가 올라왔다.

"이게 다 무슨 소란이야? 아래에서 계약서 보고 있는데."

타라는 내 얼굴 바로 앞까지 다가와, 금방이라도 덤벼들 기세로 허리에 손을 올렸다. 상황이 더 악화되기 전에 맥스가 그녀를 내 책상에서 물러나게 했다. 그의 시선이 타라에게 향했다.

"무슨 일인지 누가 설명 좀 해 줄래?"

"도나가 내 에메랄드 목걸이를 훔쳤어. 당신이 결혼기념일에 사 준 그 목걸이 말이야. 드레스 사건도 있었고, 도나가 유일한 용의자야."

맥스가 당황스럽다는 듯 고개를 젓더니, 바지 주머니에

손을 찔러 넣고는 바로 그 목걸이를 꺼냈다. 안도의 한숨이 터져 나왔고, 타라는 얼굴이 창백해졌다.

"이거 내가 가지고 있었어. 잠금쇠가 고장 나서 목에서 빠질까 봐 걱정된다고 당신이 나한테 말했던 거 기억 안 나?"

타라의 눈이 휘둥그레지고 입술이 떨렸다. 분노는 가신 듯했다. 이제 사과를 해야 할 차례인데 과연 그럴까? 그럴 리가. 미안하다며 손을 내미는 건 체면을 깎아내리는 일 정도로 여길 것이다. 타라는 나를 완전히 무시한 채 맥스에게 매달렸고, 그는 그녀의 눈물을 닦아 주었다. 연기일까? 놀랍지도 않다. 그보다 타라가 내게 덤벼들려 했다. 그런 타라를 맥스는 말리지도 않았지만 어쨌든 그는 상황을 수습했고, 나를 구해 주었다. 타라의 분노에서, 그리고 경찰서에서. 그는 화가 난 타라를 다루는 법을 알고 있었다. 그런 재능은 나도 배우고 싶을 지경이다.

맥스는 팔로 타라의 허리를 감싸안고 부축했다. 사과도, 눈길도 주지 않은 채 타라는 맥스와 함께 자리를 떴다. 몇 분도 채 지나지 않아 한나가 내 앞에 나타났다.

"타라의 환심을 사고 싶어서 상황을 해결한 것처럼 연기하는 거예요. 목걸이를 고치려고 호주머니에 넣고 있었다는 게 말이 돼요? 일부러 가져간 거죠. 타라 약 올리려고."

"교활한 짓이긴 하지만 놀랍지도 않아. 맥스는 어떤 일이든 벌일 사람이야."

"겉으론 친절하고 너그러운 척하지만, 실은 완전한 사기꾼이에요. 그런데도 타라는 쉽게 속아 넘어가죠. 볼 때마다 짜증이 나요."

타라가 까탈스러운 사람인 건 맞지만, 과연 어떤 남편이 목걸이까지 숨겨가며 자기 아내를 속일까 하는 의심이 들었다. 어쩌면, 이건 단순히 타라를 속이기 위한 행동이 아닐지도 모른다. 곤욕을 치른 건 나다. 맥스가 그 목걸이를 꺼내지 않았다면, 타라는 경찰을 불렀을 것이다. 만약 그가 불법적인 일에 발을 담그고 있다면, 큰 문제로 번졌을지도 모른다. 이유가 무엇이든 그가 개입해서 나를 구해 준 건 의심할 여지가 없다. 맥스에게 고맙다고 말해야 할 상황이지만 절대 그러지 않을 것이다.

"아까 '타라의 환심을 산다'고 했는데…… 그게 무슨 말이야?"

"목걸이가 사라지자 타라는 당신을 의심했죠. 그런데 맥스가 나타나서 목걸이를 보여주고, 아무 일도 없었던 것처럼 만드는 거예요. 이런 식으로 타라를 감정적으로 흔드는 거죠."

"왜 그런 짓을 하는 거지?"

"오늘 밤에 이사벨을 만날 거니까."

이사벨, 그 정부. 불과 십오 분 전만 해도 맥스는 그게 전부 타라의 망상이라고 했다. 타라는 불쌍한 여자다. 어떤 관계든, 그녀가 이런 식으로 이용당할 이유는 없다. 맥스는 의도적으로 그녀의 심리적 약점을 건드리고 있다.

"타라는 이사벨에 대해 알고 있지만, 맥스랑 한 번도 제대로 얘기한 적이 없어요. 공개적으로 그 둘 사이를 드러내는 건 맥스한테 불리하니까. 하지만 맥스는 타라를 무조건 붙잡아야 하죠. 사업상으로도, 세간에 보이는 이미지상으로도요. 둘이 완벽한 부부처럼 보여야 하는데, 그게 깨지면 문제가 생기겠죠? 맥스와 거래하는 사람들은 타라를 좋아하고 존중해요. 타라는 맥스의 사업에 꼭 필요한 존재죠."

"이사벨은 그걸 알고도 가만히 있어?"

"속 터지겠죠. 하지만 이사벨도 언젠가는 대가를 치르게 될 거예요. 영원한 건 없으니까요. 맥스와 타라의 관계도 마찬가지고요. 맥스는 또 다른 여자로 갈아탈 테니. 타라는 둘의 불륜을 인정하지 않아요. 차라리 아무 일도 없는 척하고 싶어 하고요. 그래야 다툼도 없고, 맥스는 두 마리 토끼를 다 잡는 셈이고."

정말 기가 막힌 삶이다. 타라가 약 없이는 못 버티는 게 이해가 된다. 여기 더 오래 있으면 나도 약이 필요할 것 같다.

"장례식에서 봤죠? 검은 머리카락에 새빨간 립스틱을 바르고 큰 목소리로 떠들던 여자요. 거기 모인 사람들이 자기 목소리를 듣고 싶어 하는 줄 아나 봐요."

"맥스가 타라랑 헤어질까?"

"지금은 이사벨에게 빠져 있을지 몰라도 내 생각엔, 그리 오래가진 않을 거예요. 몇 달만 지나면 또 다른 여자 때문에 그녀를 차 버릴걸요. 타라는 그 사실을 알고도, 아무것도 하지 않을 거고요. 같은 일이 계속 반복될 뿐이에요. 맥스는 어떻게 행동해야 하는지도 다 알고 있어요. 방금 크게 다퉜으니, 타라는 맥스의 동정을 바랄 테고, 결국 그걸 얻게 되겠죠. 맥스는 무슨 약이든 하나 건네줄 거고, 타라는 내일까지 잠들어 버릴 거예요. 그러면 맥스는 밤새 마음 껏 놀 수 있게 되겠죠."

제대로 망가진 가족이다. 당분간 내가 할 수 있는 최선은 조용히 지내는 것이다. 아무것도 모르고, 아무것도 보지 않고, 의견도 내지 않으면서. 그러면 내가 여기 온 목적에만 집중할 수 있고, 가족 싸움에 휘말리지 않을 수 있다.

제18장

다음 날 새벽 다섯 시. 현관문이 열렸다 닫히는 소리에 잠이 깼다. 알람은 울리지 않았으니 가족 중 누군가일 수밖에 없다. 맥스가 유력한 후보다. 한나 말이 맞다면, 그는 밤새 이사벨과 함께 놀아났을 것이다. 그가 비열한 인간이라는 건 알지만, 이런 행동은 여전히 놀라웠다. 타라는 아름답고 그의 사업을 도우며, 이 집을 실질적으로 운영하는 사람이다. 외모만 놓고 보면 이사벨은 그녀와 비교조차 되지 않는다.

타라를 돕고 싶었지만, 당분간 이 가족에게 일어나는 일에 끼어들지 않겠다 마음먹었기 때문에 가만히 있었다. 지금 당장 내가 해야 할 일은 급한 수수께끼를 푸는 것이다.

이 집에서 일했던 앨리스 앤더슨은 분명 자기 이름이 있다. 그녀는 내가 아니다. 그렇다면 왜 내 이름을 쓴 걸까? 왜 그런 가장을 했던 걸까? 그녀에 대한 정보를 더 얻어야 했다. 앨리스의 단서를 쥐고 있는 사람은 한나뿐이다. 점심시간에 그녀를 찾아가 몇 가지 질문을 던져 봐야겠다. 말을 꺼내게만 만들 수 있다면, 뭔가 나올지도 모른다.

오전에는 회계 업무를 처리하고 맥스를 대신해 이메일을 보냈다. 그는 기분이 좋고 여유로워 보였다. 어젯밤에 이사벨을 만났기 때문일까, 아니면 타라가 늦잠을 자고 있어서 아무런 방해가 되지 않기 때문일까. 어느 쪽이든 내가 상관할 바는 아니었다. 내겐 할 일이 있고, 잠시 후 한나와 나눌 대화를 머릿속으로 정리해야 했다.

사무실 창문 너머로 한나가 열심히 일하고 있는 모습이 보였다. 맥스의 돼지들과 함께였다. 먹이를 주고, 우리를 치우고 있는 게 분명했다. 고되고 보람도 없는 일이다. 그녀가 안쓰러웠다. 솔직히 말해, 저런 일은 못 할 것 같다. 점심시간에 샌드위치를 두 개 만들어서 그녀에게 가져가야겠다. 함께 먹으면서 앨리스 이야기를 꺼내 봐야겠다. 아주 사소한 것이라도 좋으니, 뭐라도 단서가 필요했다.

마리아는 점심 준비로 바빠 보였다. 아까 나를 보고 비웃긴 했지만, 그래도 웃으며 정중하게 나와 한나를 위한 간단한 식사를 만들어도 되겠냐고 물었다. 그녀는 고개를 끄덕일 뿐, 말 한마디 없었다. 친근한 기색이라고는 조금도 보이지 않았지만, 신경 쓰지 않고 점심 준비를 했다.

냉장고를 열어 보니 햄 한 팩이 있었다. 빠르고 간단하게 식사를 만들 수 있는 재료였다. 빵에 버터를 바르고 햄을 얹었다. 음료 캔 두 개를 집어 들고 밖으로 나가 한나를 찾으려는 순간, 마리아가 나를 불렀다.

"여기 마음에 들어요?"

지금껏 나를 무시한 사람이 말을 걸다니 놀라웠다.

"네, 그런 것 같아요. 그쪽은 여기서 일한 지 오래됐나요?"

"얼마 안 됐어요. 난 여기가 전혀 마음에 들지 않아요."

왜 그런지 묻고 싶었지만, 그녀는 홱 하니 돌아서서 쓰레기통을 집어 들고는 주방에서 나가버렸다. 점심시간 안에 한나와 이야기를 하는 게 먼저였기에 마리아와의 대화는 나중으로 미뤘다.

한나는 내 손에 들린 음식을 보고 활짝 웃었다.

"드디어 날 생각해 주는 사람이 나타났네요. 이 일이 얼마나 힘든지, 하다 보면 얼마나 배가 고픈지 아무도 알아 주지 않았거든요."

그녀는 샌드위치를 받기 전에 작업복에 손바닥을 문질러 닦았다.

"아, 그럼 내가 처음으로 네 생각을 해 준 거네. 이렇게 열심히 일하는 사람은 잘 먹어야지."

"고마워요. 정말 고마워요."

돼지우리를 둘러보는데 저절로 얼굴이 찌푸려졌다. 한나가 하는 일을 내가 감당할 수 있을 리 없었다. 우리 안에는 다 자란 돼지들이 적어도 열두 마리는 있었고, 녀석들 모두 진흙 속에 코를 박고 땅을 헤집고 있었다. 내 얼굴을 본 한나는 고개를 저었다.

"이거 내가 좋아서 하는 거 아닌 거 알죠? 맥스가 시킨 거예요. 맥스는 내가 얼마나 이 더러운 것들을 무서워하는지 알아요. 가까이 있는 것만으로도 질색하는 것도 알고요. 하지만 신경도 안 쓰죠. 내가 진흙이랑 돼지 똥에 파묻혀 있는 걸 보면서 아주 재미있어하거든요."

"맥스에게 돼지 돌보는 게 싫다고 말해 본 적 있어?"

"소용없어요. 타라한테 이 일이 내게 좋을 거라고 설득해 놨거든요. 몸을 좀 움직이면 살도 빠질 거라고요."

"타라한테도 말해 본 적 없어?"

"이미 다 알고 있어요. 그래도 맥스 말대로 하죠. 그 사람이 하라고 하면, 타라는 그냥 동의해 버려요. 맥스는 내가 고생하는 걸 즐겨요. 제정신이 아닌 것 같아요. 가끔 보면 우리보다 돼지들이 더 소중한 게 아닌가 싶을 때도 있고요. 나도 맥스가 내 사업에 투자하길 바라니까 이 일도 하는 거예요. 그게 아니었으면 신경도 안 썼을 거라고요."

맥스는 한나가 필요로 하는 돈을 주지 않을 것 같다. 그가 한나에게 돈을 줄 이유가 있을까? 한나가 집에서 나가게 되면 맥스에게는 괴롭힐 사람이 타라밖에 남지 않을 텐데 말이다.

한나는 샌드위치를 달라고 조르는 새끼 돼지 한 마리에게 빵 부스러기를 던져 주었다.

"그래도 새끼들은 귀여워요. 크면 못생겨지는 게 아쉬울 정도로요."

"돼지들 돌보는 거 힘들지?"

"똥 치우는 게 제일 힘들어요. 냄새도 심하고요. 먹이 주는 건 괜찮아요. 부엌에서 나오는 음식물 쓰레기를 다 먹거든요. 버려지는 게 하나도 없어요. 식탐도 많아서 항상 먹을 걸 찾아다니는데, 가리는 것도 없이 먹어요. 원래는 전용 사료를 먹여야 하는데, 우린 그렇게 안 해요. 맥스 말로는 그럴 필요 없대요. 뭐든 잘 먹고 잘 지내니까요. 새끼들도 마찬가지고."

그녀는 탄산음료 캔 하나를 따더니 한 모금 들이켰다.

"앨리스 말이야……. 그 사람 진짜 이름 알아?"

"다시 말하지만 그 사람에 대해서는 별로 아는 게 없어요. 굉장히 비밀스러웠고, 과거 이야기는 거의 안 했어요. 여기 있는 동안 동네에서 친구도 하나 만들지 않았고요."

"혹시 말실수를 하지는 않았어? 그때는 몰랐지만 지금

생각해 보면 이상하게 느껴지는 말 같은 거라든지?"

"앨리스 앤더슨이 진짜 이름이 아니라는 건 알아요."

그녀가 능글맞은 미소를 보이며 말했다. 그건 이미 알고 있는 이야기였다.

"특별한 건 없었어요. 다만 앨리스가 맥스 사업을 너무 잘 알았다는 게 문제였어요. 그 부분에 대해서는 정말 말이 많았죠. 사업 절차상의 약점이 많다고 계속 지적했어요. 회계가 대표적인 예시였고요. 새 회계 프로그램을 도입하자고 맥스를 설득한 것도 앨리스였어요. 이렇게 매출이 큰 회사가 아직도 손으로 장부를 쓰고 있다는 게 믿기지 않는다고 했죠."

"네 부모님은 그녀의 정체를 의심한 적 없어?"

"아무도 눈치 못 챘어요. 앨리스는 연기를 정말 잘했거든요. 사실, 어지간한 일에는 다 뛰어났어요. 완벽한 비서였죠. 그들이 듣고 싶어 하는 말만 했고, 맥스 사업에 대해 모르는 게 없었어요."

나 역시 맥스와 한 차례 싸운 적이 있었다. 앨리스가 정말로 맥스가 숨기고 싶어 했던 무언가를 알아낸 건 아닐까? 그래서 맥스가 그녀의 죽음을 꾸몄던 걸까, 아니면 또다시 내 상상이 폭주하고 있는 걸까. 그럴 수도 있다. 어쨌든 앨리스가 맥스 사업에 많은 부분을 알고 있었다는 건 기억하자.

"한나, 솔직히 말해 봐. 앨리스에 대해 더 많이 아는 것 같은데. 왜 나한테 다 말해 주지 않는 거야? 앨리스가 가명이었다는 건 어떻게 알게 된 거고?"

"그래요. 당신 말이 맞아요." 한나가 예상과 달리 순순히 인정했다. "어느 날 '앨리스 앤더슨 앞으로, 낸시 윌리엄스에게 전달'이라고 적힌 편지가 왔어요. 편지에 두 개의 이름이 적힌 게 이상했는데 앨리스는 아무렇지 않아 했어요. 그건 자기가 처리할 거라고, 낸시라는 여자에게 전달하겠다고 했어요."

'낸시 윌리엄스.' 내게 익숙한 이름. 그녀는 내가 의지했던, 평생 유일하게 믿었던 여자였다. 한나의 입에서 그 이름이 흘러나오는 순간, 온몸이 얼어붙는 것 같았다. 의문이 꼬리에 꼬리를 물기 시작했다. 누군가가 그녀에게 편지를 쓰고, 그 편지를 앨리스에게 보냈을까? 내가 생각해 낼 수 있는 유일한 설명은, 이 집 가족이 알고 있던 앨리스가 사실 낸시였다는 것이다. 내 추측이 맞다면, 왜 그녀는 내 이름으로 이곳에서 살았던 걸까? 분명한 목적이 있었을 것이다. 이 모든 일이 우연일 리 없다.

그때 한 가지 생각이 스쳤다. 만약 앨리스가 낸시였다면, 편지를 보낸 사람은 이 사실을 알고 있었고, 나를 찾고 있었다는 말이 된다. 점점 불안해졌다. 이 모든 일이 그 누군가가 앨리스의 거주지를 알고 있었다는 뜻이기 때문이다.

내가 제대로 이해했다면, 어린 시절 나를 진심으로 아껴 주었던 유일한 여자, 낸시 이모가 어이없는 사고로 죽었다. 반드시 알아내야 한다. 계단에서 추락했다는 그 일이 정말 단순한 사고였는지, 아니면 그보다 더 나쁜 일이었는지를.

 제19장

순간 말문이 막혔지만, 그 이름이 내게 충격을 주었다는 걸 한나가 눈치채게 하고 싶지는 않았다.

"부모님이 앨리스한테 그 편지에 대해 물어봤어?" 간신히 말을 잇고는 그 대답이 '아니'이길 속으로 간절히 빌었다.

"우편물은 아침 일찍 배달되니까, 부모님은 못 봤어요. 대신 내가 봤죠."

"앨리스가 그 낸시라는 사람에 대해 뭔가 말해 준 건 없었고?"

"앨리스는 좋은 친구였어요. 맥스 때문에 힘들 때 많이 도와줬거든요. 하지만 그만큼 비밀도 많았죠. 그 편지에 대해 여러 번 물어봤는데, 낸시에게 전달했는지조차 말해 주지 않았어요. 그 여자가 누구인지도 끝내 알려주지 않았고요." 한나는 잠시 말을 멈추었다. "편지가 도착하고 며칠 뒤에 앨리스가 아프다면서 일주일이나 쉬었어요. 앨리스답지 않았죠. 그 일로 맥스는 완전히 화가 났어요."

이제는 확신할 수 있다. 이곳에 와서 내 이름을 쓴 여자, 그녀는 바로 내 이모 '낸시 윌리엄스'다. 그녀에게 편지를 보낼 만한 사람은 얼마든지 떠올릴 수 있었지만, 편지를 쓴 사람은 먼저 그녀가 어디에 있는지부터 알아야만 했다. 문제는 낸시가 과연 그 정보를 누구에게 알렸을까 하는 점이다. 이 문제는 나중에 생각하기로 했다. 지금으로서는 한나가 그 편지를 실제로 읽었는지만 알면 충분했다.

"그 편지에 대해 더 아는 건 없어? 누가 보냈는지, 안에 뭐가 들어 있었는지."

"나도 몇 번이나 물어봤어요. 그런데 자기는 절대 열어보지 않았고, 낸시에게 전달할 생각이라고만 했죠. 아, 괜한 오해를 살 수 있으니 부모님한테는 말하지 말라고도요. 그냥 다 이상했어요. 낸시의 행방을 모르면 우체부에게 다시 돌려주는 게 낫지 않겠냐고 했는데, 앨리스는 낸시를 직접 만날 때까지 보관하고 싶다고 했어요. 그리고 아무도 찾지 못할 특별한 장소에 숨겼다고도 했고요."

내 생각이 맞다면, 나는 그게 어디인지 정확히 알고 있다.

"그녀가 죽고 나서 누군가 분명 짐을 정리했을 텐데. 혹시 그 편지는 발견됐어?"

"타라와 짐을 정리했지만 편지는 발견하지 못했어요. 물건 대부분은 중고품 가게로 보냈고요. 좋은 옷이 많아서 그랬는지, 좋아하더라고요. 주머니는 전부 뒤졌고, 가방 안도 확인했는데 아무것도 나오지 않았어요. 편지는 전달했나 보더라고요."

아니, 그녀는 분명히 그 편지를 간직했을 것이다.

"맥스가 그 편지를 가져갔을 가능성은 없어?"

"앨리스가 편지를 받았다는 걸 알았다고 해도, 맥스는 딱히 그런 데 관심 가질 사람은 아니에요. 내가 아는 그는 앨리스나 앨리스가 하는 일에 대해서 별로 신경 쓰지 않았어요."

"앨리스가 가져온 것 중에 아끼던 소품 같은 건 없었어? 장식품이라든가?"

"아! 당신이 갖고 있는 유리 장식들 같은 게 있었어요. 작은 동물이나 새 같은 거요. 방안 여기저기 올려두곤 했는데, 수십 개는 됐을 거예요. 맥스의 도자기 돼지보다도 더 많았어요."

맥스의 장식품들을 본 적이 있었다. 응접실 한쪽 구석의 장식장에는 유리 장식품들이 가득 차 있었다.

"그리고 앨리스가 아끼던 오래된 상자가 하나 있었어요. 비스킷 통만 하고 겉에 동물 문양이 새겨져 있는 나무 상자요. 할아버지에게 물려받은 거라 했는데."

"그것도 중고품 가게에 보냈어?"

한나가 고개를 끄덕였다. "보낸 지 오래되긴 했지만 아무도 사지 않았어요. 얼마 전에 가게 진열장에 있는 걸 봤으니 확실해요."

그 상자가 앨리스, 아니 낸시 이모의 것이 맞다면, 그녀의 정체는 더욱 확실해진다. 이건 큰 진전이다. 수많은 질문 중 하나가 지워지는 셈이었다. 한나가 말한 그 상자는 내가 어릴 적에 본 적이 있었다. 그리고 나는 알고 있다. 그 상자에 비밀 서랍이 있다는 걸. 편지를 숨기기에 완벽했다.

"그 상자, 내가 가지고 싶어. 나중에 잠깐 나가서 아직 있는지 봐야겠어."

"왜 그렇게까지 관심을 가져요? 내 눈엔 그냥 낡고 더러운 상자였는데."

"편지가 그 안에 있을 것 같아서 그래."

"왜요?"

"나 앨리스가 누구였는지 알 것 같아. 그리고 그 사람이라면, 분명 상자에 숨겼을 거야."

"알 것 같은 게 아니라 이미 아는 거죠. 얼굴에 다 쓰여 있는데. 누군지 정확하게 알고 있잖아요."

감정을 숨기는 건 늘 서툴렀고, 지금이 바로 그런 순간이었다. 낸시 이모는 내가 집을 떠난 뒤에도 유일하게 그리워했던 사람이었다. 그녀는 친절했고 너그러웠으며, 다정했다. 내 엄마가 엄마로서의 책임을 다하도록 하기 위해 애썼지만, 헛수고였을 뿐이었다. 집을 떠났을 무렵, 낸시 이모를 찾으려 했지만 실패했다. 우리가 살던 동네의 한 이웃으로부터 그녀가 이사 갔다는 사실만 들었다. 그녀가 남긴 편지를 읽을 수 있을지도 모른다는 생각에 목이 메었다.

"내가 가져다줄게요. 마을도 잘 모르잖아요. 가는 길도 모르고."

"걱정하지 마. 길 따라 곧장 내려가면 있으니까 찾을 수 있어."

한나의 제안은 고마웠지만, 가능하다면 그녀를 끌어들이고 싶지 않았다. 한나는 변덕스러웠다. 친절하고 호감 가는 면도 있지만, 기분이 바뀌면 전혀 다른 사람이 되곤 했다. 누군가 그 편지를 보냈고, 나는 그 사람이 누구이며 왜 그랬는지 알고 싶었다. 내 이름을 쓰고 자신의 삶에서 사라질 정도였다면, 낸시는 누군가를 두려워하고 있었던 게 분명하다. 그 편지에는 그 이유가 담겨 있을지도 모른다.

"앨리스가 사실은 낸시 윌리엄스라고 생각하는 거죠? 처음 그 이름 말했을 때 바로 알아봤잖아요."

"그럴 수도."

한나에게 말하고 싶지 않아 거짓말을 했다. 나는 앨리스가 낸시 이모라는 확신이 들었다. 그 상자가 결정적 단서였다. 낡고 오래된 물건일지 몰라도 그녀는 그걸 아꼈다. 다른 사람에게 넘기거나 잃어버릴 리가 없다.

"맥스가 허락하지 않을걸요. 마을에 다녀오는 한 시간조차도요. 게다가 오늘 가게는 일찍 닫잖아요. 설령 맥스가 허락해 준다 해도 어디 가는지, 왜 가는지 캐물을 거예요."

한나의 말이 맞다. 맥스의 신임을 받고 있는지 알 수 없었기 때문에 괜히 묻는 건 위험했다. 그의 호기심을 자극하고 싶지 않았다. 그렇다고 주말까지 기다릴 수도 없는 노릇이었다. 그사이에 상자가 팔려 버릴 수도 있다. 결국 답은 하나뿐이다. 한나.

"오후에 마을에 가서 사 올게요. 돈은 내가 먼저 낼 테니 나중에 갚으세요."

썩 내키지 않았지만, 그녀가 돕겠다고 나서 주는 건 고마웠다. 어쩌면 내 문제를 해결해 줄지도 모른다. 물론, 상자를 넘겨준다면.

"첫 월급 받으면 갚을게."

"도움이 돼서 다행이에요. 도나만큼이나 앨리스가 궁금했거든요. 사실 처음부터 앨리스는 어딘가 수상했어요. 이유는 모르겠는데, 그냥 그런 느낌이랄까. 그 편지가 결정적이었고요. 왜 그렇게 그 편지를 붙들고 있으려 했는지 물어봤거든요. 앨리스는 오해라고 했지만, 아니었어요. 그녀는 낸시 윌리엄스였고, 아무리 부정해도 나한텐 안 통했죠."

대화가 점점 심각해졌다. 한나의 관심이 쏠리는 것을 막아야 한다. 그녀가 수수께끼에 집중하지 않길 바랐다.

"그건 확실치 않아. 그냥 편지 한 통일 뿐이고, 그렇게 큰일도 아니야."

한나는 고개를 저었다. "앨리스는 그 이름을 알아봤어요. 편지를 받아서 간직한 뒤로 다시는 그 이야기를 꺼내지 않았죠. 그 편지는 앨리스한테 전혀 도움이 되지 않았어요."

이제 그만 대화를 끝내고 싶었다. 게다가 더 늦기 전에 사무실로 돌아가야 했다. 그렇지 않으면 맥스가 난리를 칠 게 뻔했다.

"이만 가 봐야 해. 할 일이 있어." 사실이다. 책상 위에는 처리해야 할 서류가 한가득 놓여 있었다.

"하지만 수다 떠는 거 재밌는데. 조금만 더 얘기해요. 그 편지와 관련한 거나 앨리스가 했던 말이 더 기억날지도 모르잖아요." 한나는 투정 부리는 아이처럼 나를 올려다보았다.

내 인내심이 바닥나고 있었다.

"뭔가 아는 게 있으면 그냥 말해. 나도 하루 종일 수다 떨고 싶어. 하지만 그럴 수 없는 거 알잖아. 나는 일해야 하고, 네 아빠한테서 한 소리 듣긴 싫어."

"항상 이런 식이지. 다들 내가 필요할 때만 날 찾죠. 당신도 다른 사람들하고 똑같아, 전부 자기 생각뿐이에요."

"그건 아니지. 내 상황 잘 알잖아. 난 여기 일하러 온 사람이야."

"일이라고요? 웃기시네. 하루 종일 앨리스에 대한 걸 찾느라 바쁘면서. 맥스한테 말하면 어떨 것 같아요? 그래도 당신을 계속 고용할 것 같아요?"

"아니, 넌 맥스에게 말하지 않을 거잖아."

"할 수도 있죠. 그러면 당신은 절대 앨리스에 대한 진실을 알 수 없을걸요."

점점 화가 나기 시작했다. "진실이라고? 그건 '너만의 진실'이지. 내가 그걸 믿을 수 있을지 모르겠네."

"믿으세요. 난 한 번도 당신한테 거짓말한 적 없으니까."

한나는 내가 싫어하는 교활한 웃음을 지었다. 이번엔 또 뭐지? 나한테 일부러 숨기고 있던 사실이라도 말하려는 건가?

"맥스가 장례식 비용을 냈다는 건 아시죠? 꽤 비쌌어요. 앨리스를 좋아해서라고요? 말도 안 되는 소리. 맥스는 죄책감 때문에 돈을 낸 거예요."

"그 사람이 어떤 이유로 죄책감을 느낀다는 거야?"

"또 시작이네! 당신은 맥스를 다 아는 것처럼 얘기하지만, 아니에요. 눈앞에 있는 것도 못 보면서. 맥스는 바람을 피우고, 사람을 조종하고, 자기 뜻대로만 하려는 남자라고요."

"그 이야긴 충분히 들었어. 그만 이야기해."

"앨리스랑 똑같은 실수하기 전에 내 말 들어요."

"한나, 이제 그만 가."

"후회할걸요. 맥스는 앨리스 때처럼 당신을 노릴 거라고요."

이쯤 되면 억지에 가까웠다.

"조심하세요. 뒤통수 맞지 않으려면."

한나는 이야기를 만들어내는 데 능했지만, 난 더 이상 맞장구쳐 줄 기분이 아니었다.

"네가 하는 말을 들으면 맥스가 위험한 사람 같잖아."

"위험하다고! 이 멍청한 인간아!"

한나는 거의 소리를 질렀다.

"맥스가 앨리스를 죽인 거라고!"

제20장

한나의 망상이 아니라는 걸 깨닫는 순간, 심장이 빠르게 뛰었다. 그녀는 겁에 질린 듯했다. 나 역시 앨리스의 죽음이 단순한 사고가 아닐 거라고 생각했다. 하지만 공식 발표는 그녀가 계단에서 굴러떨어져 맨 아래 난간 기둥에 머리를 부딪혔다는 거다. 충분히 가능성 있는 이야기이지만, 그만큼 많은 의문이 남았다.

"맥스가 관련되었다는 증거라도 있어? 그 일이 벌어졌을 때 어디에 있었는데?"

"위층에요. 통화 소리가 들렸거든요. 앨리스가 비명을 질렀을 때 분명 들었을 거예요. 앨리스가 굴러서 계단 아래에 닿기도 전에 난간 위에서 나타났어요. 물론 곧장 아래로 뛰어 내려왔지만 이미 늦었죠."

"저번에는 맥스가 외출했다고 말했잖아. 도대체 뭐가 맞는 거야, 한나?"

"헷갈리긴 하지만…… 다시 생각해 보니, 분명 집에 있었어요. 사고가 났을 때 맥스가 가장 먼저 현장에 도착했거든요. 너무 충격적인 일이라 그때는 정확하게 기억하기 어려웠어요."

"지금은 기억이 좀 더 선명해?"

"네, 복도 쪽에 있었는데 기둥에 머리가 부딪치는 둔탁한 소리를 분명히 들었어요."

그는 현장에 있었다. 그것도 그녀를 밀칠 수 있을 정도로 가까이. 맥스가 사람을 죽일 수 있을까? 그를 안 지 얼마 되지 않았지만, 한나의 말이 맞을 수도 있다. 그 남자는 예측할 수 없는 사람이었다. 그날 밤 드레스 사건만 봐도 알 수 있었다. 하지만 맥스가 정말로 그녀를 밀었다면, 도대체 그 이유가 뭘까?

이곳에 오고, 사람들을 만나고, 이렇게 위험한 일에 발을 들인 걸 후회했다. 하지만 누가 나에게 초대장을 보냈는지 반드시 알아내야 한다. 그는 내가 누구인지, 그리고 낸시가 누구였는지 정확히 알고 있다. 만약 나를 한번 찾아냈다면, 내가 도망친다 해도 다시 찾아낼 수 있을 것이다. 도망치는 건 답이 아니다. 내가 먼저 그들을 찾아야 한다. 우선 그들이 누구인지 밝혀야 한다.

사무실로 돌아가는 길에야 USB를 완전히 잊고 있었다는 사실이 떠올랐다. 지금까지 벌어진 일들을 생각하면 놀랄 것도 없었다. 그걸 숨긴 사람은 분명 낸시였고, 분명 이유가 있을 것이다. 그렇지 않고서야 내 이름을 적어 둘 리가 없다.

사무실로 돌아오니 책상 위에 맥스가 남긴 쪽지가 놓여 있었다. 이번 주에 받은 이메일 전부를 출력해 달라는 내용이었다. 간단한 일이었고 오래 걸리지도 않았다.

두 시간 뒤, 출력물을 정리하고 파일 캐비닛을 꼼꼼히 훑어본 후에야 하루를 마칠 수 있었다. 특별한 건 아무것도 없었다. 구매자 정보 같은 지루한 서류들뿐이었다. 출력물은 맥스나 타라에게 건네고, 그다음엔 다시 USB를 살펴볼 생각이었다.

맥스는 사무실에 없었다. 들어가면 안 된다는 걸 알지만, 더는 서류를 들고 있고 싶지 않았다. 책상 위에 두고 싶었지만, 늘 그렇듯 문은 잠겨 있었다. 결국 집 안을 돌아다니며 타라를 찾을 수밖에 없었다. 한나도 몇 시간째 보이지 않았다. 상자를 샀는지도 알 수 없었다. 그걸 쫓아다닐 기운도 없었다. 이미 늦었고, 내가 바라는 건 단 하나였다. 그녀가 상자를 건네주고, USB를 한 시간 정도 확인한 뒤 바로 잠자리에 드는 것.

계단을 내려가는데 초인종이 울렸다. 이 집에 온 지 며칠이 지났지만, 누군가 찾아온 적은 단 한 번도 없었다. 이상한 일이다. 친구나 친척이 없을 리 없는데, 왜 집을 찾아오는 사람이 없는 걸까?

맥스가 문을 여는 순간, 목소리를 듣고 누가 왔는지 알아차렸다. 다과회에서 만났던 니코였다. 두 사람은 큰 소리로 다투고 있었고, 맥스의 목소리는 점점 높아졌다. 끼어들고 싶지 않아 일부러 거리를 두었다. 무슨 문제인지는 모르겠지만, 싸움은 갈수록 격해지고 있었다. 이유가 무엇인지 궁금해 참을 수 없었다. 둘이 무슨 이야기를 하는지 듣고 싶어서 계단 난간 뒤에 숨어 지켜보았다. 들키지 않기를 바라면서.

첫 만남 이후, 난 니코가 좋은 사람이라고 생각했다. 그는 나를 친절하고 따뜻하게 맞아 준 몇 안 되는 사람이었다. 그 점만큼은 잊지 않고 있었다. 하지만 지금의 그는 전혀 달랐다. 무언가에 몹시 화가 나 있었고, 한 손으로 다른 손을 거듭 내리쳤다. 덩치만 보면 언제든 맥스를 쓰러뜨릴 수 있을 것 같았다. 맥스를 도와야 하나 싶지만, 그건 어리석은 생각이었다. 키도 작고 체구도 작은 내가 저 거대한 남자에게 맞서는 건 도움이 되지 않을 거다. 맥스와 내가 함께 덤벼도 소용없을 게 분명했다. 차라리 다시 위층으로 올라가 몸을 숨기는 게 현명해 보였다. 하지만 그 자리에 붙들린 듯 상황을 지켜보았다. 니코가 왜 이렇게 분노했는지 알고 싶었다. 오지랖이라는 걸 알면서도, 무언가 유용한 정보를 얻을 수 있을지도 모른다는 생각이 들었다.

니코는 맥스의 회계사였지만, 맥스의 사업과 긴밀하게 얽힌 인물인지는 알 수 없었다. 분명한 건, 지금 그들은 집이나 돈 이야기를 하고 있지 않았다. 니코의 목소리는 또렷했고, 그는 '이사벨'이라는 이름을 외치며 맥스를 주먹으로 위협하고 있었다. 맥스는 무슨 일이든 자기가 해결하겠다고 말했지만, 멀리서 봐도 그 말이 니코를 전혀 설득하지 못하고 있다는 건 분명했다.

"맥스! 해결하겠다는 말, 이미 지겹게 들었어. 그런데 아직 그대로잖아. 네 회계사는 그녀가 아니라 나였어야 해. 넌 잠자리 상대라는 이유 하나만으로 그녀를 고용했어. 이게 밖으로 새어 나가면 네 평판은 끝장이야. 며칠 안에 정리해, 반드시. 안 그러면 네 인생은 아주 고달파질 거야. 너한테 논란은 어울리지 않아. 약점이 공개적으로, 특히 SNS에 오르내리는 건 이미지 관리에 도움이 안 돼."

"허풍 떨지 마. 이사벨이 무슨 대단한 일을 벌일 사람처럼 보이나 본데, 그렇지 않아."

니코가 맥스 쪽으로 한 걸음 다가섰다. 두 사람은 서로의 눈을 정면으로 쳐다보았다.

"그럼 그 여자한테 물어봐. 전에 사귀던 그 변호사한테 똑같은 짓을 했을 때 무슨 일이 있었는지. 그 남자가 병원에 얼마나 오래 있었는지, 그녀 주변의 남자들이 그에게 무슨 짓을 했는지, 회복하는 데 얼마나 걸렸는지도 말이야. 잘 생각해, 맥스. 잘못 선택하면 반드시 후회할 거야. 난 농담하는 게 아니야. 난 네 친구지만, 넌 진실을 마주해야 해. 그게 상황을 악화시키는 한이 있더라도 말이야. 이사벨은 네 약점을 캐고 있어. 뭔가 있다는 걸 알고 있거든. 그걸 알아내는 순간, 네 인생은 산산조각 날 거야. 그녀가 네 비서였던 앨리스와 몇 번 만났다는 건 알고 있지? 둘이 무슨 얘길 했을 것 같아? 아마 날씨 이야기는 아니었을걸?"

낸시 이모가 이사벨과 공통점이 있었을 리는 없었다. 그런데도 시간을 함께 보냈다면, 그만큼 중요한 이유가 있을 것이다. 알아내야 할 목록이 하나 더 늘었다.

니코의 경고는 맥스에게 전혀 먹히지 않았다. 맥스는 갑자기 니코의 목을 움켜잡았다. 니코는 곧바로 반격했고, 맥스는 뒤로 날아가 바닥에 떨어졌다. 쾅! 하고 현관 나무 바닥에 머리가 부딪치는 소리가 들렸다. 나도 모르게 몸을 움찔했다. 꽤 아팠을 것이다.

언성이 더 높아지며 싸움은 새로운 국면으로 접어들었

다. 니코는 맥스를 일으켜 세워 벽에 세게 내동댕이쳤다. 맥스가 주먹을 들어 니코를 치려는 순간, 몸싸움이 갑자기 멈췄다.

"농담하는 거 아니야, 맥스. 난 경찰서에 갈 거야…… 네가 무슨 짓을 했는지 전부 말하겠어."

니코가 맥스를 밀쳐내자, 맥스의 얼굴이 창백하게 질렸다.

"그 얘긴 끝났잖아. 네가 잊으라고 했고, 절대 밖으로 새지 않을 거라고 했잖아. 갑자기 이러는 이유가 뭐야! 왜 이제 와서 약속을 깨는 거지?"

"그건 네 탓이야, 맥스! 내 아내랑 놀아나면서 내가 가만있을 거라 생각했어?"

"난 너희가 이미 끝난 줄 알았어. 이사벨이 그렇게 말했다고."

"끝났지! 하지만 이사벨이 문제 많은 사람이라고 해서, 그녀를 다치게 둘 수는 없어. 그런데 네가 계속 만나면 바로 그런 일이 벌어질 거야. 정신 차려, 맥스. 그녀가 노리는 건 네 돈이야. 그나마 다행인 건, 네 작은 비밀을 아직 모른다는 거지. 옛 친구로서 말하는데, 그걸 알았으면 넌 진작에 뼛속까지 털렸을 거야."

그 '작은 비밀'이 무엇인지 알고 싶었다. 앨리스도 알고 있었을까? 그래서 둘이 만났던 걸까? 앨리스에 관한 수수께끼는 끝이 없었다. 맥스는 몸을 바로 세우고 머리를 쓸어 넘기며 고개를 저었다.

"니코, 이사벨은 내가 내킬 때 정리할 거야. 네가 아는 걸 입 밖에 내는 순간, 그게 네 마지막이 될 거다."

협박이다. 니코가 무엇을 알고 있는지 알 수 있었다면 좋았겠지만, 돈 문제는 아닌 것 같았다. 맥스가 정말 그 말을 행동으로 옮길 수 있을까? 위험이 너무 크다. 게다가 니코를 상대할 수나 있을까? 곧 그가 충분히 해낼 수 있는 인간이라는 걸 뼈저리게 알게 될 터였다.

 제21장

니코는 떠났고, 맥스도 어디로 갔는지 보이지 않았다. 방금 복도에서 벌어진 일은 나로서는 감당하기에 너무 과했다. 지금 내가 원하는 건 그저 나만의 공간이 주는 고요함뿐이었다.

"괜찮아요, 도나?"

타라였다. 지금은 정말이지 그녀와 대화하고 싶지 않았지만, 적어도 아직 손에 쥐고 있던 그 빌어먹을 출력물은 건네줄 수 있었다.

"조금 전 싸우는 소리 들었을 텐데, 그런 모습 보여서 미안해요. 남자들은 가끔씩 저렇게 성질머리가 사나워져요."

그녀는 윤기 흐르는 금발을 손가락 사이로 쓸며 미소 지었다. 내가 다시 좋아진 모양이었다.

"우리 얘기 좀 해요."

타라는 레스토랑 사건 이후 내게 말을 건 적이 없었다. 대화할 때가 되긴 했다. 그 시작이 현관에서 있었던 일일 거라는 건 불 보듯 뻔했다. 그녀는 대충 얼버무리며 그럴싸한 이야기를 늘어놓을 것이다.

"방금 맥스랑 니코가 하는 얘기 들었죠? 걱정하지 마요. 들은 것만큼 심각한 일은 아니에요. 둘은 오래된 친구고, 원래 저렇게 유치하게 자주 싸워요. 말은 거칠어도, 서로를 진짜 해칠 사람들은 아니에요. 곧 아무 일 없었던 것처럼 지나갈 거예요."

그녀 역시 두 사람의 대화를 듣고 있었다. 그렇다면 '이사벨'이라는 이름도 분명 들었을 터였다. 니코가 맥스가 그녀를 만나는 문제로 그렇게 분노했는지 묻고 싶었지만, 참았다. 이건 미묘한 문제다. 타라는 분명 피해자고, 내가 그런 민감한 질문을 던진다면 달가워하지 않을 게 분명했다. 애초에 내 알 바 아니기도 했다. 이 집안에 관한 한, 나는 아무것도 보지 않고 아무 말도 하지 않는 게 원칙이었다.

"니코 기억하죠? 다과회에서 만났잖아요. 우리는 잘 아는 사이에요. 니코는 회계사고, 가끔 맥스 일도 도와주죠. 오늘 그가 화를 낸 건 전부 사업이랑 수익 문제 때문이에요. 세금 문제겠죠. 늘 경비 처리 가지고 맥스한테 잔소리를 하거든요. 일상적인 회계는 당신이 맡고 있지만, 전체를 책임지고 세금 신고를 하는 건 니코예요. 맥스가 여태 이 난리를 참아 주는 건 오랜 친구라서예요."

그 다툼은 전혀 회계 문제처럼 들리지 않았다. 하지만 타라가 그렇게 믿고 싶다면야.

"난 주방 문 뒤에서 들었어요. 실제로는 그렇게 심각한 상황이 아니던데요. 맥스랑 니코 사이가 험악해진 적은 한 번도 없었어요. 니코는 욱하는 성격이긴 해도 금방 식거든요. 오래 봐서 알아요. 폭력적인 사람은 아니에요."

내가 보기엔 그렇지 않았다. 그는 맥스를 인정사정없이 때리려는 사람처럼 보였다. 나는 여전히 출력물을 쥔 채 그녀를 따라 거실로 들어갔다. 타라는 내 손에서 종이를 받아 들고는 소파를 가리켰다.

"진토닉 한잔할래요? 저 난리를 듣고 나니, 술이 필요하네요."

타라가 내게 무언가 제안하거나 관심을 보인 건 이번이 처음이었다. 나는 평소에 술을 마시지 않았지만, 이 기회를 놓칠 수는 없었다. 그녀에게 질문도 하고, 나와 이야기를 나누고 싶어 하는 이유도 알아낼 기회였다. 기분도 좋아 보이니, 냉큼 기회를 붙잡았다.

"고마워요."

"여기 머무는 거, 만족해요 도나?"

정말 뜬금없는 질문이었다. 뭐라고 대답해야 할까? 거의 매일 이곳을 떠날지 고민하고 있다고 말하고 싶었지만, 솔직하게 털어놓을 수는 없었다. 드레스 사건이며 목걸이 사건으로 나에게 달려들던 그녀의 모습도 떠올랐다. 직원의 기분을 상하게 만들기에 더없이 좋은 방식이었다.

"이제 좀 적응하고 있어요."

타라에게 다른 말을 해 봐야 소용없을 것 같았다. 괜히 대답할 기운도 없는 질문들만 줄줄이 쏟아질 테니.

"내가 같이 지내기 쉬운 사람이 아니라는 거 알아요." 그녀의 말에 나는 조금 놀랐다. "그럴 수밖에 없는 이유가 있어요. 당신에게 다 설명할 수는 없지만요. 도나, 당신에게 내가 따지는 건 악의가 있어서가 아니에요. 드레스랑 목걸이 일 말이에요. 당신이 훔친 게 아니라는 것도 알고 있어요. 전부 맥스가 꾸몄다는 것도요. 그이와 사는 건 정말 쉽지 않아요. 한나와도 마찬가지예요. 그 애는 대하기 껄끄럽고 다가가기 어렵죠. 솔직히 말하면, 어릴 때보다 지금이 더 감당하기 어려워요. 한나가 부디 당신과는 잘 지내기를 바랄 뿐이에요. 그리고 당신이 맥스나 한나 때문에 너무 힘들지 않았으면 좋겠어요."

왜 이런 이야기를 나에게 하는지 이해할 수 없었다. 지금 나는 타라와 남편이나 딸에 대한 속 깊은 대화를 나누고

2
0
8

싶은 마음이 전혀 없었다. 그래도 뭐라고 말은 해야 했다.

"한나와는 잘 지내고 있어요." 괜찮은 출발이었다. "맥스는 사업을 운영하다 보면 스트레스가 많을 테고, 니코 같은 사람이 경찰 얘기까지 꺼내면 더 힘들겠죠."

말이 입 밖으로 튀어 나간 뒤에야 아차 싶었다. 타라는 그 예쁜 얼굴을 찌푸리며 나를 바라보았다. 이런 바보 같으니라고. 이제 수다는 물 건너갔겠지.

"사실 니코도, 나도 맥스가 정직하지 않아서 걱정해요." 타라가 말했다. "그이는 집을 사고팔아도 말해 주질 않아요. 일을 더 하다 보면 당신도 느끼게 될 거예요. 거래한 적도 없는 공급 업체가 청구서를 보내기도 하거든요. 예전에 앨리스도 걱정하면서 직접 따져 묻기도 했어요. 하지만 달라진 건 없었죠. 맥스는 자기가 버는 돈을 마음대로 쓸 수 있다고 생각해요."

타라의 솔직함에 놀랐지만, 돈 문제로 니코와 맥스가 다툰 건 아니다. 이사벨이라는 이름이 나왔고, 니코가 알고 있는 어떤 비밀, 세상에 드러나면 맥스를 해칠 수 있는 무언가가 있었다. 니코는 이사벨이 돈을 노린다고 했지만, 내 생각엔 그건 진짜 이유가 아니다. 타라가 그걸 알고 있는지조차 확신할 수 없었다.

"내가 말한 거 기억해 줘요, 도나. 겉으로 보이는 게 전부는 아니에요. 당분간은 당신이 보고 느낀 걸 혼자만 알고 있으라는 거예요. 이 집에서는 알아도 모른 척하고, 말하고 싶어도 말하면 안 될 일들이 일어나요. 한나는 예외지만요. 그 앤 마음먹으면 아주 날카롭게 굴죠. 예전에 맥스에게 고집 세고 잔인하다고 말한 적이 있어요. 물론 한나는 벌을 받았고요. 아마 당신도 한나의 방을 봤을 거예요. 그게 자기 생각을 말한 대가였어요. 맥스는 위험한 사람이에요. 불편한 상황에서 화를 참지 못해요."

그녀가 말한 방은, 한나가 보여 주지 않았던 그 방일 터였다. 다음에 한나의 기분이 좋을 때를 노려 보여 달라고 해야겠다. 어쩌면 이 가족을 이해하는 데 도움이 될지도 모르니까. 그리고 맥스가 정말 위험한 사람인지, 아닌지에 대해서는 나중에 판단하기로 하자.

"다 잘 풀릴 거예요. 보통은 그래 왔거든요."

맥스와 타라 둘 다 우울한 가족사에 대해 이야기했다. 그나마 긍정적인 점은 타라가 맥스와 한나의 문제를 내게 털어놓았다는 거다. 전혀 예상하지 못한 일이었다. 그녀는 내게 큰 잔에 담긴 진토닉을 건넸다. 나도 술이 필요했다. 한 모금 들이키자 목이 따끔거렸다. 토닉은 거의 없고 진이 대부분인 맛이었다.

"아까 주제넘게 말해서 미안해요, 타라."

"아니에요. 당신이 본 게 맞아요. 맥스의 사업 태도에는 문제가 많아요. 도나, 뭘 알게 되든 혼자만 알고 있어요. 우리가 오늘 나눈 이 대화도 맥스나 한나에게 한마디도 하지 말고요."

안락의자에서 일어난 나는 술병이 가득한 장으로 가서 잔에 토닉을 더 부었다. 진은 원래 내 취향이 아니지만, 타라가 만들어 주는 건 특히 더 그랬다.

"이런 이야기를 전하는 게 내키지는 않아요. 특히 이건 더 그래요. 하지만 말하지 않아서 당신에게 무슨 일이 생긴다면, 그땐 내가 평생 후회할 것 같아서요."

'나에게 무슨 일이 생긴다'니. 상황이 그렇게 나쁜가?

"당신이 식당에서 맥스에게 맞섰다는 건 알고 있어요. 그건 용기 있는 행동이었죠. 하지만 그는 그 일을 절대 잊지 않을 거예요. 보복할 구실을 주지 마세요. 맥스는 아주 천천히, 집요하게 복수하는 데 능하거든요. 다시는 부딪치지 마요. 쓸데없는 건 캐묻지도 말고, 사업에 대해 언급하지도 마세요. 그러면 괜찮을 거예요."

"앨리스도 그랬나요? 그래서 죽은 건가요?"

타라는 내 눈을 똑바로 바라보았다. 그리고 거의 속삭이듯 말했다.

"앨리스에게 일어난 일은 비극이었어요. 검시관은 아나

필락시스 쇼크(특정 알레르기 유발 물질에 노출된 후 전신에 걸쳐 발생하는 급격하고 치명적인 중증 알레르기 반응으로, 수분 이내에 호흡곤란이나 혈압 저하가 나타나기 때문에 즉각적인 응급 처치가 필요하다.-옮긴이 주)로 인한 사고사라고 결론 내렸어요. 우리는 그냥 받아들일 수밖에 없었죠."

이 설명은 내가 지금까지 들었던 이야기와는 전혀 달랐다. 사고를 바라보는 시선 자체가 바뀌어 버렸다. 한나가 암시했던 것처럼 누군가, 특히 맥스의 책임일 수 있다는 가능성은 그 순간 완전히 사라졌다.

"저는 그냥 계단에서 미끄러져 떨어진 줄로만 알았어요. 그런 이유가 있었다는 건 전혀 몰랐어요."

"앨리스는 땅콩 알레르기가 있었어요. 그날 저녁 케이크 한 조각을 먹었는데, 안에 뭐가 들어 있는지 몰랐던 거죠. 도움을 청하며 소리쳤지만 이미 늦었어요. 평소엔 항상 에피펜(신경전달물질인 에피네프린을 주사하는 의료 기기.-옮긴이 주)을 가지고 다녔는데, 하필 그날은 없었어요. 숨이 막히는 와중에 계단에 있다가 쓰러진 거예요."

타라는 진토닉을 한 모금 마시곤 나를 바라보았다.

"앨리스는 좀 혼란스러운 상태였어요. 에피펜을 잃어버린 것도 이상할 것 없었죠. 스트레스도 심했고요. 죽기 전에 앨리스가 내게 말했어요. 어떤 여자가 그녀를 괴롭히고 있다고요. 앨리스는 겁에 질린 듯했어요. 게다가 맥스가 그 여자와는 관계를 끊으라고 했죠."

"앨리스가 아는 사람이었나요?"

"잘 모르겠어요. 표정이 딱딱하고 거친 여자였는데, 앨리스와 어울릴 사람 같지는 않았죠."

"그 여자를 직접 보신 적이 있나요?"

"아주 잠깐요. 어느 날 집으로 앨리스를 찾으러 왔더라고요. 집에 없다고 했더니, 갑자기 돌변해서 협박하고 욕을 퍼붓다가 그냥 가버렸죠. 그 뒤로는 다시 본 적 없어요. 정말 이상한 사람이었어요."

"앨리스가 그 여자에 대해 뭐라고 했나요?"

"앨리스는 그녀를 노숙자 쉼터를 위한 모금 활동을 하는 사람이라고 했어요. 물론 난 믿지 않았죠. 어쩐지 앨리스가 알고 있는 사람처럼 느껴졌거든요. 나이는 꽤 있어 보였어요. 한 오십 대 중반쯤? 그리고 오른손 손등에 '알마Alma'라는 이름이 문신처럼 새겨져 있었어요."

알마라는 이름을 듣는 순간, 내 영혼이 얼어붙는 것 같았다. 나는 간신히 표정을 관리하며 그 이름이 가슴속에서 불러오는 공포를 억눌렀다. 타라에게 그 이름이 나에게 어떤 의미인지 들키고 싶지 않았다. 겉으로는 아무 반응도 보이지 않았지만, 알마에 대한 기억이 머릿속에서 비명처럼

터져 나오고 있었다. 그 여자는 나를 거리로 내쫓아 혼자
살아남게 만들었던 사람이다.

그 여자는 내 엄마다.

제22장

　타라가 알려 준, 앨리스를 괴롭혔다는 그 여자는 다름 아닌 그녀의 여동생이자 내 엄마였다. 그 여자가 이 집에 찾아왔다는 생각만으로도 몸서리가 쳐졌다. 다시는 이곳에 나타나지 않기를, 속으로 몇 번이나 되뇌며 빌었다.

　오늘 하루는 너무 길고 고단했다. 머릿속에는 감당하기 어려울 만큼 많은 정보가 소용돌이치고 있었다. 방으로 돌아온 나는 USB의 비밀번호를 다시 풀어 보기로 했다. 지금 이 집에서 무슨 일이 벌어지고 있는지 알아야 했고, 어차피 잠을 잘 수 있을 것 같지도 않았다.

　가능한 비밀번호 후보들을 몇 개 적어 두었다. 앨리스, 아니 낸시가 이 집에서 살았다는 점을 떠올리며 먼저 가족들의 이름부터 시도했다. 앨리스, 그다음은 맥스와 타라, 심지어 한나의 이름까지. 하지만 십 분쯤 지나자, 이 방법으로는 안 된다는 사실을 인정할 수밖에 없었다. 앨리스는 어떤 단어든 사용할 수 있었고, 나는 아직 그 실마리조차 찾지 못한 상태였다.

USB와 그것을 감싸고 있던 종이를 번갈아 바라보았다. 'DonnaSlade.' 종이에 적힌 내 이름을 다시 읽어보았지만, 아무런 도움이 되지 않았다. 앨리스든 낸시든, 도대체 누구 였든 간에, USB를 이용해 나를 도울 작정이었다면 왜 이렇게 어렵게 만들어 놓은 걸까. 나는 더 많은 단어를 생각하고, 의미 없는 단어들까지 마구 입력해 보았다. 절박한 심정이었지만, 별 소용이 없었다. 분명 단순할 것이다. 낸시 이모, 즉 앨리스는 이걸 내가 갖길 바랐다. 뭔가를 놓치고 있는 게 분명했다. 영감이라도 떠오르길 바라면서 나는 다시 USB를 손에 쥐었다. 이제는 정말 아무거나 찍어 맞히는 단계였다.

내 이름이 적힌 포장지를 구겨 쓰레기통을 향해 던지려다가 문득 어떤 생각이 스쳤다. 처음 이걸 발견했을 때는 무심코 넘겼던 부분이었다. 종이를 다시 펼쳐보자, 그제야 분명히 보였다. 'Donna'와 'Slade' 사이에 띄어쓰기가 없었다. 내 이름이 하나의 문자열로 이어져 있었다. 비밀번호는 생각보다 훨씬 단순했다.

나는 다시 USB를 꽂았다. DonnaSlade. 열렸다. 왜 이

걸 진작 눈치채지 못했지?

바탕화면을 멍하니 바라보았다. USB 안에는 폴더 하나와 문서 두 개가 있었다. 문서 하나를 클릭하자, 비밀번호가 걸려 있어 열리지 않았다. 다른 문서도 마찬가지였다. 이번에는 DonnaSlade도 통하지 않았다. 앨리스는 이 단계 역시 쉽게 풀리게 할 생각은 없었던 모양이었다.

열 수 있는 건 '사진' 폴더 하나뿐이었다. 다른 비밀번호들은 나중에 다시 생각하기로 했다. 지금은 이 폴더 안에 무엇이 들어 있는지 보고 싶었다. 제발 내 끔찍한 과거를 다시 들춰 보게 만드는 것만이 아니기를 바랐다.

폴더를 열자 화면 가득 사진이 열렸다. 사람들, 어떤 장소들. 모두 하나같이 너무나 익숙해서 가슴이 죄어 왔다. 심장이 미친 듯이 뛰기 시작했고, 눈물이 차올랐다.

가장 먼저 눈에 들어온 사진은 연립 주택 앞에 서 있는 여러 사람의 모습이었다. 나는 얼굴 하나하나를 찬찬히 살폈다. 곧 후회가 밀려왔다. 애정이라곤 전혀 없는 텅 빈 눈으로 나를 바라보는 것은, 그 시절 내가 '가족'이라고 부를 수 있었던 몇 안 되는 사람들이었다. 엄마와 두 이모. 빠진 사람은 단 한 명, 나였다.

엄마의 나이를 어림잡아 보니, 사진이 찍혔을 때면 나는 열여섯쯤이었을 거다. 집에서 쫓겨나 다른 곳에서 살며 혼자 버텨야 했던 바로 그 나이. 아빠의 모습은 어디에도 없었다. 그건 예상한 바였다. 내가 태어났을 무렵에는 이미 종적을 감춘 지 오래였다.

어떤 사진에는 내가 어린 시절 살았던 집이, 또 다른 사진에는 내가 뛰놀던 거리가 담겨 있었다. 내가 노숙자 신세였을 때 도움을 청하러 갔던 쉼터 사진도 있었다. 흥미로운 사진들이었지만, 순간 이상한 생각이 들었다. 쉼터에 있었을 때는 가족 중 그 누구도 나의 행방을 알지 못했을 텐데.

"뭐해요?"

익숙한 목소리가 들렸다. 등줄기를 따라 소름이 스쳤다. 몰래 들어온 한나 때문에 깜짝 놀랐다. 이제 그녀는 내 뒤에 서서 컴퓨터 화면을 뚫어지게 들여다보고 있었다.

"흐음, 아는 사람들이에요?"

그녀는 내 어깨너머로 화면을 들여다보며, 대답하고 싶지 않은 질문을 던졌다.

"나 지금 바빠. 나중에 와 줄래?"

"저번에 이야기한 그 상자 갖고 싶은 거 맞죠? 그럼 그런 태도로 말하면 안 될 텐데요. 나한테 잘하는 게 첫 번째예요." 그녀는 약 올리듯 말했다. "컴퓨터 같은 건 지루하잖아요. 그건 내버려두고 좀 재미있는 걸 해 봐요. 이렇게 심각하고 예민해지면 진짜 꼴통 같다고요."

모욕적인 말을 던진 다음 한나는 문을 쾅 닫으며 방을 나가 버렸다. '꼴통'이라니. 자기가 그런 말 할 처지는 아닐 텐데. 하지만 그녀는 그 나무 상자를 가지고 있었다. 낸시 이모가 죽었으니, 당연히 그건 내 것이어야 한다. 아까까지만 해도 협조적이던 한나의 태도가 바뀌었다. 친절한 한나는 사라지고, 지금은 도와줄 마음이 전혀 없는 까다로운 한나로 변해 있었다.

"시끄럽게 좀 하지 마, 한나!"

"짜증 나게 하지 마요!"

그녀가 새된 소리로 되받아쳤다. 그녀를 상대할 시간이 없다. 지금 내겐 해야 할 일이 있다.

"알겠어, 알겠다고요."

등 뒤에서 목소리가 들렸다. 한나는 다시 내 뒤에서 어깨너머로 화면을 내려다보고 있었다. 이렇게 소리 없이 방에 들어오는 건 여간 신경 쓰이는 일이 아니다.

"미안해요. 상자는 줄게요, 걱정 마요." 그녀는 내가 바라보고 있는 사진을 가리켰다. "이 사람들은 누구예요?"

"내 가족이야." 억지로 미소를 지었다. 가족이라는 말은 쓰고 싶지 않았지만, 한나가 꼬치꼬치 캐묻는 것보다는 나았다. "저 사람은 내 엄마야."

한나는 아무 말도 하지 않았다. 나는 또 다른 사람을 가리켰다.

"그리고 저 사람은 낸시 이모, 다른 이름으로는 앨리스고. 알아보겠어?"

그녀는 확실히 알아봤다. 놀란 표정만 봐도 알 수 있었다.

"훨씬 젊어 보이긴 하지만, 분명 앨리스네요. 이 사람들이 가족이라면, 앨리스가 당신 친척이라는 뜻이죠?

"우리 엄마의 언니, 내 이모야. 그리고 이모의 이름은 앨리스가 아니라 낸시고, 이제부터 난 그녀를 낸시라고 부를 거야."

"그럼 왜 이모가 가명으로 여기서 일했을까요?"

좋은 질문이었지만, 나 역시 답을 알 수 없었다. 이유를 안다면 내가 휘말린 이 빌어먹을 수수께끼를 푸는 데 큰 도움이 될 텐데 말이다. 앨리스가 곧 낸시 이모라는 사실은 의심의 여지가 없었다. 하지만 어떻게 무슨 일이 있었던 걸까? 컴퓨터에 능숙하고 유능한 비서 낸시라니. 내가 알던 낸시 이모는 교육을 거의 받지 못했고, 신발 공장에서 일하던 사람이었다.

"왜 그녀가 네 아빠 밑에서 일하게 됐는지는 모르겠지만, 분명 이유가 있겠지."

"앨리스가 음흉한 사람인 줄 몰랐네요."

겉과 속이 다른 사람이냐고 묻는 거라면, 그렇다고 해야 할지도 모르겠다. 그건 우리 집안의 특징이기도 하다. 하지만 마스덴 가족을 그렇게 완벽하게 속였다는 건 여전히 놀라웠다.

"이모였다면서요. 뭔가 짐작 가는 게 전혀 없었어요?"

"전혀. 난 이모도, 가족도 수년째 본 적이 없어. 여기서 일했다는 그 여자, 당신 부모님이 말해 준 그 여자는 내가 기억하는 여자가 아니야."

"거짓말이죠?"

한나의 말이 내 마음을 불쾌하게 만들었다.

"낸시가 죽은 걸 알고 여기 와서 은행 계좌에 있는 돈을 챙기려는 수작일지도 모르죠. 무슨 말인지 알죠? 이메일 얘기며, 자기 이름을 썼다는 걸 몰랐다는 얘기며, 전부 꾸며낸 이야기인 거고. 어때, 꽤 그럴듯하지 않나요?"

말도 안 되는 소리였지만, 그 말에 맞받아칠 기력조차 없었다.

"내가 왜 낸시 이모에게 돈이 있을 거로 생각하겠어? 내가 알던 이모는 무일푼이었는데."

"아니, 앨리스는 돈이 있어요. 무려 이십만 파운드나!"

"웃기지 마. 낸시 이모는 이 일자리 하나뿐이었어. 모아 둔 돈이야 있었겠지만, 네가 말하는 그런 큰돈은 절대 아니야."

"아니에요."

그녀는 이상하리만큼 확신에 찬 목소리로 말했다.

"좋아, 한나. 그렇다 치자. 그럼 그 돈은 어디서 났는데?"

"맥스를 협박해서요."

제23장

"한나, 그거 꽤 심각한 이야긴데, 뒷받침할 만한 증거라도 있어?"

우리 집안의 다른 사람들에 대해서는 그렇게 말하기 어렵겠지만, 내가 알던 낸시 이모는 누구보다 정직한 사람이었다. 이모가 어떤 이유로 이 집에 와서 내 이름을 사용했든, 돈 때문은 아니었을 것이다. 그건 분명하다.

"그냥 가설이에요. 완전히 틀렸을 수도 있고. 만약 그렇다면 미안해요."

"근데 왜 그런 말을 한 거야?"

"솔직히 말해서 난 당신에 대해 아는 게 거의 없어요. 낸시랑 둘이 뭔가 일을 꾸미고 있었는데 그녀가 죽은 걸 수도 있잖아요. 내 입장에서는요."

나 역시 욱해서 쏟아내고 싶은 말이 많았지만, 이 아이에게 그렇게 해 봤자 아무 소용이 없었다. 차라리 입을 다물고 그녀가 더 떠들게 두는 편이 나았다.

"낸시는 비밀이 많은 사람이었어요. 도대체 무슨 생각을 했는지는 전혀 알 수 없었죠. 하지만 다른 사람인 척 살았다는 건…… 좀 이상하지 않아요?"

그 말에는 나도 고개를 끄덕일 수밖에 없었다. 물론, 그걸 말할 자격이 나에게 있는지는 별개의 문제였지만.

"네 부모님한테는 말하지 마. 난 지금 생각할 게 너무 많고, 이 일까지 설명할 여유가 없어."

"점점 부탁거리가 늘어나네요, 도나?"

"있잖아, 한나. 이건 내 잘못이 아니야. 낸시 이모는 나도 모르게 여기 와서 내 이름을 썼어. 왜 그런 일을 했는지는 나도 몰라."

"분명 이유가 있었겠죠. 그리고 당신이 그걸 모른다는 게 믿기 힘드네요."

한나는 완전히 잘못 짚고 있었다. 내가 익명의 이메일에 이끌려 여기 왔다고 생각하는 건지, 아니면 낸시가 맥스에게서 빼돌린 돈을 가로채려는 계획이라고 여기는 건지 모르겠다. 사실을 바로 잡고 싶지만 그녀의 마음을 읽을 수 없었고, 어떤 이야기를 믿는지도 알 수 없었다.

"낸시는 당신을 포함해서 자기 가족 이야기를 한 적이

없었어요. 친척이 있느냐고 물어봤지만, 항상 말을 돌렸죠."

낸시 이모는 이곳에서 자기 가족에 대해 말하지 않았다. 어디에서건 가족과 관련된 이야기를 하지 않는 것은 나와 비슷했다.

"맥스가 낸시를 고용한 지 몇 주도 채 지나지 않았어요. 그런데 그때부터 그녀가 무슨 말을 하든, 그는 그대로 따르더라고요. 당신도 알겠지만, 그건 맥스답지 않아요. 그래서 내가 내린 결론은 하나예요. 맥스는 그녀를 두려워하고 있었어요. 그게 아니고서야 설명이 되질 않아요."

'두려워하다'니…… 맥스는 두렵다는 단어의 뜻조차 모를 것 같은데.

"네 말이 맞아. 하지만 지금 그게 중요해? 낸시 이모는 죽었어. 이제 네 아빠를 포함해서 그 누구에게도 협박하거나 위협할 수 없다고!"

"낸시는 돈을 가지고 있었어요. 말했잖아요. 맥스에게 받은 돈이요."

"그걸 어떻게 확신해? 직접 들은 거야?"

"낸시는 온라인 뱅킹을 사용했어요. 로그아웃을 하지 않고 급히 자리를 비운 날이 있었는데, 잠깐 봤어요. 저축 계좌에 꽤 큰 금액이 들어 있던데요."

하지만 그녀가 하는 일로는 큰 금액을 모을 수 없다. 그렇다면 그 돈은 어디서 난 걸까? 혹시 한나 말이 맞는 걸까? 정말로 맥스를 협박하고 있었던 걸까?

"낸시는 맥스에 대해 뭔가, 아주 중요한 걸 알아내서 돈을 뜯어내려 했던 거죠."

"맥스가 꾸미고 있는, 뭔지 모를 일에 다른 사람도 관련돼 있을까?"

"분명히 이사벨일 거예요. 그녀는 맥스에게 거머리처럼 들러붙어 있어요. 난 그 여자가 정말 싫어요. 정말이지, 진심으로요. 밖에서 마주쳐도 날 무시하고, 맥스가 타라 몰래 집으로 들일 때도 날 투명인간 취급해요. 맥스는 이사벨에게 타라와 나를 한 번도 소개한 적이 없어요. 내가 타라한테 무슨 말을 할까 봐 무서운 거죠."

"둘이 바람 난 걸 낸시 이모가 알았을까?"

"당연하죠. 이사벨 이야기는 처음부터 다 알고 있었을 거예요. 낸시는 약삭빨라서 기회만 있으면 맥스의 문자 메시지를 들여다봤어요. 맥스는 집에 있을 때면 휴대폰을 현관 테이블에 올려두는 버릇이 있어서, 훔쳐보기도 쉬웠고요."

"그게 협박이었다면, 타라는 계좌에서 돈이 빠져나간 걸 눈치챘을까?"

"타라는 현실을 외면해요. 맥스가 수상한 일을 벌이고 있다고 의심해도, 정면으로 맞서지 않고 모른 척 넘어가려고 하죠. 아마 돈이 빠져나간 사실조차 눈치 못 챘을걸요. 게다가 맥스는 부동산 사업을 하니까, 돈이 계속 들어와요. 죽을 때까지 써도 남을 만큼요."

"한나, 니코라는 사람 알아?"

"얼굴과 이름만 아는 정도예요. 실제로 말해 본 적은 없어요. 가끔 집에 오긴 하는데, 맥스가 소개해 준 적은 없거든요. 이름은 타라한테 들었어요. 타라 말로는 무섭고, 믿을 수 없는 사람이라던데."

타라가 내게 했던 이야기와 달랐다. 한나는 사진을 가리키며 물었다.

"여기 당신 어머니가 아기를 안고 있는데, 누구예요?"

그녀의 말이 맞았다. 사진이 흐릿해서 미처 보지 못했다. 가족을 떠나며 유일하게 후회했던 일은 이 아기를 두고 나와야 했다는 사실이었다. 그 아이가 어떤 환경에서 자랐을지 생각하면 가슴이 죄어 왔다. 눈에 눈물이 고였다. 한나에게 우는 모습을 보이고 싶지 않았지만, 어쩔 도리가 없었다. 나는 화면 속 이미지를 손으로 쓸어 보았다. 아기는 한쪽 귀퉁이에 곰 인형 무늬가 있는 분홍색 담요에 싸여 있었다. 오래전, 나도 똑같은 담요를 산 적이 있었다.

제24장

어린 시절을 떠올리면 항상 마음이 아렸다. 우리 가족이 서로를 아끼고 배려하는 따뜻한 사람들이었더라면 얼마나 좋았을까. 하지만 엄마의 기질을 생각하면 그런 일은 애초에 불가능했다. 사진 속 그녀 품에 안긴 아기가 그 사실을 말해 주고 있었다. 아이가 태어났다는 소식을 들었을 때, 나는 선물로 그 담요를 샀다. 엄마가 왜 그 아기를 안고 있는지는 알 수 없다. 분명 그녀의 아이가 아니었는데.

사진들을 하나하나 훑어 내려갔다. 조금 전과 다르게 모든 사진이 애틋하게 보였다. 그러다 내가 겨울 동안 머물렀던 노숙자 쉼터 사진에 시선이 닿았다. 낸시 이모는 어떻게 이 사진을 갖고 있는 걸까? 내가 어디에 있는지 알고 있었으면서 왜 나를 찾아오지 않았을까? 이모를 만났더라면, 기쁜 마음으로 연락을 이어 갔을 텐데. 추억에 잠기는 게 마냥 좋지만은 않다. 과거는 이미 지나갔고, 붙잡을 수 없다. 아무리 바란다고 되돌릴 수 없다. 나는 학대를 받았고, 엄마는 나를 원하지 않았다. 그리고 난 그 대가를 치러야 했다. 그게 전부다.

오늘 밤은 더 이상 무언가를 찾기 어려울 것 같았다. 그럴 기분도 아니고. 차라리 자고 일어나 내일 다시 시작하는 게 나을 것이다. 내일은 사진 폴더 따위 아예 건드리지 말아야지. 나는 노트북 덮개를 닫았다.

"미안해, 한나. 더는 못 보겠어."

"알겠어요, 그럼 내일 봐요."

"나무 상자, 아직 필요해. 잊지 말아 줘."

"재촉하지 않아도 줄 거니까 너무 스트레스받지 마요."

나는 고맙다는 뜻으로 고개를 끄덕이고 그녀를 배웅했다. 지금은 혼자 있고 싶었다. 머릿속이 너무 복잡했다. 부디 하룻밤 푹 자면 조금은 가라앉기를 바랐다.

말은 그렇게 했지만 잠을 청하기 어려워 새벽까지 이리저리 뒤척였다. 맥스 가족이 알고 있던 '앨리스'라는 사람에 대해선 많은 걸 알게 되었지만, 내가 왜 여기 있는지, 무엇을 찾아야 하는지는 여전히 알 수 없었다. 한나는 낸시가 숨겨 둔 돈 때문에 내가 여기 남아 있는 것이라고 생각했다. 차라리 그녀 말이 맞기를, 낸시 이모가 돈을 찾으라고 나를 이곳으로 불러들인 것이기를 간절히 바랐다. 하지만 정말 그런 거라면 유언으로 남기는 편이 더 간단했을 것이다.

그러자 또 다른 질문이 떠올랐다. 낸시 이모가 정말로 맥스를 협박했다면, 그게 그녀를 죽일 동기로 이어졌을까? 그가 과연 그런 짓을 할 수 있었을까? 한나는 맥스라면 가능하다고 했다. 나는 그가 화를 내는 모습도, 맞서 싸우는 모습도 보았지만, 살인은 차원이 다른 문제다. 이모는 대체 어떤 엄청난 비밀을 알고 있었기에 그를 협박할 수 있었던 걸까?

어느새 깜빡 잠이 들었다가 문을 두드리는 소리에 깼다. 급히 가운을 걸치고 문을 열었다.

한나였다. 크게 뜬 눈에 얼굴은 창백했고, 몹시 당황한 듯했다.

"방금 이사벨이 진입로를 따라 집으로 올라오는 걸 봤어요."

시간을 확인했다. 아직 새벽 다섯 시인데, 세상에.

"정말 이사벨이야?"

"맞아요. 이사벨 얼굴을 똑똑히 알아요. 맥스랑 타라가 억지로 끌고 다녔던 행사에서 몇 번 본 적 있어요."

"직접 만난 적은 없잖아?"

"말했잖아요. 맥스가 나한테 소개할 리가 없어요. 내가 무슨 말을 할지 몰라 무서운 거죠. 이사벨이 여기까지 온 걸 알면 맥스가 난리 칠 텐데. 아, 물론 이사벨한테는 아니겠죠. 그 여자는 무슨 짓을 해도 잘못이 없거든요. 말이 안 되지만 맥스는 다른 사람 탓을 할 거예요. 특히 나한테요."

"그녀가 왜 여기 왔는지 짐작 가는 거라도 있어?"

"글쎄요, 어쩌면 맥스를 다그치러 왔을 수도 있죠. 타라한테 이 관계가 진짜라고 말하라고요. 솔직히 말하면 뭐든 가능해요."

한나는 심란해하며 뭘 해야 할지 확신하지 못한 듯했다. 나 역시 마찬가지다. 우리 둘 다 이 일에 휘말리지 않는 게 최선이라는 생각이 든다.

"그냥 그 사람끼리 알아서 하게 내버려두자. 우리가 끼어들면 위험해질 수도 있어."

한나는 나를 바라보더니 고개를 가로저었다.

"무슨 일이 벌어지는지 알고 싶지 않아요? 이걸 놓치면 평생 후회할 것 같은데. 조금 위험하겠지만, 내려가서 재미있는 구경이나 하죠?"

재미라니. 이 여자애의 머릿속은 이해할 수 없었다. 세 사람이 정면충돌하는 장면을 직접 보는 것만큼은 피하고 싶은데. 하지만 말릴 틈도 없이 한나는 이미 계단으로 향하고 있었다. 혼자 가게 내버려둘 수는 없었다. 가운을 단단히 여미고 뒤따라 내려갔다.

현관에 이사벨, 맥스, 타라가 서 있었다. 이미 말싸움이 한창이었다. 나도, 한나도 여기 있으면 안 될 것 같았다. 우리가 상관할 일이 아니다. 적어도 나는 이런 가족 싸움에 휘말리고 싶지 않았다.

이사벨이 타라에게 무슨 말을 한 게 분명했다. 타라 얼굴에 서린 분노가 그 증거였다. 맥스는 무엇을 해야 할지, 어떤 말을 해야 할지 몰라 서성대고 있었다. 타라가 안쓰러웠다. 오늘 밤, 그녀는 맥스의 외도를 정면으로 마주해야 했고, 그게 단순한 오해나 망상이 아니라 현실이라는 점을 받아들여야 했다.

"이르긴 하지만, 좋은 아침이에요, 다들." 한나가 뻔뻔하게 인사를 건넸다.

한나의 말투는 놀라울 만큼 평소와 다름없었고, 심지어 명랑하기까지 했다. 이런 상황에서 셋을 마주하는 게 별일 아니라는 듯했다. 나는 그녀가 그들을 하나하나 훑어보며 미소 짓는 모습을 지켜보았다.

"상황이 꽤 심각해 보이는데, 내가 걱정해야 할 상황인가요?" 한나가 농담처럼 말했다. "처음부터 다시 시작해 보는 건 어때요? 내가 당신들을 발견하고 내려오는 것부터 해볼까요? 내가 등장하면 나를 보고 웃는 거예요. 그때까지 울고 소리 지르는 건 좀 멈추는 게 좋겠죠?"

나는 그녀의 말투에 움찔했다. 놀라울 만큼 대담했다. 인정하지 않을 수 없었다. 타라의 얼굴에 스친 표정은 쉽게 설명할 수 없었지만, 굳이 말하자면 살기로 가득했다. 맥스가 날카롭게 소리쳤다.

"네가 낄 자리가 아니야. 방으로 돌아가."

한나는 그의 말을 무시한 채 곧장 이사벨을 바라보았다.

"우린 아직 인사도 못 나눈 것 같은데."

한나는 한 치의 망설임도 없었다. 이제는 민망함을 넘어, 불편함조차 느껴질 정도였다.

"오해야."

맥스가 한나를 향해 급히 말했다. 타라는 눈을 부릅뜨고 이 광경을 지켜보고 있었다. 억눌러 왔던 분노가 그대로 드러났다. 타라가 쏘아붙였다.

"맥스, 당신은 늘 이런 식이야. 지금 무슨 일이 벌어지고 있는지 모두에게 설명 좀 해 줄래요? 어설픈 변명 말고, 진실을."

맥스의 눈이 가늘어졌다. 그는 아무 말도 하지 않았지만, 속에서는 화가 치밀어 오르고 있을 것이다. 그는 이사벨의 손을 잡고 현관 쪽으로 거칠게 끌었다.

"이사벨은 회계사고 친구야. 일 때문에 온 거지, 그 이상도 이하도 아니야. 한나, 넌 방으로 돌아가서 나오지 마."

"난 이제 스물세 살이에요, 세 살짜리 애가 아니라고. 나한테 이래라저래라 명령할 권리 따위 당신한테 없어요."

"한나, 이건 네 알 바가 아니야. 넌 모르는 게 나아."

타라가 끼어들었다.

"저 여자 당장 내보내요, 맥스. 아니면 내가 내쫓을 거니까."

이건 나랑 아무 상관도 없는 일이다. 한나 혼자 오게 내버려 두고 위층에 있을 걸 그랬다.

"네가 무슨 짓을 한 건지 한번 봐, 한나. 네가 들이닥쳐서 모두를 불편하게 만들었잖아. 네 엄마 좀 봐, 완전히 충격받았어."

"아니죠. 이건 전부 맥스, 당신 탓이죠." 한나는 조롱하듯 말했다. "저 여자는 대체 누구예요? 나한테 비즈니스 어쩌고 하는 헛소리는 집어치우시고요."

한나는 끝장을 보겠다는 마음으로 덤비기 시작했다. 이쯤에서 멈추었으면 싶지만, 그녀는 멈출 생각이 없어 보였다.

"말도 안 되는 소리 하지 마! 이사벨이 누군지 너도 잘 알잖아."

"내가 왜 알아야 하죠? 친구라면서요. 그런데 왜 지금까지 한 번도 집에 데려온 적도 없고, 왜 우리에게 소개도 안

한 거죠?"

한나가 바로 맞받아치자 타라가 더는 참지 못하고 소리
쳤다.

"이번엔 정말 끝이야, 맥스. 이 일은 절대 그냥 넘어갈 수
없어. 당장 짐 싸서 내 눈앞에서 꺼져. 이 더러운 관계를 모
른 척하는 당신을 보는 것도 이제 지긋지긋해. 다시는 이 집
에 발 들일 생각하지 마."

맥스는 아내를 무시한 채 한나를 보았다.

"이런 걸 보게 해서 미안하다."

"그러시겠죠."

한나가 비꼬듯 말했다.

"좋아, 그렇게 소개받고 싶었어? 이쪽은 이사벨이야. 이
제 만족하니?"

그는 타라를 향해 아니라는 듯 고개를 저었다.

"난 이사벨에게 니코 대신 회계를 맡아 달라고 했을 뿐
이야. 그게 다야, 타라. 그 이상의 관계라고 생각하는 건 망
상이라고."

"거짓말. 몇 달째 저년이랑 만난 거 모를 줄 알아?"

타라가 쏘아붙였다. 한나가 타라를 보며 고개를 끄덕였다.

"그러게. 이제 솔직해지는 게 어때요, 맥스? 언제까지 부
인할 셈인지?"

나는 한나가 이사벨 쪽으로 다가가는 모습을 지켜보았
다. 그녀는 이사벨을 위아래로 훑어본 뒤, 시선을 피하지 않
고 빤히 바라보았다.

"아무도 소개해 주지 않으니까, 직접 할게요. 난 한나예요."
한나가 미소 지었다. "그리고 당신은 우리 아빠랑 부적절한
관계, 어마어마한 쌍년일 테죠."

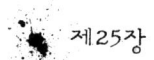제25장

순식간에 상황은 아수라장이 되었다. 타라는 끝내 울음을 터뜨렸다. 이사벨은 숨을 들이켜더니 한나의 뺨을 세게 후려치고는 현관 쪽으로 걸어갔다. 한나는 두 손을 허리에 얹은 채 꼼짝도 하지 않았다. 뺨에 생긴 불그스레한 자국이 점점 짙어졌다.

"이 난장판이 정리되면 전화해요. 당신 가족이 날 린치하지 않을 거라는 확신이 들면, 그때 조건을 얘기하자고." 이사벨이 맥스를 향해 소리쳤다.

맥스는 타라의 어깨를 감싸안았다. "진정해. 이러다 정말 몸 상하겠어."

"손 치워요. 진정이고 뭐고 필요 없어. 지금 기분 같아선 정말 당신을 죽여 버릴지도 모르니까."

타라의 눈빛은 사나웠다. 얼굴만 봐도 농담이 아니라는

걸 알 수 있었다.

"왜 안 쫓아가? 허락해 줄 테니까 가! 가 보라고! 난 당신 같은 사람 더 이상 필요 없어."

"말도 안 돼, 타라. 이사벨은 그저 동료일 뿐이야. 그 이상도 이하도 아니야. 당신이 오해하는 거라고."

"내 눈앞에서 사라져. 당신 면상 따위 보고 싶지 않아."

짜증이 날 대로 난 맥스는 이 상황이 끝날 것 같지 않자 타라 대신 한나의 팔을 붙잡고 현관 쪽으로 끌고 갔다. 대화를 핑계로 타라와 떨어져 있고 싶은 것 같았다.

"한나, 얘기 좀 하자. 정원 한 바퀴 돌면서 바람 좀 쐬고, 오해도 풀고."

이 광경을 마주하느니 차라리 방에 머무는 편이 낫겠다는 생각이 들었다. 물론 한나가 이사벨에게 맞서는 모습은 통쾌하긴 했다. 이 일의 후폭풍이 결코 만만치 않겠지만.

이 사태를 겪고도 이 가족이 예전으로 돌아갈 수 있을지 알 수 없었다. 내가 타라였다면 어떻게 행동했을지 분명했다. 맥스를 내쫓고, 상처를 추스른 뒤 절대 후회하지 않을 것이다. 하지만 타라는 그러지 못할 테고, 설령 그러려 해도 맥스가 가만히 있지 않을 것이다. 그는 이미 이사벨과의 관계에 대해 변명을 늘어놓았다. 타라는 의심을 품은 채 이사벨을 가정파괴범으로 낙인찍고, 결국 모든 건 아무 일도 없었다는 듯 다시 굴러가게 될 거다.

이사벨이 떠나고, 한나와 맥스가 밖으로 나간 뒤, 거실에는 나와 타라만 남았다. 숨 막히는 침묵이 흘렀다. 방으로 돌아가려는 순간, 타라가 입을 열었다.

"도나, 이게 바로 나랑 한나가 감당해야 하는 일이에요. 맥스는 일부러 저 여자를 여기로 불러서 나를 자극해 놓고, 뻔뻔하게도 동료라고 불러요. 대체 나를 얼마나 바보로 보는 걸까요. 저 여자랑 이런저런 관계로 얽혀 있을 순 있겠지만 단순한 직장 동료? 천만에, 그건 절대 아니에요."

뭐라고 말할 수 없어 그저 입을 다물었다. 상황을 보니, 타라의 말이 맞는 것 같았다. 그녀와 한나가 동시에 틀렸을 가능성은 거의 없으니까.

"시간 문제에요. 언젠가는 그가 나를 이 집에서 밀어내고 저 여자를 데려오겠죠. 꼭 필요하다는 핑계를 대고 머물게 할 거예요. 그 여자도 절대 떠나지 않을 테고요."

타라의 뺨을 타고 눈물이 흘러내렸다. 눈은 벌겋게 충혈돼 있었고, 뺨은 눈물 자국으로 얼룩져 있었다. 그녀는 벼랑 끝에 서 있었다. 맥스를 잃을까 봐 두려워하면서도 이사벨을 증오했고, 동시에 아무것도 할 수 없는 자신을 견디지 못하는 듯했다.

타라가 떨리는 숨을 내쉬며 말했다. "봤잖아요. 둘이서 서로 눈빛을 주고받던 거요. 한나가 한 말은 지나쳤어요. 저속하기도 했고요. 하지만 틀린 말은 아니었어요."

한나는 용감했다. 하지만 그것과 별개로 이 모든 일의 원흉은 맥스라는 점을 생각하면, 그녀가 걱정되었다. 두 사람은 밖으로 나간 지 벌써 십오 분도 더 지났는데, 아직 돌아오지 않고 있었다.

"맥스가 한나를 해치지는 않겠죠?" 터무니없는 질문을 하듯 물었지만, 타라는 그렇게 받아들이지 않은 듯했다.

타라는 다시 울기 시작했고, 고개를 저으며 흐느꼈다.

"모르겠어요. 정말 모르겠어요. 맥스는 늘 이사벨을 감싸기 바빠요. 무슨 일이든 전부 다른 사람 탓으로 돌리고, 그 여자는 절대 잘못이 없다는 식이죠. 우리가 그 관계를 비판하거나 그 여자 욕을 하면 화부터 내고요. 오늘 한나가 한 일을 맥스는 절대 용서하지 않을 거예요."

"내가 가서 한나가 괜찮은지 한번 볼게요."

"하지 말아요. 만약 당신이 간섭한다고 생각하면 좋을 게 없어요. 그냥 두는 게 더 안전해요." 타라가 다급하게 나를 말렸다.

안전하다니, 대체 누구에게? 적어도 한나에게는 아니다. 타라의 말을 무시하고 현관으로 달려 나가, 진입로에 멈춰섰다. 서둘러 정원을 둘러봤지만, 두 사람의 모습은 어디에도 없었다.

집을 한 바퀴 도는 데 오 분이 걸렸다. 헛간 안도 들여다
보고, 돼지우리 근처도 살펴봤지만 허사였다. 맥스의 차도,
타라의 차도 여전히 차고에 있었다. 두 사람은 마치 공기 중
으로 사라진 듯 흔적도 없었다. 포기하고 집 안으로 돌아온
나는 타라에게 물었다.

"혹시 그들이 있을 만한 곳 알아요? 아무 데도 안 보여요."

"걱정하지 말아요. 산책하면서 얘기 중이겠죠. 맥스는
한나에게 다시는 그런 식으로 굴지 말라고, 다 오해한 거라
고 설득하고 있을 거예요. 시간이 좀 걸리겠지만, 결국 한나
도 그의 말에 동의할 거고요."

그 말에 선뜻 고개가 끄덕여지지 않았다. 아까 그 난장
판을 생각하면, 그렇게 쉽게 끝날 일이 아니었다. 타라는 눈
가를 톡톡 두드리고 있었다. 눈물은 멈췄지만, 정신은 다른
데로 가 있었다. 그녀는 계속 시계를 확인했고, 시선이 내
얼굴과 커피 테이블 위에 놓인 휴대폰 사이를 오갔다.

"전화 올 데가 있어요?"

"새로 분양하는 단지에 관심 있는 사람이 있어서요. 전
화해서 맥스랑 이야기해 보겠다고 했거든요."

"보통은 부동산 중개소를 거치지 않나요?"

"맞아요, 그런데 맥스가 아는 사람이라서 직접 연락하

2
4
1

는 거예요."

맥스와 한나가 돌아올 때까지 타라 곁에 있어 줘야 할 것 같지만, 지금은 너무 피곤했다. 두어 시간 후면 출근할 시간이다.

"난 눈 좀 붙이러 갈게요. 나중에 봐요."

그녀는 아무 말도 없이 옅은 미소를 지어 보이곤 진이 든 병을 집어 들었다. 가엾은 타라. 진심으로 그녀가 안쓰러웠다. 맥스 같은 남자와 함께 사는 인생은 결코 쉽지 않아 보였다.

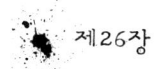 제26장

방으로 돌아왔다. 이건 철저히 가족 문제고, 솔직히 말해 얽히고 싶지 않다. 타라와 한나가 화를 낼 만한 이유는 충분하다. 가족이 있는 앞에서 정부를 내보이다니. 그런 일은 하지 말아야 한다. 하지만 한나도 현명하게 반응하지 못했다. 소동을 일으켜 잠깐 통쾌했을지는 몰라도, 반드시 대가가 따를 것이다. 한나가 걱정된다. 한나는 사람 속을 긁는 데 탁월하다. 타라 말대로 맥스가 위험한 인물이라면, 그녀는 지금 위험에 처한 것일 수 있다.

한나 생각이 틀렸다는 건 아니다. 맥스도, 타라도 그녀에게 문제가 있다고 말하긴 했지만, 오늘 한나는 선을 넘었고, 맥스가 어떻게 보복할지는 알 수 없다.

* * *

늦잠을 잤다. 새벽에 방으로 돌아와 비밀번호를 알아내겠다고 한참을 애쓰다가 어느 순간 깜빡 잠들어 버린 모양이었다. 눈을 떠 보니 벌써 아침 아홉 시였다.

샤워를 하고 옷을 갈아입고 나니, 일할 준비는 모두 된 듯했다. 물론 한나와 맥스가 서로를 해치지 않았다면 말이다.

준비가 무색하게도 일은 할 수 없었다. 두 사무실 모두 문이 잠겨 있었고, 열쇠도 없었다. 그것만이 아니다. 아래층에서는 아무 소리도 들리지 않았다. 아침 특유의 분주함도, 라디오 소리도, 사람들 목소리도. 집 전체가 섬뜩할 만큼 조용했다. 거실이나 정원에 누군가 있는지 확인해 보려고 계단을 내려갔다. 그런데 주방 문 앞에서 마리아가 나를 막았다.

"아침 먹을래요?"

음식을 먹을 기분이 아니어서 고개를 저었다. 한나가 무사한지 확인하기 전까지는 아무것도 먹고 싶지 않았다.

"오늘 아침에 한나 봤어요?"

"어제 이후로는 못 봤어요."

짧고 단호한 대답이었다.

"그럼 맥스랑 타라는요? 두 사람은 봤어요?"

"아니요. 아침 식사할 사람은 그쪽뿐이에요. 다른 분들은 집에 안 계세요. 아마 일찍 나가신 것 같아요."

불길한 예감이 들었다. 그들은 어디로 간 걸까? 무사한 건 맞을까?

"오늘 일과와 관련해서 두 사람이 내게 무슨 말을 남기진 않았나요? 쪽지라든가, 메모 같은 거라도……."

"아무것도요. 하지만 마스덴 부인(마리아는 맥스 부부 집에서 가정부로 일하고 있는 관계로 맥스와 타라를 마스덴 씨, 마스덴 부인이라는 존칭으로 부르고 있다.-옮긴이 주)께서는 곧 돌아오신다고 했어요."

"어디 가신 건지 알아요?"

"아침 일찍 일어나더니, 머리를 좀 식히겠다면서 산책하러 나가셨어요. 마스덴 씨는 못 봤고요."

그럴 만도 하다. 타라는 요새 힘든 시간을 보냈고, 내가 자리를 뜬 뒤로도 잠을 거의 못 잤을 거다.

"커피 한 잔만 주세요, 마리아."

나는 미소를 짓고 그녀를 따라 부엌으로 들어갔다. 우리 둘은 제대로 이야기를 나눈 적이 한 번도 없었다. 마리아는 내게 늘 거리를 두는 느낌이고, 때로는 흘낏거리며 비웃는 것 같기도 했다.

"제가 여기 온 지 일주일이나 됐는데, 제대로 이야기해 본 적이 없네요. 여기서 오래 일하셨어요?"

"삼 개월이요."

의외의 대답이었다. 일하는 모습만 보면 일한 지 수년은 된 사람 같기 때문이었다.

"일은 마음에 드세요?"

"별로요. 이 집 사람들 좀 이상해요. 제가 일했던 다른 집들이랑은 달라요."

구구절절 공감이 갔다.

"계속 여기서 일하실 건가요?"

"아니요. 요크에 있는 언니가 빵집이랑 작은 가게를 해요. 같이 일하자고 해서, 마스덴 부인께는 이달 말까지만 일하겠다고 말씀드렸어요."

그녀는 커피를 내밀며 다시 한번 미소를 지었다. 이제야 조금 친해진 것 같았다. 커피를 들고 거실 쪽으로 걸어갔다. 거실은 텅 비어 있었고, 프랑스식 유리문만 열려 바람에 흔들리고 있었다. 문을 닫으려다가 테라스에 앉아 있는 타라를 발견했다. 나는 그녀에게 인사를 건넸다.

"안녕하세요. 사무실 열쇠를 좀 부탁하려고 찾았는데, 마리아가 외출하셨다고 해서요."

"오늘 일 생각은 하지 말아요. 당신이나 나나, 일할 기분은 아닐 테니까."

맞는 말이다. 나는 그녀 맞은편에 앉았다. 마지막으로

봤을 때보다 상태가 훨씬 나빠 보였다. 밤새 울었던 게 분명했다. 마스카라가 뺨을 따라 번져 있었고, 머리는 헝클어져 있었다. 평소의 타라와는 전혀 달랐다.

"한나한테 연락 왔어요?"

"어젯밤 이후로 못 봤어요. 어제 그렇게 소란을 피운 뒤 상처를 많이 받아서 집에 돌아오고 싶지 않다고 하더군요. 며칠 동안 친구 집에 가 있겠다는 메시지를 보냈어요. 돌아오고 싶을 때 전화하겠다고요."

이상하다. 한나는 친구가 없고, 그래서 낸시에게 집착했다고 말했었다. 그런데 친구라니. 지금 누구와 있는 걸까? 혹시 나한테 거짓말을 한 걸까?

"그럼 맥스는요? 연락이 왔었나요?"

타라는 다시 울음을 터뜨리며 고개를 저었다.

"그 여자한테 갔겠죠." 목소리에 노골적인 경멸이 묻어난다. "난 정말이지 그가 싫어요. 내가 애당초 왜 그런 인간을 사랑했는지 모르겠어요. 사실 처음부터 뭔가 잘못됐다는 건 알았어요. 그는 지나치게 까다롭고, 통제하려 들고, 성질도 급했죠. 그 인간이 그동안 한나랑 나한테 무슨 짓을 했는지 당신은 상상도 못 할 거예요. 맥스는 한나가 어렸을 때부터 무자비하게 괴롭혔어요. 애초에 아이를 원하지 않던 사람이에요. 사귀기 시작할 때부터 나한테 자기는 부모

자격이 없는 사람이라고 했어요. 난 그 말을 흘려들었고요. 그땐 내가 그 사람을 사랑했고, 진심이 아닐 거라 믿었거든 요. 결혼하고 나면 생각이 바뀔 거라고 믿었어요……."

이제야 맥스가 두 사람을 냉혹하게 대한 이유를 알 것 같다.

"가끔은 괜찮아요. 그땐 완벽한 남편, 완벽한 아버지처 럼 보이죠. 하지만 그게 오래 가질 않아요."

"그래도 그가 한나를 다치게 하진 않겠죠?"

나는 '다치게 하다'는 말에 힘을 주어 물었다. 타라는 다 시 눈물을 터뜨렸다.

그녀는 고개를 저었다. "그 사람, 그렇게 단순하진 않아 요. 훨씬 교묘해요. 위층에 잠긴 방 하나가 있어요."

"한나 방 옆에 있는 그 방이요?"

"한나가 그 방을 보여 줬어요?"

"아니요. 항상 잠겨 있다고만 했어요."

"나랑 같이 가요. 보여 줄게요. 내가 얘기를 꾸며내는 게 아니라는 걸, 당신도 직접 보면 알게 될 거예요."

사실 어쩔 때는 타라가 이야기를 꾸며서 말하는 건 아 닐까 생각한 적도 있었다. 하지만 지금은 좀 혼란스러웠다. 콧대 높은 타라는 감당할 수 있지만, 지금의 타라는 아니었 다. 감정이 널뛰듯 흔들리고 울음을 터뜨리며, 결혼 생활의

균열을 내게 죄다 털어놓고 있는 타라의 모습이 낯설었다.

"처음에는 내 눈을 믿지 않았어요. 맥스가 그렇게 잔인할 수 있다고는 도저히 상상도 못 했죠. 하지만 내가 틀렸어요." 타라는 숨을 고르며 말했다. "그 사람은…… 괴물이에요."

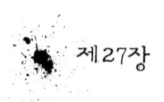

제27장

방으로 들어가기 직전, 타라는 나를 돌아보았다.

"이 방은 한나가 어린 시절 대부분을 보낸 곳이에요. 열일곱 살이 될 때까지요. 그때 한나가 처음으로 반항하기 시작했고, 집을 나가겠다고 협박했죠. 그제야 맥스가 한발 물러나서 옆방을 쓰게 허락했어요. 이 방은 그 이후로 그대로 남겨 두었는데 일종의 경고나 마찬가지예요. 선을 넘지 말라는 경고요."

그녀의 말 속에 담긴 고통이 그대로 전해졌다. 마음이 불편했다. 호기심이 없다고 하면 거짓말이겠지만, 이 순간만큼은 자리를 피하고 싶었다.

타라는 열쇠 대신 무거운 빗장을 옆으로 밀어 방을 열었다. 사람 하나를 가두는 일이 얼마나 쉬운 일인지! 생각만으로도 등골이 서늘해졌다.

"여기서 보게 될 것 중에, 나나 한나가 한 건 하나도 없어요." 타라는 흐느끼며 말했다. "이 문 뒤에 있는 건 전부 맥스가 한 일이에요."

그녀를 따라 방으로 들어갔다. 무엇을 보게 될지 예상은 했지만, 그래도 이 정도일 줄은 몰랐다.

굳이 비유하자면 방은 감옥과도 같았다. 하나뿐인 창은 나무 널빤지로 막혀 있어 햇빛이 거의 들어오지 않았다. 바닥에는 냉기를 막아 주는 카펫도, 침대 옆에 놓는 발 매트도 없었다. 아무도 살지 않는 듯 차가운 나무 바닥이 전부였다. 천장에는 전등갓도 없이 벌거벗은 전구 하나가 매달려 있었다. 벽은 칙칙한 회색으로 칠해져 있었고, 가구 또한 거의 없었다. 지금까지 사람을 무기력하게 만드는 참혹한 공간들을 많이 봤지만, 이 방은 그중에서도 최악이었다. 타라가 내 손을 꼭 쥐며 말했다.

"충격적이죠? 한나는 며칠씩 여기에 갇혀 있기도 했어요. 음식이라곤 맥스가 허락한 말라비틀어진 빵과 물이 전부였죠."

"자기 집에서 죄수처럼 지낸 거예요?"

"맞아요. 정확히 그랬어요. 편안함은 전부 빼앗긴 채 거의 아무것도 먹지 못한 상태로 혼자 있어야 했죠."

나는 방 안을 천천히 둘러보았다. 시트도 이불도 없이

낡아 빠진 매트리스만 덜렁 놓인 침대 하나가 전부였다. 한쪽 벽에는 오래된 화장대가 놓여 있었는데, 흠집이 나 있었고 거울은 경첩에서 반쯤 떨어져 있었다. 더럽고 불편해 도저히 사람이 잠을 잘 수 있는 공간이라고는 할 수 없었다.

"저기 움푹 들어간 공간에 작은 샤워기랑 화장실이 있어요."

타라가 가리킨 곳을 보지 말아야 했다. 그곳에는 오래도록 청소하지 않은 흔적이 역력했고, 사생활을 보호해 줄 것이라곤 해진 커튼 하나가 전부였다. 타라는 또다시 눈물을 터뜨렸다.

"한나가 도움을 청할 수는 없었나요? 친구에게 전화해서 상황을 알릴 수도 있었잖아요."

"한나가 밤새 소리를 질러도 맥스는 눈 하나 깜빡하지 않았어요. 휴대폰으로 연락할 수도 있지 않냐고요? 한나를 가둔 다음 가장 먼저 하는 일이 휴대폰을 압수하는 거였어요."

믿을 수가 없다. 자기 자식을 이런 곳에 가뒀다니. 이건 비인간적인 행위다. 어떤 이유든, 어떤 잘못이든, 이런 처벌을 받아서는 안 된다.

"지금 보고 있는 것만으로도 충분히 끔찍하겠지만, 이게 전부는 아니에요, 도나."

타라는 침대 아래로 몸을 굽혀 굵은 쇠사슬 하나를 끌

어냈다.

"저기 들보에 매달린 금속 고리 보이죠?"

그녀는 쇠사슬을 달그락거리며 흔들다가 바닥에 던졌다.

"한나가 말대꾸를 하거나 저항하려고 하면, 저걸로 묶어두곤 했어요. 여긴 침실이 아니에요. 처음부터 끝까지 감옥이었고, 오랜 세월 동안 계속 사용됐어요."

사람이 어떻게 이렇게까지 잔인할 수 있을까. 맥스를 이해할 수 없었다. 아이를 사랑하고 보호해야 할 부모가, 어떻게 자기 아이에게 이런 짓을 할 수 있는 걸까. 속이 울렁거렸다. 한나가 이런 취급을 받을 이유는 어디에도 없다. 이방은 집의 다른 어떤 곳과도 완전히 다른 세계다.

"맥스는 한나가 어렸을 때부터 수년 동안 괴롭혔어요. 말 한마디라도 마음에 안 들거나, 자기 기분에 거슬리는 눈빛을 보이면 그 대가는 참혹했죠. 며칠씩 지옥이 펼쳐졌어요. 내가 할 수 있는 건 아무것도 없었어요. 누군가에게 한마디라도 하면 나도 여기 가두겠다고 협박했거든요."

이 모든 걸 받아들이기 힘들었다. 귀를 의심할 수밖에 없었다. 눈앞에 펼쳐진 광경 역시 도저히 믿기지 않았다. 타라는 내 옆에 서서 눈물을 흘리고 있었다. 가슴이 아팠다. 그녀를 돕고 싶고, 이 상황을 바로잡고 싶었다. 하지만 내 말은 맥스에게 조금의 타격도 줄 수 없을 거다. 타라는 두려움에 사로잡혀 있었다. 한나는 거대한 저택에 살고 있지만, 부모 복만큼은 없었다. 이 방은 맥스가 얼마나 복수심에 가득 찬 사람인지를 그대로 증명하는 장소였다.

맥스가 이런 짓을 했다는 사실도, 타라가 그것을 막지 못했다는 사실도 믿고 싶지 않았다. 하지만 증거는 사방에 널려 있다. 이 가족은 정말로 엉망진창이다.

"이 방은 빙산의 일각에 불과해요. 한나를 여기 가둔 다음엔 옷까지 전부 빼앗았어요. 청바지 두 벌이랑 티셔츠 몇 장, 그리고 더 이상 맞지도 않는 옷들만 남겨뒀죠."

돕고 싶었지만, 현실적으로 내가 할 수 있는 일이 있을까? 맥스를 알고 지낸 며칠 동안, 차 안에서 폭발하는 모습과 레스토랑에서 나를 몰아붙이던 모습을 직접 보았다. 한나가 살아온 외로운 세계는 분명 그녀를 망가뜨렸을 것이다. 내 부모도 형편없었다는 점에서 우리는 닮아 있었다. 다만 나는 부유함이라는 외피조차 없이 공포 속에서 살았을 뿐이다.

내 머릿속은 방치와 무관심 같은 끔찍한 기억으로 가득 차 있다. 하지만 한나의 머릿속에는 무엇이 들어 있을지, 감히 상상조차 할 수 없다. 우리 가족도 문제가 많았다. 그것도 꽤 큰 문제들이었다. 하지만 적어도 작정하고 나를 해치려 하지는 않았다.

타라는 한나가 얼마나 큰 상처를 받았을지 알고 있을 거다. 한나는 복잡하고 문제를 안고 있는 젊은 여자다. 누구도 그녀를 탓할 수 없다. 이 방은 어둡고 잔인한 공간이다. 이곳에 사람을 가둔다는 건 누구에게나 끔찍한 일이다. 더더욱 자기 아이에게 할 짓은 아니다. 맥스와 타라에 대한 나의 첫인상은 잘못된 것이 틀림없었다. 이런 삶의 방식은 비정상이다. 한나를 어떻게 대해야 할지, 맥스를 어떻게 상대해야 할지 전혀 감이 오지 않았다.

"나가야겠어요. 여기 있는 건 그 누구에게도 도움이 되지 않아요."

맥스가 문을 쾅 닫고 빗장을 걸었을 때, 한나가 어떤 상태였을지 나는 상상조차 할 수 없었다. 그녀는 분명 문을 붙잡고, 끌어당기고, 밀치며 필사적으로 빠져나오려 했을 거다. 혼란스러웠다. 이제 누구를 믿어야 할지 알 수 없었다. 타라는 나약해 맥스에게 맞서지 못한다. 맥스는 분명 사이코패스일 것이다. 만약 그가 정한 상상 속의 선을 하나라도 넘는다면, 한나에게 했던 짓을 나에게도 하지 않으리라는 보장이 없다.

"한나가 새 방을 쓰기 시작한 게 언제였어요?"

"이 년 전이요. 한나의 스물한 번째 생일에야 마지못해 허락했죠. 한나가 이대로는 안 된다며, 집을 나가겠다고 협박했거든요. 맥스는 한나가 집을 나가면, 아버지가 자기에게 한 짓을 만나는 사람 누구에게든 말할 거라는 걸 알고 있었 어요."

타라가 그렇게 오랫동안 맥스의 폭압을 견뎌 왔다는 사실이 놀라웠다. 내가 직접 본 것처럼, 그녀는 자기 생각을 말할 수 있는 사람이다. 오늘 새벽만 해도 맥스에 대한 그녀의 두려움은 잠시 사라진 듯 보였다.

"진을 한 잔 마셔야겠어요. 잠을 좀 자려면 필요해요."

우리는 방을 나왔고, 타라는 문에 빗장을 걸었다. 나는 그녀를 거실까지 데려다주고 술을 챙겨 준 뒤 내 방으로 돌아갈 생각이었다.

"약 좀 가져다줄래요? 우리 침실 화장대 서랍에 있어요."

나는 그녀가 무슨 약을 먹는지는 모른다. 불안이나 우울증 때문이겠지. 하지만 약을 먹으면서 진을 함께 마셔도 되는 건지는 모르겠다.

나는 맥스와 타라의 침실에 들어가 본 적이 없었다. 예상대로 다른 공간들처럼 침실도 화려했다. 구경하러 온 게 아니니 서랍을 재빨리 뒤져 약병을 찾아냈다. 병에는 라벨이 없었고, 어느 병원에서 처방된 약인지도 알 수 없었다. 아스피린 말고는 약을 먹어 본 적이 없는 나로서는, 봐도 알길이 없었다. 뚜껑을 열고 자세히 들여다보았다. 알약은 작은 흰색이었고, 아무런 각인도 없었다. 약이 맞는지는 알 수 없었지만, 뭔지 알 것 같기도 하다. 코를 찌르는 박하 향이 모든 걸 말해 주고 있다. 이건 약이 아니다. 사탕이다.

제28장

타라는 가족에게 약이 필요하다고 거짓말을 하는 걸까, 아니면 타라 몰래 맥스가 약을 바꿔치기한 것일까. 만약 맥스가 약을 바꿔치기한 게 맞다면, 타라는 자기가 무엇을 삼키고 있는지 알아차렸을 것이다. 나라면 분명 알았을 텐데. 맥스가 왜 그런 짓을 했는지 모르겠다. 이 집에서는 도무지 이해할 수 없는 일들이 너무 많이 벌어지니, 이 문제는 더 파고들지 않는 편이 낫다.

약을 건네주고 술병과 잔을 커피 테이블 위에 올려놓은 뒤, 도망치듯 내 방으로 돌아왔다. 다행이라면 USB에 들어 있는 두 개의 문서를 살펴볼 시간이 생겼다는 점이다. 낸시 이모가 문서를 만든 데는 분명 어떤 이유가 있을 거다. 어서 그것들을 읽고, 왜 그런지 알아내야 한다. 이 집에서 무슨 일이 벌어지고 있는지 빨리 파악할수록, 이 집과 가족에게서 더 빨리, 영원히 벗어날 수 있을 것이다. 물론 지금 당장 USB를 들고 사라질 수도 있다. 하지만 그렇게 한다면, 아직 풀리지 않은 질문들이 나를 놓아주지 않을 것이다. 무엇보다도, 낸시의 죽음에 대한 진실이.

노트북을 켜고 USB를 꽂은 다음 데이터가 로딩되는 동안 몸을 뒤로 기댔다. 화면을 멍하니 바라보며 다음에 무엇을 해야 할지 고민한 게 벌써 몇 번째인지 모르겠다. 낸시 이모가 나에게 돈이든 아니든 무엇인가를 남겨 두었다면 이렇게까지 찾기 어렵게 만들지는 않았을 거다. USB 비밀번호 때처럼 분명 내가 무언가를 놓치고 있는 게 틀림없었다. 정답이 바로 내 눈앞에 있을 텐데 보지 못하고 있는 것 같았다. 두 개의 문서에는 '1'과 '2'라는 이름이 붙어 있었다. 단서가 더 필요했지만 어디서 찾아야 할지 감이 오지 않았다. 사진이 들어 있는 폴더일까. 다시 보고 싶지는 않았지만, 만약 낸시 이모가 단서를 남겼다면 그 안에 있을지도 몰랐다.

가족 사진들, 우리가 살던 집, 심지어 나를 받아 주었던 보호소 사진까지……. 이게 무슨 의미가 있을까. 의미가 있기는 한 걸까. 낸시 이모는 내가 가족에게 어떤 감정을 품고 있는지 잘 알고 있었다. 그런데도 왜 이런 것들을 다시 들추게 만든 걸까. 내가 내 감정이 아주 조금은 누그러졌으리라 생각했던 걸까.

말도 안 된다. 나는 그 집과 그곳에 살았던 모든 사람을 증오한다. 방치와 무관심은 나를 완전히 바꿔 놓았고, 그때 받은 정신적 상처는 지금까지도 사라지지 않고 남아 있다. 자기 연민에 빠져 있다고 해서 이 수수께끼가 풀리진 않는다. 이 사진들 속에 반드시 단서가 있을 거다.

그때 현관문이 세게 닫히는 소리가 크게 울렸다. 나는 깜짝 놀라 자리에서 움찔했다. 맥스가 돌아왔다.

노트북을 닫고, 두려움에 사로잡힌 채 문가로 다가가 귀를 기울였다. 복도에서 타라가 그에게 소리치고 있었다.

"정신 차려, 타라. 아직 점심도 안 됐는데 벌써 반쯤 취했잖아."

급히 계단을 올라오는 맥스의 발소리가 들렸고, 곧 그의 사무실 문이 쾅 하고 닫혔다. 타라가 말했던 맥스의 잔인한 성정, 내가 직접 겪은 그의 폭력성이 떠올라 겁이 났다. 하지만 한나에 대해 물어야 한다. 그에게 말을 걸지 말아야 할지 고민할 틈도 없이, 그가 나를 불렀다.

깊게 숨을 들이마시며, 이 집에서 가장 안전한 내 방을 조심스레 나갔다. 그가 무엇을 원하는지 알아야 했다. 놀랍게도 그는 나를 자신의 사무실로 안내했다. 절대 들어가서는 안 된다고 경고했던 바로 그 방이었다. '들어가면 죽는다'까지는 아니었지만, 타라의 설명은 그에 가까웠다. 아래층에서 소리 지르던 맥스는 온데간데없고, 대신 내가 예전에 좋아했던 '친절한 맥스'가 그 자리에 있었다.

"몇 가지 정리할 게 있어요. 며칠 후에 스페인으로 출장을 가야 해요. 마르베야에 우리가 지은 집을 확인하려요." 그는 나를 향해 미소 지었다. "솔직히 말해서, 분위기 전환도 되고 잠시나마 평화로울 것 같아 기대되네요."

그가 떠난다니, 이 집에 남아 있는 우리 중 누구도 그를 그리워하지 않을 것 같았다. 며칠은 너무 짧다. 나는 그가 돌아오지 않기를 바랐다.

"먼저 여권을 찾아 주고, 몇 가지 서류를 출력해 줘요."

"서류는 문제없지만, 여권은 어디에서 찾아야 할까요?"

그는 특유의 매력적인 미소를 지으며 열쇠를 건네주었다.

"금고 열쇠예요. 그 안에 여권이 있을 거예요. 없으면 사무실을 좀 찾아봐 줘요. 책상 서랍에 있을지도 몰라요. 여권을 찾으면 열쇠는 책상 왼쪽 서랍 안에 있는 작은 현금 상자에 넣어 두세요."

믿기지 않았다. 그는 사무실을 수색해도 된다는 허락을 한 셈이었다. 나는 고개를 끄덕이며 벽 한쪽에 서 있는 거대한 금속 덩어리를 보았다. 노아의 방주에서 막 꺼낸 것처럼 매우 낡아 보였다. 그래도 튼튼해 보였고, 열쇠 없이는 열기 상당히 까다로울 것 같았다. 그가 나를 믿는다는 사실이 은

근히 마음에 들었다. 언젠가는 그 신뢰가 쓸모 있을지도 몰랐다. 나는 열쇠를 들어 보이며 물었다.

"비밀번호도 있나요?"

"중고로 산 건데 이전 주인이 금고를 개조했어요. 그래서 열쇠가 없으면 못 열어요."

지금이다. 이렇게 기분이 좋아 보일 때 물어봐야 한다.

"한나는 괜찮나요?"

잠시 몇 초간 침묵이 흘렀고, 그가 고개를 끄덕였다.

"괜찮아요. 별 문제 없이 안전한 곳에 있어요. 내가 자리를 비우는 동안에는 그게 가장 중요하죠."

자세한 설명은 없었다. 정확히 어디에 있는지도 언급하지 않았다.

"휴대폰은요?"

"아, 내가 갖고 있어요. 어젯밤 일 이후로 타라나 이사벨이 연락해서 괴롭히는 꼴은 보기 싫어서요."

휴대폰이 없다는 건, 곧 연락할 방법이 없다는 뜻이다. 맥스는 아버지니까 보통의 경우라면 걱정할 일이 아니지만, 지금 상황은 너무도 이상했다. 한나는 성인이다. 정말로 그녀가 '안전한 곳'에 있는 건지, 아니면 어딘가에 가둬 두었다는 걸 에둘러 표현한 건지 의심스러웠다. 타라가 보여 준 것들과 이 집에서 벌어진 일들을 떠올리니 그런 의심이 자연스럽게 머리를 스쳤다. 한나의 방은 차마 눈 뜨고 보기 힘들 정도였고, 맥스는 그런 짓을 벌인 자신을 자책하고 부끄러워해야 했다.

"도나, 난 아직 처리할 일이 좀 있어서 나가 봐야 해요. 한 시간 정도 후에 돌아올 테니, 그때까지 서류 좀 준비해 줘요."

"바로 시작할게요."

"아, 다시 말하지만 여권이 금고 안에 없으면, 책상 서랍들을 좀 뒤져서 찾아봐요. 거기서 찾을 수 있을지 모르니까. 그럼 한 시간 후에 보죠."

그는 다시 한번 미소를 지으며 자리를 떠났다. 서둘러 계단을 내려가는 소리가 들렸고, 이어 현관문이 쾅 하고 닫혔다. 타라와 더 이상의 언쟁은 없는 것 같았다.

먼저 금고부터 확인하자. 꽤 흥분되는 순간이었다. 이 안에 어떤 비밀이 들어 있을지 누가 알겠는가. 맥스의 여권을 찾는 일이 우선이었지만, 그 밖에도 각종 서류, 운이 좋다면 낸시 이모의 수수께끼를 푸는 데 도움이 될 단서를 발견할 수 있을 터였다. 무엇이 나올지는 모르지만, 기대해 볼 가치는 충분했다.

나는 금고 앞에 무릎을 꿇고 손을 가다듬은 뒤 열쇠를 돌렸다. 딸깍 소리와 함께 금고 문이 열렸다. 안도의 숨을 내

쉬며 안에 쌓여 있던 서류들을 뒤적였다. 계약서 같은 지루한 문서들뿐이었고, 여권은 보이지 않았다.

눈에 띈 것은 화려한 은색 보석함 하나였다. 손가락으로 표면을 쓸어본 뒤 열어 보았지만, 안에는 타라의 값나가는 보석만 들어 있었다. 내가 찾는 것은 아니었다.

금고 뒤쪽에는 또 하나의 상자가 있었다. 크고 검은색의 양철 상자였다. 상자에는 여러 장의 증서가 들어 있었다. 그 중 하나는 맥스와 타라의 결혼증명서였다. 여기에도 여권은 없었다.

하지만 휴대폰이 하나 들어 있었다. 맥스의 최신 휴대폰과는 거리가 먼 구형 모델이다. 이게 이른바 '대포폰'일까? 맥스는 왜 이런 걸 가지고 있을까? 금고에 보관한 건 이해할 수 있지만, 이런 물건이 있음에도 왜 나에게 열쇠를 준 걸까? 혹시 그가 이 휴대폰이 금고에 있다는 사실 자체를 잊고 있는 건 아닐까. 휴대폰은 잠금 설정을 해놓지 않아 훑어볼 수 있었다. 거기에는 사진 몇 장이 있었는데, 대부분 타라와 한나, 그리고 그들이 다녔던 장소들이었다.

내 관심을 끈 건 문자 메시지였다. 이사벨과 연락하는 데 쓰는 휴대폰일 수도 있었다. 봐서는 안 된다는 걸 알았지만, 이미 발을 빼기엔 늦었다. 예상대로 두 사람이 주고받은 메시지가 많았다. 하지만 대부분 일에 관한 메시지였고 사적인 내용은 없었다. 이사벨과의 메시지 외에도 고객으로 보이는 사람과 주고받은 문자도 있었다.

그리고 그걸 발견했다. 타라의 말이 맞았다. 문 앞에 나타났던 그 여자. 화면에는 내 엄마, 알마가 맥스에게 보낸 메시지가 떠 있었다. 온몸이 떨렸다. 맥스가 그녀를 어떻게 알게 된 걸까? 그리고 둘 사이에 대체 무슨 말을 주고받은 걸까?

"지금 뭐 하는 거예요?"

등 뒤에서 남자의 목소리가 들려왔다. 젠장, 들켰다. 뭐라고 변명하지?

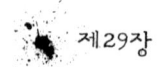

제29장

나는 금고 앞에 무릎을 꿇고 얼어붙은 것처럼 가만히 있었다. 맥스에게 금고 안을 살펴보라는 허락을 받긴 했어도, 등 뒤에서 들려온 남자 목소리에 두려움으로 몸이 마비될 지경이었다. 손에 휴대폰을 쥔 채 천천히 고개를 돌렸다.

"니코……." 겨우 입을 뗐다. "여긴 어쩐 일이에요?"

"그건 내가 당신한테 묻고 싶은 말인데요?"

"맥스가 여권을 좀 찾아달라고 했어요." 최대한 아무렇지 않은 척 대답했다. 마치 금고를 뒤지고 휴대폰을 훔쳐보는 게 아무 일도 아닌 것처럼. "열쇠도 직접 줬고요." 그를 향해 열쇠를 흔들어 보였다.

"맥스는 외출했어요?"

"네. 근데 어디 갔는지는 나도 몰라요."

거짓말. 왜 그런지는 설명할 수 없지만, 굳이 말하지 않

는 편이 나을 것 같았다.

니코는 고개를 끄덕이곤 맥스의 책상을 가리켰다.

"그는 항상 오른쪽 맨 위 서랍에 있는 파일에다 여권을 넣어 둬요. '개인용'이라고 적힌 파일이요."

살짝 미소를 지으며 책상 서랍을 열었다. 그의 말이 맞았다. 서랍 안에는 정말 파일이 있었고, 그 안에는 맥스의 여권이 들어 있었다. 니코는 휴대폰에 대해 아무 말도 하지 않았다. 내가 그걸 챙기는 걸 보지 못했거나, 내 것이라고 여기는 모양이었다.

"고마워요. 나 혼자였으면 오후 내내 찾아도 못 찾았을 거예요."

"글쎄요, 도나. 그럴 리 없다는 거 우리 둘 다 알잖아요. 당신은 꽤 수완 좋은 여자니까요."

그 말투, 그 시선. 묘하게 신경이 곤두섰다. 그는 내가 뭘 하고 있는지 꿰뚫고 있는 것 같았다. 휴대폰뿐만 아니라, 그보다 더 많은 것까지도. 그가 질문을 더 하기 전에 그를 내보내고 싶었다.

"맥스 찾고 있는 거예요?"

"네, 하지만 급한 건 아니에요. 맥스 보면 나한테 전화하라고 전해 줄래요?"

우리는 서로를 보며 짧은 미소를 지었다. 니코는 그대로 사무실을 나갔다. 문이 닫히고 나서야 나는 깊게 숨을 들이마실 수 있었다. 도통 무슨 생각을 하는지 알 수 없는 사람이었다. 거대한 체구로 주변을 내려다보며 서 있는 모습만으로도 머릿속을 훤히 들여다보고 있다는 느낌을 주었다. 나 또한 예외는 아니었다. 미심쩍은 부분이 있지만, 그와 잘 지내고 싶다. 장례식장에서의 대화를 떠올리면, 니코를 적으로 돌리는 건 현명한 선택이 아니다. 그는 위험한 사람들과도 연결돼 있다. 언젠가 그 얘기를 하게 될 날이 오겠지만, 지금은 아니다. 지금 내 머릿속을 채우고 있는 건 딱 하나다. 휴대폰.

방으로 돌아가 휴대폰 메시지를 확인하고 싶었다. 머릿속은 온통 그 생각뿐이었다. 맥스와 알마라니, 기이하기 짝이 없는 조합이다. 이 둘을 잇는 연결고리는 낸시 이모밖에 없다. 문서 작업을 눈 깜짝할 사이에 끝내고 인쇄한 뒤 맥스 책상에 올려두었다. 이제 알마가 대체 무슨 짓을 벌이고 있었는지, 그 진실을 알아낼 차례다.

메시지를 본 나는 충격에 휩싸였다. 알마는 맥스에게 돈을 요구하고 있었다. 그것도 적은 금액이 아니었다. 한 메시지에서는 무려 십만 파운드를 달라고 적혀 있었다. 그는 과연 그 돈을 줬을까? 타라는 손등에 알마라는 문신을 한 여자가 집으로 찾아왔다고 말했다. 어쩌면 맥스가 계속 버

2
6
8

티자, 결국 직접 돈을 받아내려 이곳까지 왔을지도 모른다.

맥스는 분명 알마와 낸시, 그러니까 앨리스에 대해 알고 있었을 것이다. 알마가 그에게 자기와 낸시가 자매라는 사실을 말했을까? 아니라면, 자신을 누구라고 소개했을까? 중요한 건 애당초 알마가 대체 무엇으로 그를 협박할 수 있었느냐이다. 어쩌면 그녀가 "앨리스의 진짜 이름은 낸시다"라고 말했을 수도 있다. 하지만 그게 협박거리가 될 정도의 일은 아니다. 혹시 맥스가 낸시 이모를 보호하려 했던 걸까? 도무지 뭐가 어떻게 돌아가는지 알 수 없다.

이 모든 게 단순한 욕심에서 비롯된 것일까. 낸시 이모가 이곳에서 일한다는 사실을 알아내고, 알마는 그걸 빌미로 꾸며낸 이야기를 퍼뜨리겠다고 협박했을지도 모른다. 사실이든 아니든, 상관없이 말이다. 게다가 맥스라면 '완벽 그 자체'였던 자신의 비서가 그런 스캔들에 휘말리는 상황을 달가워하지 않았을 것이다. 알마는 이야기를 지어내는 데 능숙한 사람이다. 하지만 맥스가 그런 저급한 거짓말에 넘어갔을 리가 없다. 그녀는 말솜씨는 좋았을지언정 술을 지나치게 마셨고, 그 탓에 종종 말이 뒤섞이며 앞뒤가 맞지 않았다. 맥스는 그런 허점을 금세 간파했을 것이다.

총 여섯 통의 문자 중에서 맥스는 세 통에만 답장을 보냈다. 그의 답장은 모두 같았다. 단호한 거절. 반면 알마의 문자는 이유도 설명도 없었다. 그저 한 문장뿐이었다.

'난 당신이 무슨 짓을 했는지 알아.' 그가 무슨 짓을 했다는 걸까. 이 일이 낸시 이모가 내게 남긴 USB와도 연결되어 있을까? 그럴 가능성을 배제할 수 없다. 이 일은 알마에게 직접 물어보는 게 좋지만, 연락할 생각은 없다. 어쩔 수 없이 맥스에게 직접 물어봐야 한다. 하지만 지금은 아니다. 우선 한나가 어떻게 되었는지부터 확인하고 싶다. 그녀가 괜찮은지, 안전한지. 그리고 한나가 가지고 있다는 낸시의 상자. 어떤 일이 있어도, 그건 손에 넣어야 한다.

혼란스러운 머릿속을 정리하려고 산책을 나섰다. 아직 이른 오후였고, 햇볕은 따뜻했다. 신선한 공기가 필요했다. 재킷과 가방을 챙기고, 방을 잠근 뒤 아래층으로 내려갔다. 타라에게 어디 가는지 말해야 했지만, 그녀는 소파에서 깊이 잠들어 있었다.

질문은 산더미처럼 쌓여 있지만, 아직 손에 쥔 답은 단 하나도 없다. ……아직은.

* * *

마을까지는 몇 분도 걸리지 않았다. 한나의 말대로 아기자기하고 예쁜 마을이다. 작은 상점들과 자갈이 깔린 길이 이어져 있어, 마치 시간이 거꾸로 흐르는 곳에 들어온 듯했다. 중앙에는 오리들이 노니는 연못이 있는 마을 광장도 있었다. 살기에는 더없이 평화로운 곳이었다. 이런 환경을 바로 곁에 두고 살다니, 맥스와 타라는 행운아다. 공원 역시 단정한 그림 같다. 꽃밭과 잘 다듬어진 잔디, 아이들을 위한 작은 놀이터가 어우러져 있고, 한쪽에는 큼지막한 빅토리아풍 온실이 자리 잡고 있었다.

햇볕이 잘 드는 야외 테이블에 앉아 따뜻함을 만끽했다. 간간이 지나는 자동차 소리만이 들릴 뿐 주위는 고요했다. 눈을 감고 얼굴에 닿는 햇살을 느끼며 지난 며칠간 있었던 일들을 머릿속에서 천천히 되짚었다.

저택에서 벌어지는 일들은 분명 정상이 아니었다. 한나는 사라졌는데, 그 누구도 걱정하지 않았다. 그녀가 사라진 그날 밤, 이사벨이 집에 왔던 일도 마찬가지다. 맥스에게 직접 물었지만, 그가 내놓은 대답은 "괜찮다."라는 말뿐이었다. 그 사이 타라는 제정신이 아니었고, 맥스는 나에게 자기 금고 열쇠까지 맡겼다. 혼란스러웠다. 누군가 내 삶에 미스터리가 부족하다는 이유로 일부러 사건을 만들어 보탠 것만 같았다.

한나는 내가 원하지 않을 때도 슬그머니 다가와 공간을 침범하곤 했다. 하지만 지금 이 순간만큼은 그녀가 내 옆에 앉아 주기만 해도 마음이 놓일 것 같았다. 지금 눈앞에 나타나면 안도감에 그대로 안아 버릴지도 모른다. 도무지 떨쳐낼 수 없는 불길한 예감이 마음을 짓눌렀다. 단순한 과민 반응이기를, 쓸데없는 상상에 불과하기를 간절히 바랐지만, 한나가 위험에 처해 있다는 느낌이 좀처럼 사라지지 않았다.

"조심해야지. 햇볕 쬐면 얼굴에 주근깨 더 올라오는 거 알잖아. 빨간 머리 여자애한테는 큰 결점이라니까."

목소리를 듣는 순간, 등골이 오싹해졌다. 한 번에 감당할 수 있는 일에는 한계가 있다. 이건 받아들일 수 없는 악몽이다. 어떤 기분인지 표현할 수조차 없었다. 놀랐다는 말로는 턱없이 부족했다.

"이리 와, 앨리스. 오랜만인데, 늙은 엄마한테 할 말도 없어? 한동안 못 봤잖아. 그래도 날 그리워했을 줄 알았는데?"

그녀였다. 알마였다.

제30장

 아니, 절대 아니다. 집을 떠나던 순간부터 다시는 그 악마 같은 얼굴을 보고 싶지 않았다. 그 마음은 지금도 변함이 없다. 하지만 이렇게 침묵으로 버틸 수는 없었다. 그녀의 갑작스러운 등장 따위에 조금도 흔들리지 않는 것처럼 보이도록 뭐라도 말해야 했다. 하지만 현실은 정반대였다. 그녀를 보는 것만으로도 공포감이 들었다. 어릴 땐 언젠가는 마음이 변해서 나를 사랑해 주기를 바라며 매일 기도했었다. 하지만 그런 일은 일어나지 않았다. 왜 그렇게까지 나를 미워했는지, 여전히 모르겠다. 나는 그녀에게 아무런 해도 끼치지 않았다. 조용한 아이였고, 낸시 이모는 내가 사고뭉치가 아니라고 대신 말해 주기도 했다. 그런데도 그녀는 소리를 질렀다. 내가 얼마나 형편없는 존재인지, 사는 동안 아무것도 이뤄내지 못할 거라고 집요하게 되풀이했다.

도망치고 싶은 충동, 가능한 한 멀리 달아나고 싶은 본능이 몸속에서 들끓었지만 드러내지 않으려고 노력했다. 내가 동요하고 있다는 기색을 그녀가 조금이라도 눈치챘다면, 나는 끝장이다. 이 세상에서 늘 나를 이길 수 있었던 단 한 사람이 바로 그녀다.

"무슨 꿍꿍이야? 맥스 마스덴을 협박하는 것 말고. 조심하는 게 좋을 거야. 그는 겉모습처럼 젠틀한 사람이 아니니까."

최대한 무표정한 얼굴로 말했다.

"겉으로는 꽤 그럴듯하게 연기하지. 그래도 우리 둘 다 알잖아? 그 인간이 어떤 인간인지. 다만 그가 아직 모르는 게 하나 있어. 내가 그보다 열 배는 더 지독하다는 거지. 가서 전해. 자기가 상대하는 사람이 누군지 제대로 알라고. 지금 누리고 있는 안락한 삶이 소중하다면, 말조심하는 게 좋을 거야. 나를 협박범으로 몰아가는 짓도 당장 멈추고. 안 그러면 말이야, 내가 가진 것들로 마스덴이라는 이름을 진흙탕에 처박아 버릴 수도 있어. 그 인간, 감옥에 가게 될 거야. 과연 거기서 잘 버틸 수 있을까?"

말도 안 돼. 뒤틀린 마녀 같은 엄마가 맥스에 대해 알긴 뭘 안단 말인가. 두 사람은 서로 모르는 사이였고, 살아오면서 마주칠 이유 또한 없었다.

"대체 뭘 알고 있다는 거야. 도대체 무슨 짓을 했길래 여기까지 찾아온 건데?"

"지금 그 얘기는 하고 싶지 않아. 어쨌든 그 인간이 계속 나를 범죄자 취급한다면 나도 더는 봐 주지 않을 거야. SNS라는 게 얼마나 멋진지 알아? 휴대폰 몇 번만 두드리면 온 세상이 알게 되지. 너나 할 것 없이 저지르는 추악한 짓들 말이야."

세상에, 제발 그러지 않기를 바랐다. 그게 사실이든 아니든 맥스는 물론, 특히 타라에게는 치명적일 게 분명했다. 그런데 알마가 남을 욕할 자격이 있긴 한가? 그녀의 과거야말로 맥스가 벌인 일보다 훨씬 더 사람들 입맛에 맞는 이야깃거리일 텐데.

"낸시 이모랑 관련된 거지? 당신과 그를 이어 줄 사람은 낸시 이모뿐이니까."

알마는 두꺼운 회색 눈썹을 치켜올리며 미소를 지었다.

"낸시는 네가 생각하는 것처럼 천사가 아니야. 아직 살아 있었다면, 걔부터 물어뜯었을지도 모르지."

"이모는 좋은 사람이었어. 누구에게도 해를 끼치지 않았고, 내가 유일하게 마음을 줬던 사람이야. 당신한테는 단 한 번도 그런 감정을 느껴 본 적 없지만."

"나도 너나 걔한테 아무 감정 없어." 그러고는 독기 어린 눈빛으로 덧붙였다. "낸시는 마음먹으면 얼마든지 악마처럼 변했어. 게다가 머리도 좋았지. 잘 들어, 앨리스. 내가 이야기를 하나 해 줄게. 그걸 듣고도 네가 여전히 낸시를 사랑할 수 있을지 보자고."

"마음대로 해. 무슨 말을 하든 달라질 건 없어. 나는 그녀를 사랑했고, 앞으로도 그럴 거야."

"아주 오래전 일이야. 낸시가 아이를 하나 낳았어. 출산 후에 산후우울증이니 뭐니 하는 걸로 앓아눕더니 병원 신세를 져야 했지. 그동안 그 미친 듯이 울어대는 애를 내가 떠맡아야 했고. 맹세컨대, 그 애는 너보다도 더 끔찍했어."

희미한 기억이 스쳤다. 아이 자체는 기억나지 않았지만, 선물은 기억났다. 가진 돈을 탈탈 털어 샀던 분홍색 담요. 한쪽 모서리에 실크 곰인형이 달린 그 담요. 나는 고개를 끄덕였다.

"그래서 그 아이는 입양 보낸 거잖아."

"아니. 입양되지 않았어."

순간, 최악의 장면을 상상했다. 아이가 병들었거나, 죽었거나. 하지만 그녀의 다음 말은 그에 못지않게 잔인했다.

"입양이 아니라, 거래였어. 낸시의 딸은 팔렸어."

눈앞의 여자를 이해할 수가 없었다.

"낸시 이모는 몇 달씩 병원에 있었잖아. 그동안 당신이 그 아이를 팔았다고?"

"낸시도 알았어. 갇혀 있던 곳에 찾아가서 다 설명했으
니까."

"갇혀 있던 곳이 아니라, 회복을 위한 요양원이었어."

"그건 중요하지 않아." 그녀의 눈이 번뜩였다. "얼마에
팔았는지, 그리고 누구한테 팔았는지 알고 싶지 않아?"

그 눈빛이다. 내가 무슨 잘못을 했다는 이유로 얻어맞던
그때의 눈.

"얼마인지는 관심없어. 전혀."

"그래도 말이야. 누구한테 갔는지는 궁금할 텐데."

부정할 수 없었다. 어딘가에 한 번도 만나 본 적 없는
사촌이 있다. 내 피를 나눈 사람. 어쩌면 낸시 이모를 닮았
을지도 모를 사람.

"자, 앨리스. 물어봐. 네 얼굴에 다 써 있어. 궁금해 죽을
맛이잖아?"

도망칠 수 없었다. 진실을 듣지 않고는 일어설 수 없었다.

"그래서, 그 아이는 어떻게 됐어?"

그녀는 천천히, 아주 천천히 말했다.

"낸시의 딸은…, 맥스 마스덴에게 팔렸어."

3부

━

앨리스의 선택

제31장

울고 싶었다. 이건 말이 안 된다. 사람의 탈을 쓰고 아이를 사고팔 수 있다니. 그런 일은 일어나서도 안 된다. 듣는 것만으로도 가슴이 찢어질 만큼 잔혹하다. 분명 이건 알마가 꾸며낸 터무니없는 사기극일 것이다. 맥스에게서 돈을 뜯어내기 위해 지어낸 이야기. 그렇게 믿고 싶었다.

그런데 마음 한구석이 찌릿하게 걸렸다. 나는 그 아기를 기억한다. 낸시 이모가 병원에 있었던 것도 기억한다. 그때 나는 아직 어린 십 대였지만, 그 모든 상황이 뇌리에 깊게 박혀 있었다. 밤마다 아기가 울면 알마가 고함을 질렀던 것도 기억한다. 그 불쌍한 아이는 나와 다를 바 없는 대우를 받았다. 알마에게 애정 따위는 전혀 없었다.

눈물이 차오르자 고개를 돌렸다. 알마 앞에서 울고 싶지 않았다. 낸시 이모의 아이가 어떻게 되었는지 지금껏 알지 못했다. 낸시 이모가 병원에서 나왔을 즈음, 나는 이미 집을 떠난 뒤였다. 한 번, 단 한 번 편지를 써서 아이에 대해 물은 적이 있었지만, 답장은 오지 않았다. 그땐 그 침묵이 상처였지만, 지금 와서 생각하면 만약 알마의 말이 진실이라면, 그 시절의 이모는 알마가 화내는 게 무서워서 차마 입을 열 수 없었을지도 모른다.

"거짓말, 아무 증거도 없잖아!"

알마는 내 얼굴을 뚫어지게 보더니 낮게 웃었다.

"네 표정이 말해 주는 것 같은데? 너도 알고 있잖아. 이게 진실이라는 걸. 받아들이든 말든 상관없어. 낸시는 자기 아이를 팔았어."

"아니야. 그럴 리 없어."

기어코 참았던 눈물이 쏟아졌다. 날것 그대로의 진실은 슬픈 이야기였다. 나는 그 자리에 앉아 눈물만 흘릴 뿐 반박할 수 없었다.

"울지 말고 정신 차려. 언제까지 감정에 휘둘릴 거야, 이 멍청아."

"감정? 당신한테는 없는 걸 말하는 거야? 만약 당신에게 조금이라도 인간적인 구석이 있었다면, 내 인생도, 이모의 인생도 이렇게 되진 않았을 거야."

"내가 다 했어. 직접 현장에 갔고, 마스덴에게 돈을 받았지. 나는 아기를 넘겼어. 조금의 소란도 피우지 않고 아주 조용히 말이야. 고작 몇 마디 말만 주고받았어. 그걸로 내 책임은 끝났어. 물론 낸시에게는 왜 그렇게 할 수밖에 없었는지 설명했지. 다른 대안이 없다는 것도 이해시켰고."

"맥스와 타라는 젊고 건강해서 자기 아이를 가질 수 있었을 텐데. 왜 그런 짓까지 한 거야?"

알마는 대답 대신 혀를 찼다. 내가 기억하는 악마의 모습 그대로다. 수년이 흘렀는데도 그녀는 변하지 않았다.

"난 진실만 말하고 있어, 앨리스. 거짓말을 해서 얻을 게 뭐가 있겠니?"

"충분하지. 시치미 떼지 마."

"글쎄, 난 협박할 이유가 없는데."

"그럼, 말해 봐. 대체 무슨 이야기인데?"

나는 팔짱을 끼고 의자 등받이에 몸을 기댔다.

"마스덴의 아내는 아이를 가질 수 없었어. 그녀는 거의 미쳐갔지. 게다가 그땐 알코올 중독에 가까웠어. 입양 기관이란 입양 기관은 다 찾아갔지만 전부 거절당했지. 하지만 그녀는 아이를 간절히 원했어. 그래서 그 멍청한 남자가 선택한 게 뭔지 아니?"

아무 말도 하지 않았다.

"돈으로 아이를 산 거야. 아내를 달래려고. 울고불고 병

들어 가는 걸 멈추게 하려고."

"그래서 그들이 겪은 고통을 밑천 삼아서 돈을 뜯어내고 있다는 거야?"

"난 아니야, 얘. 하지만 누군가는 분명 그러고 있을 거야. 근데 그 남자, 그런 일을 당할 만도 해. 자기 아내 때문에 한 짓이잖아? 진작 버리고 다른 여자를 만났으면 될 일을."

"이 모든 건 당신이 벌인 일이잖아. 낸시 이모는 병원에 있었고, 그녀는 분명 이 일에 대해 전혀 몰랐을 거야."

"내용이 무슨 상관이야? 중요한 건 일이 해결됐다는 거야. 거래 금액도 합의한 거라고."

이 여자는 영혼이 없다. 자매의 갓난아이를 팔아넘기고도 어떻게 아무렇지 않을 수 있을까.

"그럼, 그때 이미 돈을 받은 거 아니야? 왜 다시 맥스를 쫓아다니는 거야?"

알마는 손으로 눈부신 햇빛을 가리며 나를 보았다.

"난 그 남자한테서 아무것도 원하지 않아. 문제는 그 인간이 내가 원하는 게 있다고 믿고 있다는 거지. 그래서 여기 온 거야. 사실을 바로잡으려고."

처음 듣는 말이다. 만약 알마가 맥스를 협박하는 게 아니라면 도대체 누가 맥스를 협박하는 걸까?

"한 가지 부탁이 있어, 앨리스. 마스덴한테 나 좀 그만 괴롭히라고 전해 줘. 그 남자, 제정신이 아니야. 난 그런 인간들 잘 알아. 무슨 짓을 할지 모르는 부류야. 오해만 풀리면 난 바로 떠날 거야."

내 머릿속에서는 뒤엉켜 있던 정보들이 빠르게 하나로 모이고 있었다. 한 가지는 분명했다. 낸시 이모는 자기 아이를 팔거나, 맥스를 협박하는 일에 절대 가담하지 않았다. 알마가 아무리 결백을 주장해도 가능성은 하나뿐이다. 협박범은 알마다.

하지만 협박범의 정체보다 훨씬 더 중요한 사실이 있다. 맥스에게 팔린 그 아기. 그 아이는 한나일 것이다. 한나는 낸시 이모의 딸이다. 믿기지 않지만, 모든 게 맞아떨어진다. 그래서 낸시 이모는 이 집에 들어왔고, 마스덴 가족 곁에 남았던 것이다. 그렇다면 한나는 이 사실을 알고 있을까? 아니라면, 이걸 알려야 할 사람은…… 나일까?

알마는 갑자기 나타나 늘 그렇듯 혼란만 남겼다. 이건 판도라의 상자다. 한 번 열리면 다시 닫을 수 없었다. 그리고 내가 이걸 떠맡을 이유는 없었다.

"충고 한마디하겠는데, 집으로 돌아가. 어디가 됐건 다시 숨어. 그리고 다시는, 절대로 나타나지 마. 당신이 저 가족에게 입힌 상처는 이미 평생 가고도 남으니까."

알마는 어깨를 으쓱하며 아무렇지 않다는 듯 커피를 한

모금 마시고는 천천히, 아주 얄밉게 웃어 보였다.

"좋아, 마스덴 가족 얘기는 인제 그만. 네 얘기 좀 해 보자, 내 사랑하는 딸." 그녀가 비꼬듯 말한다. "먼저, 그동안 어디 숨어 있었는지 말해 봐."

"당신이 알 바 아니야."

"솔직히 말해서 네가 아직 살아 있다는 게 놀라워. 듣기론, 네가 앤드루 울펜덴이라는 사채업자와 얽혔다던데, 그 인간 손에 걸려든 불쌍한 애들이 어떻게 되는지 너도 알잖아. 그놈이 네가 지금 어디 있는지 알아? 시골에서 편한 일자리를 잡아서 살고 있다는 건?"

"잘 알지도 못하면서 아무 말이나 지껄이지 마. 울펜덴은 날 쫓아다닐 만큼 한가하지 않아. 지금은 아파서 해외에 산다던데."

"운이 좋네. 이제 울펜덴은 없겠지만, 그의 부하 중 한 명이 그 자리를 차지했을 거야. 애, 내 말 명심해. 조심하지 않으면, 넌 쥐도 새도 모르게 사라질지도 모르니까."

정말 대단하다. 몇 년 만에 만난 엄마라는 사람이 하는 말이라곤 딸의 죽음이라니. 이런 인간에게서 태어났으니, 내가 도망친 이유도 다들 이해할 거다.

"도나?"

니코였다. 나는 그가 우리 테이블 쪽으로 걸어오는 걸

보지 못했는데, 어느새 우리 옆에 서서 햇빛을 가리고 서 있었다.

"아는 사이예요?"

진실을 말해야 할까. 재앙에 가까운 엄마라고. 아니면 아는 사이라고 둘러댈까. 내가 입을 열기도 전에 엄마가 먼저 끼어들었다.

"우린 모녀 사이예요." 알마가 속삭였다. "몇 년 만에 만난 사이라 밀린 이야기를 하는 중이죠. 목숨이 왔다 갔다 할 만큼 바쁜 용건이 아니라면, 좀 꺼져 줄래요?"

굳이 그렇게 무례하게 굴 필요가 없는데 아랑곳하지 않았다. 오히려 내가 그녀의 태도에 움찔했다. 그게 알마의 본모습이란 걸 알지만 그래도 놀라웠다. 프로 복서 같은 니코에게 그런 식으로 말을 하다니.

"방해해서 미안합니다. 나중에 봐요, 도나." 니코는 가볍게 고개를 숙였다.

그는 의외로 담담하게 물러났지만, 이 짧은 대화만으로도 내 신경은 바짝 곤두섰다. 나는 그가 시내 중심가로 사라지는 모습을 지켜보며, 다시 돌아오길 바라고 있다는 걸 깨달았다. 사실 누군가가 이 상황에서 나를 구해 주길 바랐다. 그리고 니코는 충분히 그럴 수 있는 사람이었다.

"그래서 이제 '도나'라고 불리는 거야? 뭘 피해 도망친 건데? 숨기고 싶은 게 있나? 아까 그 남자, 네 진짜 정체는 알고 있어?"

"그만해, 알마. 당신이랑 더는 얘기하고 싶지 않아. 여기 온 목적이나 이루고 가." 질문을 피해 가며 말했다.

"나는 네 엄마야. 이름으로 부르는 건 무슨 경우니?"

"당신은 '엄마'라고 불릴 자격 없어. 알마면 충분하다고. 그 이상은 기대하지 마."

문득 한나와 나 사이에 닮은 구석이 있다는 걸 깨달았다. 우리는 둘 다 부모라는 존재를 인정하지 않는다.

"마음대로 해. 하지만 이건 아직 끝난 게 아니야. 네 새 상사가 큰 실수를 저질렀거든."

"맥스는 자기 일은 알아서 해."

"그 집엔 딸이 있잖아. 지금 몇 살이지? 내 계산으로는 스물세 살쯤 될 텐데……."

"그게 왜 중요하지? 한나는 당신과 아무 상관없는데."

"네가 한나라고 부르는 그 아이가 이 일의 핵심이야. 그게 본명이 아니라는 건 알고 있니? 태어났을 때 등록된 이름 말이야."

모른다. 하지만 맥스라면 이름을 바꿨을지도 모른다는 생각이 들었다.

"진짜 이름이 뭔데?"

"그건 안 알려 줄 거야. 네가 그렇게 똑똑하다면, 직접 알아내 봐."

나는 자리에서 일어나 악마 같은 엄마를 뒤로한 채 걸어 나왔다. 따뜻한 햇살 아래서 조용한 시간을 보내려던 계획은 완전히 물거품이 되었다. 악몽이었고, 차라리 나오지 말았어야 했다는 생각까지 들었다.

걸어오는 내내 알마가 했던 말들이 머릿속을 맴돌았다. 맥스가 아기를 샀다는 이야기는 도저히 믿기지 않았다. 사실이라면 낸시 이모가 이 집에 온 이유가 납득이 간다. 그녀는 단지 자기 딸을 찾고 싶었던 거다. 내가 알 수 없는 건, 낸시 이모가 한나에게 진실을 말해 주었느냐는 점이다. 한나는 낸시를 아버지의 비서이자 자신의 친구로만 알고 있었고, 그 이상임을 내비친 적이 없었다.

알마가 왜 여기 있는지에 대한 변명도 믿을 수 없었다. '오해를 바로잡으러 왔다'라는 말은 이해가 가지 않았다. 알마가 그런 걸 신경 쓸 사람이 아니라는 걸 누구보다 내가 잘 안다. 머리가 너무 복잡해서 중요한 질문을 놓쳤다는 사실이 뒤늦게 떠올랐다. 그녀가 협박을 하는 게 아니라면, 도대체 여기서 뭘 하고 있는 걸까.

알마가 낸시 이모의 장례식에 왔다면 이해할 수도 있었겠지만, 그러지 않았다. 혹시 낸시 이모가 알마를 도왔던 건 아닐까? 맥스에 대한 정보를 흘리고 있었던 건 아닐까? 그녀가 맥스를 협박하는 데 가담했을 리 없다고 믿고 싶지만, 한나는 낸시 이모에게 큰돈이 있다고 말했다. 내가 알던 낸시 이모는 늘 빈털터리였는데, 대체 무엇이 달라진 걸까.

집으로 돌아오니 집 안은 시끄러웠다. 하지만 한나도 타라도 보이지 않았다. 사무실 쪽에서 요란한 음악 소리가 들려왔다. 맥스가 라디오 볼륨을 최대치로 틀어 놓았다. 그는 나를 보더니 들어오라며 손짓했다. 또다시 그의 성역으로의 초대다. 영광이라고 해야 하나.

그는 지나치게 유쾌해 보였다. 모든 게 괜찮은 척, 연기하는 사람처럼 보였다. 사실 그렇지 않다는 걸 누구보다 잘 알 텐데도 말이다. 그는 청바지에 티셔츠 차림으로 콧노래를 흥얼거리며 환하게 웃고 있었다.

"귓가에 맴도는 노래예요. 어젯밤 내내 펍에서 이 노래가 나왔는데 머릿속에서 떠나질 않아요. 우린 출입문을 잠그고서 잔뜩 마셨어요." 그가 속삭이듯 말했다. "내가 딱 필요했던 거였어요. 진탕 마시기. 키스는 정말 좋은 친구예요. 펍 주인장 말이에요."

나는 아무 말도 하지 않았다. 한나는 사라졌고 타라는 저 지경인데, 어떻게 술집에 가서 술을 마실 수 있는 걸까. 이 가족은 정말 이상하다. 이해하고 싶지도 않다. 계획대로 낸시 이모의 일만 해결하고 여기서 떠나고 싶다.

"당신이 잘 적응해 줘서 기뻐요. 내 삶에 믿을 수 있는 사람이 있고, 내 사업이 안전한 사람 손에 맡겨져 있다는 걸 아니까 마음이 진정돼요."

믿기지 않는다. '안전한 손'이라니. 그저 허둥대고 있을 뿐인데. 뭐라고 대답하려던 참에 사무실 전화가 울렸다. 그가 수화기를 들어 목소리를 확인하더니 차가워진 목소리로 말했다.

"도나, 할 말 있나요?"

대화는 거기까지였다. 수화기 너머 상대와 할 말이 있는 듯했다.

"여권은 책상 위에 두었고, 부탁하신 서류도 거의 다 마무리했어요."

그는 미소를 지으며 고개를 끄덕였다. 이제 내 방으로 돌아갈 시간이다.

# 제32장

"도나, 난 바빠요. 무슨 일이에요?"

그가 나를 보자 짜증을 냈다. 이유를 알 수 없었다. 불과 삼십 분 전, 그렇게 유쾌하던 맥스와는 전혀 다른 사람이었다. 나는 인쇄한 서류를 건넸다.

"방해하려던 건 아니에요. 작업이 다 끝나서요."

그는 서류를 훑어보더니 내게 되돌려 주었다.

"이건 안 될 것 같아요. 포맷이 다 틀렸어요. 줄 간격을 두 배로 하고, 글자는 페이지 중앙에 맞춰요."

그럼 그렇다고 미리 말해 주기나 하지. 그는 지시만 내리곤 내 얼굴 앞에서 문을 쾅 닫아 버렸다. 이렇게 행동하는 맥스는 마음에 들지 않았다. 불과 십 분 전만 해도 대단히 흡족해하며 날 칭찬하던 그 남자는 어디로 간 거지?

말해 준 대로 서식을 고쳐 다시 인쇄한 다음, 서류를 챙겨 맥스의 사무실로 걸음을 옮겼다. 그는 사무실에 없었고, 문은 잠겨 있었다. 이걸 어쩌란 말이지? 타라도 없었다. 서류는 현관 탁자 위에 올려놓았다. 휴대폰을 던져둘 때 그는 분명 그곳을 확인할 테니까.

탁자 위에는 우편물이 한 무더기 쌓여 있었다. 오늘 일을 마치기 전에 중요한 게 없는지 한 번쯤 확인해 두는 게 좋을 것 같아 살펴보았다.

우편물은 청구서와 광고 전단, 홍보 자료 신청서뿐이었다. 별다를 것이 없었다. 낸시 윌리엄스 앞으로 온 한 통의 우편물을 발견하기 전까지는.

다른 것들은 그대로 두고 그 편지를 움켜쥔 채, 곧장 내 방으로 돌아왔다. 내가 찾고 있는 그 편지, 낸시 이모의 상자 안에 숨겨져 있을 거라 확신했던 그 편지는 아직 손에 넣지 못한 상태다. 한나가 주기로 했지만, 그 뒤에 벌어진 일들 때문에 불가능해졌다.

거칠게 봉투를 찢자, 한 장의 종이가 나왔다. 발신인 주소도 없고, 하단에 서명도 없었다. 종이 한가운데에는 단 한 줄의 문장만 적혀 있었다.

'너는 날 실망시켰어.'

이 편지를 보낸 사람은 낸시 이모의 진짜 이름을 알고 있었다. 하지만 누가 보냈는지는 알 수 없었고, 이 말의 의미도 짐작할 수 없었다. 알마일지도 모른다고 잠깐 생각했지만, 이건 그녀의 방식이 아니다. 알마는 직접 얼굴을 들이밀고 말하지 익명으로 남길 사람이 아니다. 또 하나의 골칫거리가 추가되었다. 이 편지는 분명 첫 번째 편지를 보낸 사람과 같은 인물일 가능성이 높다. 그렇다면 더더욱 그 상자를 손에 넣어야 한다.

복도는 숨 막히게 조용했다. 발소리를 죽이고 살금살금 걸어가며 맥스의 기척이 없는지 살폈다. 정말 오랜만에 운이 따랐다. 다행히 그는 아직 우편물을 보지 않은 모양이었다. 만약 낸시 이모 앞으로 온 편지를 그가 봤다면, 어떤 반응을 보였을지 상상조차 하기 싫다.

마리아가 저녁을 만들고 있는지 집 안에는 고기 굽는 냄새로 가득했다. 머지않아 타라와 맥스가 식당으로 내려올 터였다. 지금이 아니면 안 된다.

한나의 방문은 잠겨 있지 않았다. 그녀라면 내가 들어오는 걸 개의치 않을 테지만, 그래도 도둑질하는 기분은 떨칠 수 없었다. 맥스나 타라에게 들키기라도 하면 큰일이다. 여기 온 목적을 말하는 순간, 그 상자는 영영 내 손에 들어오지 않을 테니까. 상자는 창가 화장대 위에 놓여 있었다. 한나가 정말로 가져다 둔 것이었다.

고마워, 한나. 나는 상자를 낚아채듯 집어 들고 방을 빠

293

저나왔다.

내 방으로 돌아와, 서랍을 여는 순서를 떠올리려 애썼다. 낸시 이모는 언제나 아주 쉽게 열었다. 보석을 넣어 두고, 그 아래에 사진을 숨겨 두곤 했다. 제발 사진들은 꺼내 갔기를. 그 얼굴들을 다시 보고 싶지 않다.

뚜껑을 열고, 작은 손잡이를 오른쪽으로 밀고, 당긴다. 기억은 정확했지만, 현실은 달랐다. 세월과 먼지 때문에 경첩이 잘 움직이지 않았다. 아무리 힘을 줘도 꿈쩍하지 않았다. 망치와 끌이라도 있어야 할 판이었다.

"도나, 내려와요!"

맥스의 목소리였다. 하필 지금이라니. 마치 내가 뭘 하고 있는지 다 알고 있다는 듯했다. 목소리도 그다지 상냥하지 않았다. 조금 전 유쾌한 맥스는 온데간데없었다. 상자를 옆으로 밀어 두고, 조용히 방을 나섰다.

계단을 급히 내려가자, 현관에 맥스가 서 있었다. 손에는 문제의 출력물이 들려 있었다.

"이건 여전히 만족스럽지 않군요, 도나."

일부러다. 그는 이 출력물을 핑계로 나를 몰아붙이고 있었다. 좋다. 그럼 나도 참지 않겠다.

"지금 저 놀리는 겁니까? 무슨 게임이라도 하는 거예요?"

그는 놀란 표정을 지었다. 내가 순순히 종이를 받아 들고 꼬리를 말고 물러나길 기대했던 게 분명했다. 하지만 그럴 생각은 없었다.

"아무 문제 없어요. 당신도 그걸 알고 있잖아요."

날 선 목소리로 말하며 그를 빤히 쳐다보았다. 화가 난 게 분명히 드러났을 것이다. 상사든 뭐든, 이건 용납할 수 없다.

"장난해요? 감히 그런 말투로 나에게 말하다니. 난 당신 상사예요. 예의라고는 없군. 계속 무례한 태도로 일관한다면, 한나처럼 될 줄 알아요."

대체 무슨 뜻일까? 그는 한나의 행방을 알고 있는 건가? 나를 협박하는 건가?

"한나는 어디 있죠? 당신이나 타라가 한나에게 손대기라도 했다면, 경찰에 신고할 거예요."

"경찰이라고? 아무도 당신 말을 믿지 않을 거예요. 나는 이 지역에서 꽤 알아주는 사람이고, 경찰서장은 내 친구예요. 우린 거의 매주 주말마다 골프를 함께 치죠. 그런데 당신은요? 아무런 힘도 없잖아요. 정신이 멀쩡한 사람이라면 누구 말을 믿을 것 같아요? 나겠죠."

그가 비꼬듯 말했다.

"아무래도 그렇겠죠. 하지만 딸이 사라졌는데도 찾을 생각조차 없는 가족 이야기를 꺼낸다면, 관심을 끌지도 모르겠는데요. 그게 통하지 않는다면 한나의 방 이야기를 보태고요. 그러면 애기는 달라지지 않을까요. 그런 소문은 듣기에도 꽤 자극적이거든요. 사람들은 그런 걸 잘 기억해요. 특히 기자들요. 깊이 파고드는 걸 좋아하잖아요. 그러다 보면 뭐가 나올지, 누가 알겠어요."

나는 여유롭게 미소를 지었다. 그러나 그는 내가 무슨 말을 하는지 전혀 모르겠다는 얼굴로 일관했다. 그러고는 서류들을 내 얼굴 앞에다 대고 흔들었다.

"글자 크기를 더 크게 해달라고 했을 텐데요."

"아니요, 그런 말 안 했어요."

나는 바보가 아니다. 그가 뭘 요청했는지 아주 잘 기억하고 있다.

"도나, 당신 지금 선을 넘고 있다는 거 알아요? 좋지 않을 텐데."

또다시 협박이다. 겁을 주려는 수작. 하지만 맥스는 모른다. 사람을 이 정도까지 몰아붙이면, 나 같은 인간은 도망치지 않는다. 내가 살아온 삶은 나를 단단하게 만들었고, 필요할 땐 꽤나 골치 아픈 적이 되게 했다.

"맥스, 상대를 잘못 골랐어요. 당신과 타라가 내게 친절했던 건 사실이고, 그건 고맙게 생각해요. 그래서 이번은 눈 감아 주죠. 하지만 분명히 알아 둬요. 나도 화가 나면 무서운 사람이에요. 여기 오기 전에 알던 인간쓰레기들에게 도움을 청한다면 더더욱."

그의 눈이 가늘어졌고, 얼굴은 분노로 빨갛게 달아올랐다. 당장이라도 달려들고 싶은 표정이었다. 하지만 그는 내 반응을 가늠하지 못해 망설이고 있었다. 살짝 힌트를 줘야겠다.

"난 한나가 아니에요. 당신처럼 사람을 괴롭히는 방식, 나한테는 안 통해요. 난 맞서 싸울 거고, 결과는 당신이 질 거예요. 그러니까 물러서요. 그리고 사과하세요. 그러면 이번 경고로 끝낼게요."

어쩌면 너무 나간 건지 모른다. 내 입으로 말하긴 뭐하지만, 내가 한 말은 인상적이었다.

"이게 끝이라고 생각하지 마요. 당신은 날 이기지 못할 거예요."

"이미 이긴 것 같은데요. 지금까지 당신이 본 건 착하고, 예의 바르고, 감사할 줄 아는 도나겠죠. 하지만 나에게는 다른 면도 있어요. 필요한 경우라면 당신을 쉽게 처리할 수 있고요. 이 빌어먹을 문서에 대한 헛소리는 더 이상 듣지 않겠어요. 이것들을 갈기갈기 찢어서 당신 목구멍에 쑤셔 넣고 싶은 지경이니까."

"어디 한번 해 봐, 건방진 년아."

이제 욕설까지 나오기 시작했다. 하지만 나는 개의치 않았다. 훨씬 더한 말들도 들어 봤으니까.

"착한 아이처럼 사무실로 돌아가서, 이번엔 제대로 일해요. 이게 마지막 기회예요. 또 틀리면 벌을 줄 거예요."

그가 정말 미쳤는지 궁금해지기 시작했다. '벌을 준다고?' 이것이 한나에게 일어난 일이었을까? 이사벨에게 건방지게 굴었다는 이유로? 그렇다면 가엾은 한나는 필시 겁에 질렸을 것이다. 이해할 수 없었다. 맥스는 마치 스위치가 달린 사람 같았다. 스위치가 켜지면, 통제 욕구에 사로잡힌 폭군이 튀어나왔다. 지금의 맥스는 내가 장례식장에서 만났던 그 사람과는 전혀 다른 인물이었다.

"한나, 어디 있어요? 그녀에게 무슨 짓을 한 거예요? 딴청 피우지 말아요. 당신이 그녀를 데리고 나간 후로 아무도 한나를 못 봤어요."

"난 몰라요. 우리가 밖으로 나간 건 맞아요. 그녀가 진정하고 정신을 차리길 바랐거든요. 하지만 갑자기 도로 쪽으로 뛰어가 버렸어요. 집에도 돌아오지 않았고, 연락도 없어요."

"못 믿겠어요. 당신이 얼마나 집요하고 잔인한 사람인지 직접 봤으니까."

"거짓말이 아니에요, 도나. 한나는 사라졌고 우리는 그녀에게 무슨 일이 일어났는지 몰라요. 그녀는 아무것도 가

저가지 않았어요. 현금 카드도 없고 휴대폰도 없어요. 타라와 나, 둘 다 걱정돼서 미칠 지경이에요. 내가 생각할 수 있는 모든 사람에게 전화해서 한나를 봤는지 물어봤어요. 마을 상점들도 죄다 둘러봤고요. 이제 뭘 해야 할지 모르겠어요. 그 아이 때문에 우리도 가슴이 찢어질 것 같아요."

이런 상황에는 또 어떻게 반응해야 할까? 불과 조금 전까지만 해도 그는 사소한 문제로 나를 몰아붙이고 있었는데, 이제는 동정을 구하고 있다. 머릿속이 어지러웠다. 이 집에서 누가 진실을 말하고 있고, 누가 허세를 부리는 건지 도무지 분간이 가지 않았다.

"정말 다 찾아봤어요? 한나가 찾아갈 만한 친구는요?"

"그 애에겐 그런 사람이 없어요. 당신이 온 지 오래되진 않았지만, 알잖아요. 한나가 얼마나 내성적인지. 요즘은 나나 타라조차 필요 없는 것 같아요."

"그래도 마냥 기다리면서 그냥 한나가 불쑥 나타나길 바라면 안 될 것 같아요. 그녀에게 무슨 일이 생길지도 모르잖아요. 사무실에 돌아가면 경찰에 전화해서 실종 신고를 해야겠어요."

"아뇨, 아직은 안 돼요. 타라가 싫어할 거예요. 실종된 딸 때문에 사람들이 관심을 갖고 언론이 달라붙는 걸 견디지 못할 거예요."

관심, 그게 그가 걱정하는 전부인가? 내 생각엔 관심이 많을수록 더 나은데 말이다. 맥스는 감정 스위치를 누른 것 같았다. 예의 바른 말투로, 아이를 배려하고 걱정하는 부모처럼 행동하고 있었다.

이건 정말 말도 안 된다. 이 집 사람들의 행동은 나를 미치게 만들고 있었다. 하루라도 빨리 이곳을 떠나야 한다. 하지만 그 전에, 반드시 한나가 안전한지부터 확인해야 한다.

제33장

다음 날 아침, 나는 요깃거리를 찾아 주방으로 내려갔다. 마리아는 회계사로부터 급히 보자는 연락을 받아 맥스의 출발이 늦어졌다고 알려 주었다. 결국 더 늦은 비행기를 타게 되었고, 보내야 할 이메일 목록을 남겨 두고 갔다고 했다.

시리얼 한 그릇과 커피 한 잔을 마신 뒤 거실로 갔다. 타라와 마주칠 수도 있었다. 지금은 분란이 일지 않게 차분하게 행동해야 한다. 그래야 이 집에서 무슨 일이 벌어지고 있는지 끝까지 파헤칠 수 있을 테니. 하지만 마음 같아서는 그녀를 붙잡아 뺨이라도 한 대 친 다음, 소리치고 싶었다. 딸부터 찾으라고.

거실 소파에는 타라가 앉아 있었다. 평소처럼 차분했고, 흠잡을 데 없이 단정했다. 머리는 완벽했고 메이크업도 아름다웠다. 그녀 옆에는 손님이 있었다. 니코였다.

"맥스의 끔찍한 행동에 대해 니코에게 얘기하고 있었어요."

타라는 내게 미소를 지었다. 자기 행동도 만만치 않다는 사실은 완전히 무시한 채였다.

"오늘 필요하다고 했던 서류 건도, 맥스가 스트레스를 받아서 그런 거예요. 일이 많아지면 늘 저래요."

속에 있는 말을 꾹 눌렀다. 타라와 맥스, 이 가족 모두에 대해 느끼는 감정을 쏟아내고 싶었지만 상황만 복잡해질 것 같았다.

"그는 사이코패스예요." 니코가 의미심장하게 말했다.

'사이코패스.' 꽤 거친 표현이다. 하지만 왜 그런 말을 하는지 이해는 간다. 솔직히 말하면 타라에게도 똑같은 말을 해 주고 싶었다. 다만 그녀의 경우에는 감정 기복과 우울, 약 대신 페퍼민트를 삼키는 기이한 습관이 행동을 더 불안정하게 만드는 것 같았다.

이 둘이 이렇게 솔직한 이야기를 한다는 게 놀라웠다. 서로 가까운 사이라는 생각조차 해본 적이 없었다. 두 사람 모두 맥스를 있는 그대로 말하고 있었는데, 그걸 듣고 있자니 점점 마음이 불편해졌다. 이 집에서 일을 하고 싶은 거지, 가족을 헐뜯는 대화에 끼어들고 싶진 않았다. 설령 대상이 맥스라 해도 말이다.

"맥스는 스트레스를 받으면 예민해져요. 그래도 오래가

진 않아요." 타라가 말했다.

"그 말엔 동의하기 힘드네요." 니코가 경고하듯 말했다. "맥스는 이중적이에요. 이해심 많고 돕고 싶어 하는 좋은 사람인 척하지만, 실제로는 공감 능력이 없어요. 내가 하고 싶은 말은 그를 자극하지 말라는 거예요. 그는 예측이 안 되는 사람이에요. 한 번 선을 넘었다고 느끼면, 언제든 폭발하죠. 부디 당신들이 다치지 않길 바라요. 상황이 나빠지면 제 명함 있는 거 기억하세요. 휴대폰 번호가 있으니 언제든 연락해요. 망설이지 말고, 꼭."

타라는 침울해 보였다. 남편의 결점이 이렇게 적나라하게 오르내리는 게 그녀에게 도움이 될 리 없었다.

"불편하겠지만, 도나, 제발 떠나지 말아요." 타라가 말했다. "지금 당장은 맥스에 대해 내가 할 수 있는 게 없어요. 그래도 그는 분명 사과할 거예요. 자기 행동에 대해서요."

속으로 코웃음을 쳤다. 그럴 리 없다. 맥스의 행동은 점점 더 심해지고 있었다. 그는 무슨 짓이든 할 수 있는 사람이다. 니코의 평가는 정확했다.

"당분간 떠날 생각은 없어요, 타라. 지금 제겐 이 일이 필요해요."

진심이다. 일이 필요할 뿐이지, 이 난장판에 더 깊이 엮이는 건 사양이다. 타라는 내 손을 가볍게 두드리며 웃었다.

"고마워요, 당신이 집에 있다는 게 나에겐 큰 힘이 돼요."

어제는 '미친 맥스'를 상대했는데, 오늘은 이런 일이라니.

"맥스는 당신을 이길 수 없다는 걸 알아요, 도나. 레스토랑에서 그를 이겼잖아요. 한나가 전부 말했어요. 그게 내게 얼마나 큰 힘이 됐는지, 당신은 모를 거예요."

아, 이거다. 타라는 결국 내가 필요하다는 걸 인정하고 있었다. 그렇다면 나도 더는 돌려 말하지 말아야지.

"맥스가 어떤 사람인지 저도 알아요. 그가 마음에 들지 않지만, 지금은 그게 중요한 게 아니에요. 한나에게 무슨 일이 있을지도 모르는데, 그냥 넘길 수는 없어요. 한나가 마지막으로 함께 있었던 사람이 맥스예요. 그녀를 해쳤을 가능성도 있고, 도움이 필요한 상황일 수도 있어요. 뭔가 조치를 내려야 해요."

타라는 결국 울음을 터뜨렸다. 공들여 바른 베이스가 지워졌고, 검은 마스카라가 뺨을 타고 흘러내렸다.

"맥스가 기다리라고 했어요. 아무것도 하지 말라고요. 자기가 다 알아서 하고 있다고요. 난 그를 거역할 수 없어요, 도나. 거스르면 미친 듯이 화를 낼 거고, 상황은 더 나빠질 거예요. 게다가 우리더러 당신을 멀리하라고 했어요. 당신이 한나에게 나쁜 영향을 준다고."

"그래서 맥스가 하라는 대로 다 할 건가요?"

"안 그러면 나도, 한나도 버티기 힘들어요."

"사이코패스군."

니코가 다시 한번 말했다. 이번만큼 고개를 끄덕일 수밖에 없었다. 문제는 그걸 알고도 뭘 할 수 있느냐였다. 타라는 벼랑 끝에 서 있었다. 맥스의 잔혹함을 더는 견디기 어려운 상태로 보였다. 그렇다고 내가 맥스와 정면충돌하는 것도 그녀가 원하는 일은 아니었다. 화제를 바꾸기로 했다.

"손등에 이름을 문신처럼 새긴 여자가 집에 찾아왔다고 했죠. 그 여자, 그 이후로 본 적 있어요?"

혼란스러운 상황이야말로, 알마가 가장 즐기는 순간이다. 그녀가 아무리 아니라고 해도, 맥스를 협박하고 있다는 걸 나는 알고 있었다. 상황이 이렇다면 더더욱 그럴 사람이다. 속으로 씁쓸하게 웃었다. 맥스도 이제 알게 되겠지. 알마와 엮이면 상황은 언제나 더 나빠진다는 걸. 타라가 잠시 생각하다가 말했다.

"그 여자요…… 이틀 전에 마을에서 한 번 봤어요."

알마는 이 근처에 친구가 없다. 그러니 아마도 싸구려 호텔 같은 곳에서 머무르고 있을 것이다.

"그 여자가 그렇게 중요한 인물입니까?" 니코가 타라에게 물었다.

"모르겠어요. 맥스를 찾길래, 아는 사인 줄 알았죠."

"그 여자가 집에 찾아왔다고 맥스에게 전했습니까?"

"네. 그러자 또 갑자기 난폭해졌어요. 사무실에 틀어박혀 문을 잠그고는, 위스키 반 병을 비웠죠."

나는 다시 한번 물었다.

"타라, 정말로 한나가 어디 있는지 몰라요? 아주 사소한 거라도 괜찮아요. 뭔가 알고 있다면 말해줘야 해요."

"정말이에요. 난 아무것도 몰라요."

타라는 순진한 표정을 지었다. 연기다. 그녀는 거짓말을 하고 있다. 분명히 무언가를 알고 있다. 잠시 침묵이 흐른 뒤, 니코가 입을 열었다.

"말해 줘야 해요. 맥스가 어떤 인간인지, 이 사람은 알아야 해요."

타라는 마침내 고개를 떨궜다.

"예전에도 한나가 사라진 적이 있어요. 맥스가 가둬 버렸거든요. 한나의 옛 방에요. 통제 불능일 때만 그랬다고…… 그렇게 믿고 싶었죠." 그녀는 급히 덧붙였다. "하지만 이번엔 확인했어요. 거긴 비어 있어요."

이건 변명조차도 되지 않는다. 한나는 왜 이 이야기를 나에게 한 번도 하지 않았을까.

"그럼 다른 곳은요?"

물어보긴 했지만, 어떤 대답이 나올지 몰라 두려웠다. 니코가 말했듯, 맥스가 제정신이 아닐 수도 있었기 때문이다.

"돼지우리요. 도망치지 못하게 쇠사슬로 묶어서요."

그 순간, 방 안의 공기가 완전히 얼어붙었다.

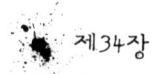
제34장

돼지우리라니. 거기는 생각해 본 적이 없었다. 한나는 먹이를 주고 똥을 치우는 일을 했지만, 그건 억지로 한 일이다. 그녀는 돼지들이 싫고, 무섭다고 했다. 그 말을 할 때의 얼굴이 떠올랐다. 지금 그녀는 지옥 한가운데에 있는 것이다. 더 말할 필요도 없었다. 나는 거실을 박차고 나와 곧장 부엌으로 향했다.

"마리아, 장화 여분 있어요?"

"네, 다용도실 선반에 있어요."

그녀는 식기세척기에 접시를 차곡차곡 넣으며 고개도 들지 않고 말했다. 곧장 다용도실로 달려가 운동화를 벗어 던지고, 크기가 얼추 맞아 보이는 장화를 신었다. 한나를 더이상 그곳에 둘 수 없다. 맥스는 이런 짓을 벌인 대가를 받을 것이다. 한나에게 이야기해 경찰에 신고하도록 할 생각이다. 불법 감금이고, 명백한 범법 행위다.

잔디밭을 가로질러 달렸다. 가쁜 숨을 몰아쉬며, 돼지우리 앞에 멈춰 섰다. 문은 닫혀 있었지만, 돼지들은 문 아래에 난 출입 구멍을 통해 드나들고 있었다.

가슴이 답답해졌다. 단 한 발짝도 들어가고 싶지 않았지만 선택지란 없었다. 한나를 꺼내야 한다. 장화가 벗겨지지 않게 진흙 위를 조심스럽게 걸었다. 처음 이 집에 왔을 때 신었던 구두처럼, 장화도 내 발보다 컸다. 결국 발을 헛디뎌 미끄러졌고, 진흙과 정체 모를 것들 위에서 비틀거렸다. 문까지 이제 팔 하나 뻗으면 닿을 거리다.

그 순간이었다. 뒤에서 질척거리는 소리가 들렸다. 무언가가 다가오고 있었다. 몸을 돌리기도 전에, 머리 뒤쪽에 둔중한 충격이 느껴졌다. 그리고 세상은 그대로 깜깜해졌다.

* * *

어둡고, 차갑고, 악취로 가득한 곳에서 눈을 떴다. 얼마나 시간이 흘렀는지도 모르겠다. 머리가 깨질 듯 아팠지만, 더 견딜 수 없는 건 내 발치에 몰려든 돼지들의 지독한 냄새였다. 숨을 들이마신 순간, 참을 수 없는 구역질이 나 그대로 바닥에 토했다. 끊임없이 나오는 구역질과 기침을 하며 비명을 질렀다.

내 머리를 때리고 여기로 끌고 온 건 누굴까. 타라나 니코일 리 없다. 내가 부엌으로 달려 나올 때 둘은 거실에 있었다. 한나는 여전히 실종 상태. 맥스는 아직 스페인으로 떠나지 않았다. 그렇다면 답은 하나뿐이다. 맥스다. 그가 떠나 버리면 며칠은 돌아오지 않는다. 여기서 그가 올 때까지 버티는 것은 불가능해 보였다. 이 순간만큼은 인정하기 싫지만 맥스가 이겼다. 제대로 당했다. 빠져나갈 가능성은 적지만, 포기할 수는 없다. 여기서 나가게 된다면, 나를 이렇게 만든 대가는 반드시 치르게 할 거다.

말은 쉽지만, 현실은 냉혹했다. 나는 다친 데다가 이 끔찍한 곳에 갇혀 있다. 휴대폰을 방에 두고 나오는 바람에 도움을 요청할 방법도 없었다. 천장을 받치고 있는 기둥에는 쇠사슬이 감겨 있었다. 감겨 있지 않은 쇠사슬 끝에는 수갑처럼 생긴 쇠고랑 한 쌍이 달려 있고, 쇠고랑 하나에 내 오른쪽 손목이 채워져 있었다. 쇠고랑은 손목에 딱 맞게 끼워져 있어 열쇠 없이는 풀 수 없다. 탈출은 불가능해 보였다. 내 운명은 신의 손에 달려 있었다. 기분이 무척 더러웠다. 정말, 하나도 마음에 들지 않는다.

예전에 한 번, 지금과 같은 감정을 느낀 적이 있다. 거리가 얼어붙을 정도로 추운 저녁, 어느 가게의 출입문 앞에서 몸을 떨며 밤을 보낼 때였다. 그때 느꼈던 두려움과 절망감은 결국 투지와 분노로 바뀌었다. 그때 느꼈던 감정이 지금도 내 안에 남아 있을까. 온몸이 축 늘어지고, 제대로 서 있을 힘도 없었다. 머리는 멍하고, 탈진 상태여서 지금 당장이라도 누워서 자고 싶었다. 옆을 보니 짚단이 쌓여 있었다. 다행히 사슬이 길게 풀어져 있어서 짚단 하나를 끌어내 앉고는 머리를 기둥에 기댔다.

밖은 어두웠지만, 달빛이 나무 판자 틈 사이로 스며들어 돼지우리 안을 희미하게 비췄다. 덕분에 이 안에서 무슨 일이 일어나는지 볼 수 있었다. 돼지들. 그게 전부다. 돼지들은 바닥에 널브러져 누워, 꿀꿀거리고 있었다. 입 벌리고 코 고는 사람들 소리와 다를 게 없었다. 그중 유난히 크고, 진흙과 오물로 범벅이 된 놈이 내 다리에 몸을 기대고 있었다. 나는 반대쪽 다리로 돼지를 걸어찼다. 놈은 새된 비명을 지르며, 허둥지둥 내게서 멀어졌다.

최악이다. 그냥 포기하고, 다시 눈을 감고, 누군가 오기만을 기다리는 게 훨씬 쉬울지도 모른다. 하지만 그건 내 방식이 아니었다. 한 손만 묶여 있는 것은 다행이었다. 문 아래난 돼지 전용 출입구가 기어 나오기엔 충분히 큰 것도. 탈출하기에 앞서 수갑을 먼저 풀어야 한다. 어떻게든, 반드시 벗겨야 한다.

잠시 잠과 두통을 잊고 포기하지 않겠다고 마음을 다잡았다. 용기가 필요할 때면 나는 강한 사람이 된다. 필요하다면, 이 기둥이 뽑힐 때까지 잡아당길 수 있다.

지금은 비쩍 마른 몸이 오히려 도움이 되었다. 손목을 비틀고, 돌리고, 계속 시도하다 보면 수갑이 미끄러져 빠질지도 모른다. 기회는 있다.

시간이 흐르고, 계속 버둥거렸지만 소용없었다. 수갑은 꿈적도 하지 않았다. 눈을 감고 싶다. 그냥 이대로 의식이 꺼져 버렸으면 좋겠다. 돼지들이 깨어 움직이기 시작했다. 꿀꿀대는 숨소리와 콧김이 들렸다. 아까 내가 걷어찼던 그 커다란 놈이 다시 돌아왔다. 이번엔 혼자가 아니었다. 둘이서 내 발치 주변을 쿵쿵거리며 맴돌더니, 결국 바로 옆에 다시 몸을 붙이고 누웠다. 눈을 질끈 감았다. 보고 싶지 않았다. 내가 죽으면 이놈들이 무슨 짓을 할지, 그걸 상상하는 것조차 견딜 수 없었다. 돼지는 뭐든 먹는다. 턱 힘도 세다. 난 이 둘의 '특별식'이 되고 싶지는 않았다.

아직 한나를 찾지 못했다. 만약 그녀가 이 안에 있다면, 지금쯤 얼마나 공포에 질려 있을까. 여기 있는 동안 내 생각은 여러 번 바뀌었지만, 결론은 하나다. 한나는 나쁜 애가 아니다. 알마의 말이 사실이라면 그녀는 내 사촌이다. 그 독설과 비뚤어진 태도는 어쩌면 맥스에게서 받은 고통의 흔적일지도 모른다.

나는 그녀의 이름을 불렀다.

"한나?"

대답이 없다. 다시 불러보았지만 사방은 고요했다. 제발 이 지옥 같은 곳 어딘가에 쓰러져 있지 않기를. 저 끔찍한 생명체들의 장난감이 된 게 아니기를, 간절히 기도했다. 그때였다. 돼지들이 나에게 이상할 만큼 관심을 보이기 시작했다. 바로 옆 건초 더미에서 바스락하는 소리가 났다. 귀에 익숙한 소리였다. 서늘함이 온몸을 감쌌다. 밤이 되면 깨어나는 건 돼지만이 아니다. 쥐들도 깨어난다.

엘라와 살던 시절이 떠올랐다. 그녀의 집은 반지하 원룸이었는데, 엘라는 주로 카레와 피자 같은 배달 음식을 먹었다. 방에는 기름 냄새를 풍기는 빈 용기들이 널려 있었고, 쥐들에겐 천국이 따로 없었다. 이런 환경에 엘라는 익숙해졌지만, 나는 아니었다. 참을 수는 있어도, 익숙해질 수는 없었다.

그때 바스락거리는 소리의 정체가 모습을 드러냈다. 쥐한 마리가 내 앞을 스쳐 지나갔다. 한 마리가 있다는 건, 근처에 더 있다는 뜻이다. 이건 법칙이다.

더는 버틸 수 없었다. 하지만 지금은 내 공포보다 한나가 먼저였다. 나는 다시 수갑을 잡아당기고, 손가락을 비틀고,

손목을 꺾어 보았다. 하지만 아무 소용 없었다. 비누나 기름만 있었어도, 손을 미끄럽게 만들 수만 있다면……. 여긴 아무것도 없었다. 그 대신, 쓸 수 있는 게 하나 있긴 했다.

역겹고, 토할 것 같지만 어쩔 수 없었다. 진흙과 돼지 배설물이라면 손을 미끄럽게 만들 수 있을 것 같았다. 몸을 숙여 배설물을 한 움큼 집어 든 다음, 구역질을 참으며 그 끈적한 것을 손과 손목에 잔뜩 발랐다. 포기하고 시도조차 하지 않으면 여기서 죽게 될 터다. 이 방법이 제발 통해야 할 텐데, 그렇지 않으면 더 이상 해결책이 없다.

나는 왼손으로 수갑을 잡고, 고리 사이로 필사적으로 손가락을 빼 보려 했다. 손가락을 최대한 모으고 엄지를 손바닥 안으로 둥글게 말았다. 이렇게나 마른 손인데, 왜 이렇게 안 빠지는 거야. 당기고, 비틀고, 다시 당겼다. 손목이 부러질 것만 같다. 그래도 멈추지 않았다. 자유를 위해서라면, 부러진 손목 정도의 고통은 감내할 가치가 있었다.

얼마나 시간이 흘렀을까. 마치 영원처럼 느껴졌다. 다시 한번 더 진흙을 바르고 마지막으로 잡아당겼다. 손이 조금씩 빠지기 시작했다. 숨이 턱 막혔다. 다시 한번. 드디어 손이 빠졌다. 사슬에 매달린 수갑이 찰랑 소리를 냈다.

지푸라기 한 줌을 집어 손과 손목을 문질러 닦았다. 깨끗해지진 않지만, 일단 버틸 수 있었다. 지금 당장 뜨거운 물로 목욕을 하고 독한 술을 한 잔 마시고 싶었다.

　돼지용 출입 구멍은 짐작한 대로 드나들 수 있을 만큼의 공간이 있었다. 나는 어렵지 않게 그 틈으로 기어 나와 잠시 멈춰 섰다. 비가 퍼붓고 있었다. 뜨거운 물에 하는 목욕은 아니지만, 비는 반가웠다. 나는 하늘을 향해 고개를 들고 팔을 벌린 채, 손바닥을 위로 향해 몇 분 동안 그대로 서 있었다. 비가 더러움을 조금이나마 씻어 내고, 나를 상쾌하게, 덜 지친 상태로 만들어 주기를 바랐다.

　공포에서 벗어났다는 안도감도 잠시, 한나의 행방은 여전히 알 수 없었다. 날이 어두웠다. 발을 조심히 디디며, 진흙 바닥을 빠르게 가로질러 우리 문 쪽으로 향했다. 문에는 거대한 돼지 한 마리가 몸을 기대고 누워 있었다. 밀어낼 수 있을 리 없다. 돼지는 꿀꿀거리며 귀를 씰룩이더니, 나를 빤히 바라보았다. 등골이 서늘해졌다. 평생 다시는 돼지를 보고 싶지 않다는 생각이 들었다.

　시선을 바닥에 고정한 채 돼지 옆을 발을 끌며 지나갔다. 내가 고개를 들었다면 그걸 놓쳤을 것이다. 진흙 속에 무언가가 보였다. 손이다. 너덜너덜해진 살가죽이 뼈에 매달린 채 남아 있는 사람의 손.

　심장이 멎을 것만 같았다. 한나의 것일까. 온갖 생각들이 머릿속을 스쳤다. 한나는 죽은 걸까. 눈물이 터지고 구역

질이 나기 시작했다. 머리를 다친 채 하룻밤을 돼지우리에
서 보냈고 이제 막 알게 된 사촌이 살해됐을지도 모른다는
생각을 하니 더 이상 버틸 수 없었다. 하루라도 빨리 한나
를 찾아서 이 집을 떠나는 게 상책이다.

　나는 옷소매로 입을 닦고 몸을 숙여 자세히 봤다. 틀림없
이 사람 손이다. 손가락은 하나만 온전한데, 어느 손가락인지
는 알 수 없다. 하지만 그 온전한 손가락 마디에 새겨진 문신
을 보는 순간, 나는 거의 기절할 뻔했다. 그건 대문자 A였다.

제35장

충격이었다. 손가락을 봤다면, 누구든 충격을 받을 것이다. 처음에는 그 A가 한나를 가리킨다고 생각했다. 하지만 한나에게는 문신이 없다는 걸 깨달았다. 머리가 제대로 돌아가질 않았다. 돼지우리에서 보낸 끔찍한 밤과 머리를 맞은 충격 때문이다. 남은 가능성은 하나다. 이 손은 알마의 것이다. 오른손에 이름의 첫 글자를 새겨 두었다. 나는 그녀를 증오한다. 과거에 겪은 일들은 평생토록 나를 괴롭혔다. 그래도 그녀는 여전히 내 엄마다. 이런 최후를 바란 건 아니다.

범인은 누구일까. 답은 분명하다. 맥스 말고 그녀를 살해할 사람은 없다. 알마는 예전에 집으로 찾아온 적이 있었지만, 그것도 꽤 예전 일이다. 내가 아는 한 그녀가 누구인지, 이 마을에 머물고 있다는 사실을 아는 사람은 맥스뿐이다. 맥스의 변덕스러운 성격을 고려할 때 그가 범인일 수밖에 없다. 다른 사람에겐 동기가 없다.

더 지체할 수 없었다. 한나에게 끔찍한 일이 생기기 전에 반드시 찾아야 한다. 맥스는 이미 한 번 선을 넘었을지도 모른다. 그렇다면 두 번째 희생자가 생기지 않으리란 보장은 없다.

한나의 옛 방은 확인했다. 돼지우리도 비어 있다. 그렇다면 남은 곳은 하나. 집 안. 집 안의 모든 방을 샅샅이 뒤져서 잠겨 있는 곳은 없는지, 어딘가에 갇혀 있지는 않은지, 공포에 질려 숨어 있지는 않은지 확인해야 한다.

맥스와 타라가 침실에 있을까. 아직 이른 새벽이라 둘 다 자고 있을 수도 있다. 침실 문에 귀를 대자 물 튀기는 소리와 함께 맥스가 혼잣말처럼 노래를 흥얼거리는 소리가 들렸다. 아마도 샤워 중인 것 같았다.

조심스레 침실 문을 살짝 열어 안을 들여다보았다. 타라는 보이지 않았다. 살금살금 욕실 문 앞으로 다가가니, 맥스의 콧노래 소리가 또렷이 들렸다. 사무실이나 거실에서 마주하는 편이 훨씬 나았을 테지만, 지금으로서는 어쩔 수 없었다.

그는 아무것도 모른 채 뜨거운 물줄기 아래 서 있었다. 아마 나를 완전히 처리했다고 믿고 있겠지. 이제 놀랄 사람은 맥스다. 지금 내 꼴은 말이 아니지만, 이 기회를 놓치면 다시는 없을지도 모른다.

하지만 정면으로 맞설 수는 없었다. 그는 이미 한 번 사람을 죽였다. 나처럼 약한 사람은 상대가 되지 않을 것이다. 무언가가 필요하다. 그때 선반 위에 놓인 커다란 황동 고양이 장식이 눈에 들어왔다. 조용히 다가가 그것을 집어 들었다.

묵직했다. 등 위로 말린 꼬리가 손잡이처럼 쥐기에 딱 좋았다. 한 번, 단 한 번만 머리를 정확히 가격하면 맥스 마스덴은 다시는 누구도 괴롭히지 못할 것이다.

욕실 문을 살짝 밀자 그의 뒷모습이 보였다. 그는 수건을 집으려 손을 뻗고 있었다. 지금이다. 멈추지 마, 얼어붙지 마! 스스로를 타일렀다.

그를 바라보는 몇 초가 영원처럼 느껴졌다. 불과 며칠 전만 해도 나는 맥스의 매력적인 모습에 감탄하며 즐거워했다. 그는 잘생겼고, 이성적으로 끌리기까지 했다. 완벽한 남자라고, 내 남자가 되길 바랐다. 내가 이렇게 사람 보는 눈이 없다니. 남자에 대한 경험 부족이 부른 결과다. 눈앞의 인간이 얼마나 쓰레기인지도 알아보지 못하다니. 지금 내 안에 남아 있는 감정은 단 하나다. 혐오, 그리고 분노.

나 자신을 위해서, 알마를 위해서, 그리고 어쩌면 한나를 위해서도 이 모든 걸 끝내고 싶다. 머리를 목표로 한 방을 노려야 한다. 하지만 그가 서 있는 상태에서는 제대로 한 방을 먹일 수 없다. 그래도 내겐 기습할 기회가 있다. 그는 내가 여기 있다는 사실조차 모르고 있다. 고양이 장식을 등 뒤로 숨긴 채 움직였다.

욕실 문을 밀고 들어가는 사이, 맥스가 나를 봤다. 그는 재빨리 수건을 집어 허리에 둘렀고, 내 옆으로 다가왔다.

"도나, 무슨 일이에요? 진흙투성이에, 악취도 심하게 나는데요."

"무슨 일인지 당신이 제일 잘 알잖아!"

욕실은 뜨거운 수증기로 가득했다. 눈앞이 아찔해지며 다리가 풀렸다. 쓰러지려는 순간, 맥스가 나를 의자에 앉혔다.

"괜찮아요, 내가 잡았어요." 그가 말했다. "좀 앉아 있는 게 좋겠어요, 도나."

정신을 붙잡아야 한다. 지금은 따질 때다. 한나를 찾아야 한다.

"한나를 어디에 숨겼죠?"

"아무 데도 안 숨겼어요. 나도 똑같이 그녀가 돌아오길 기다리고 있어요. 그런데 당신 무슨 일이에요? 머리에서 피가 나는데, 어디서 넘어진 거예요?"

"아뇨, 돼지우리에서 누군가에게 맞았어요." 나는 그를 밀쳤다. "잠깐 정신을 잃었던 것 같아요."

"뇌진탕일 수도 있어요. 병원에 가야 해요. 내가 데려다 줄게요."

"웃기지 말아요." 나는 상처를 살짝 만졌다. "당신이 한 짓이잖아요. 그리고 알마에게 한 짓도 다 알아요. 두 눈으로 증거를 봤으니까."

그는 황당하다는 표정으로 고개를 저었다.

"대체 무슨 말을 하는지 모르겠어요. 당신, 지금 제정신이 아니에요."

"아뇨, 난 말짱해요." 나는 또렷하게 말했다.

"의사에게 진찰을 받는 게 좋겠어요. 그러고 싶지 않다면, 방으로 가서 샤워하고 쉬던가요."

"그럼 난 꼼짝없이 당하겠죠. 알마가 당신한테 당한 것처럼요."

"미안해요, 도나. 하지만 당신이 내 도움을 받지 않겠다면, 내가 해 줄 수 있는 건 아무것도 없어요."

그의 목소리는 진심을 담아 걱정하는 것처럼 들렸다. 하지만 그건 전부 가식이다. 맥스 마스덴은 그런 사람이 아니다.

"내가 바라는 건, 그냥 날 내버려두는 거예요. 당신 도움은 필요 없어요. 난 한나를 찾아야 해요."

"좋아요, 내가 여기서 나갈게요. 당신은 씻고 나서 사무실로 돌아가요."

"한나는요? 그 애한테 무슨 짓을 한 거예요?"

"어디로 간 건지 나도 몰라요. 하지만 솔직히 말해서, 난 이 고요함과 평화가 마음에 들어요."

그 순간이었다. 그의 가면이 벗겨진 건. 그가 애써 억누르려 했던 진짜 맥스가 고개를 들었다. 내 안에서 무언가가 끓어올랐다. 분노, 아니, 분노보다 더 깊고 어두운, 피가 거꾸로 솟는 듯한 격렬한 분노다. 어떻게 저렇게 아무렇지 않을 수가 있을까. 돼지우리에는 잘린 손이 떨어져 있었다. 그런데도 그는 걱정은 커녕 너무나도 무심하게 행동했다. 무슨 일이 벌어졌을지도 모른다는 생각조차 하지 않는 듯했다. 분노에 찬 비명을 지르며 황동 고양이 장식품을 힘껏 휘둘렀다. 하지만 그는 몸을 피하며 장식품을 빼앗았다.

"이게 대체 뭐 하는 짓이에요, 도나? 왜 이렇게 기를 쓰고 날 죽이려 드는 거예요?"

"당신이 나한테 한 짓 때문이죠. 당신이 알마를 죽였기 때문이고, 하늘만이 알 짓을 한나한테 했기 때문이죠."

그제야 정신이 들었다. 너무 늦었다. 나는 이미 통제력을 잃었고, 이성은 무너진 뒤였다. 손이 떨렸고, 외면하던 현실이 한순간에 날 덮쳤다. 그를 바라보며 눈을 깜빡였다. 이 남자를 정말 죽일 뻔했다. 어쩌면 정말로 그를 죽였을지도 모른다. 그건 내가 아니다. 내가 알고 있던 내가 아니다.

　다시 속이 울렁거렸다. 뒤통수의 통증은 점점 심해졌다. 나는 마지막으로 그를 바라보았다. 그리고 비틀거리는 몸을 가누기 위해 손을 뻗는 순간, 바닥에 쓰러졌다.

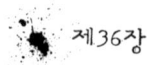 제36장

눈을 뜨자 거실 소파였다. 맥스가 내 옆에 서서 처음 보는 남자와 이야기하고 있었다.

"이 분은 월시 박사님이에요." 맥스가 말했다. "도나 당신, 머리를 꽤 세게 부딪혔대요. 가벼운 뇌진탕이라 하네요."

코를 찌르던 악취는 사라져 있었다. 팔과 다리는 깨끗했고, 실내용 가운 차림이었다.

"내가 한 거 아니에요, 도나." 맥스가 또다시 특유의 미소를 지으며 나를 안심시켰다. "마리아가 당신을 씻겨 주고 옷도 입혀 줬어요."

"고맙다고 전해 주세요."

월시 박사는 내게 약을 내밀며 말했다.

"네 시간 후에 두 알 더 드세요. 두통약입니다. 오늘 밤 푹 자면 괜찮아질 거예요."

그러길 바랄 뿐이었다. 이 상태가 오래가면 버틸 자신이 없었다. 머리를 맞고, 속이 울렁거리고, 맥스 발치에서 그대로 쓰러졌던 그 순간까지. 그는 분명 이 모든 일을 즐겁게 지켜보았을 것이다.

의사가 자리를 뜨고 거실에는 나와 맥스만 남았다. 무슨 일이 벌어질지 생각하니 숨이 막혔다. 혼란스러웠다. 의식을 잃었을 때, 그는 나를 해칠 수도 있었지만, 그러지 않았다.

좋은 맥스인지 나쁜 맥스인지. 제발 어느 쪽을 선택할 건지 정해 주면 좋겠다. 그래야 내가 그를 어떻게 상대해야 할지 알 수 있을 텐데.

"왜 날 돼지우리에다 가뒀어요?"

간단명료한 질문이다. 그는 부인할 수 없을 것이다. 타라와 니코, 한나를 제외하면 그런 짓을 할 사람은 맥스뿐이다.

"난 아니에요. 당신이 뭘 생각하든, 내가 한 게 아니에요. 난 누구한테든 그런 짓은 안 해요."

거짓말이다. 타라가 내게 말하길 그는 한나에게 똑같은 짓을 저질렀다.

"하지만 이런 일을 벌일 만한 사람이 당신밖에 없잖아요. 그리고 돼지는 당신이 좋아해서 기르는 거고요."

"그건 맞아요. 하지만 그렇다고 사람을 돼지우리에 가두지는 않아요."

믿고 싶지 않았다. 하지만 그는 기회가 있었을 때 나를 해치지 않았고, 심지어 의사까지 불러 줬다.

"일단 그 문제는 더 묻지 않을게요. 하지만 알마는요?"

"알마? 그게 누군데요?"

또다시 '모르겠다', '나는 아니다' 같은 대답으로 일관했다. 하지만 나는 확실히 안다. 그런 짓을 할 사람은 맥스 아니면 없다는 것을.

"모른 척하지 말아요. 알마가 이 집에 와서 당신을 찾았었어요. 서로 전혀 모르는 사람이라면 그녀가 왜 그런 일을 했겠어요?"

"여러 가지 이유로 왔을 수 있죠. 난 사업 때문에 정말 많은 사람을 만나요. 그 여자가 누구랑 얘기했는데요?"

"타라요."

"그럼 그렇지. 난 아니라니까요." 그가 미소를 지었다.

"누군가는 죄가 있겠죠. 왜냐하면 알마의 손이 지금 당신 돼지우리 안에서 썩어가고 있으니까요."

그 말에 맥스가 우뚝 멈춰 섰다. 그는 걱정스러운 눈으로 나를 바라봤다. 죄책감인가. 어쩌면 그럴지도 모른다.

"뭘 봤다고요?"

"거기서 빠져나오다 봤어요. 그 손이 알마 것이라고 확신하는 건 손가락에 새겨진 A라는 문신 때문이에요."

그의 표정이 일순간 흔들렸다. 이마에는 주름이 깊게 패였고, 입술은 굳게 다물었다.

"당신은 모르겠지만, 돼지는 위험한 동물이에요. 돼지를 돌보는 사람들은 항상 조심해야 해요. 다치거나, 의식을 잃는 순간이 오면 특히."

"나 같은 경우를 말하는 거죠?"

"당신은 운이 좋아서 빠져나온 거예요. 우리 안에 있었던 게 오히려 목숨을 부지하게 해 준 거예요. 돼지들은 그곳이 잠자는 곳이지 먹는 곳이 아니라는 걸 알고 있거든요."

그 의미를 깨닫는 데 몇 초가 걸렸다.

"먹는다…… 설마 돼지가 실제로 사람을 먹을 수 있다는 건 아니죠? 그건 말도 안 돼요."

"아니, 진짜예요. 돼지들은 어른 한 사람쯤은 순식간에 먹어 치울 수 있어요. 살, 뼈, 심지어 옷까지 전부. 턱 힘이 엄청나거든요.

등골이 서늘해졌다. 머릿속에 끔찍한 장면이 떠올랐다.

"그러니까, 알마에게 그런 일이 일어났다는 거예요?"

"당신이 본 걸 고려하면, 그럴 가능성이 충분히 있어요. 손가락이 남은 건, 아마 튕겨 나가서일 수도 있고요.

한나가 돼지에 대해 이것저것 말하긴 했지만, 이런 얘기는 한 적이 없었다. 그 아이 성격이라면 오히려 더 무서운 얘기를 했어야 정상인데.

"돼지가 먹어버리기 전에 그 손을 찾아야 해요. 그건 증 거예요. 경찰이 필요로 할 거예요."

맥스가 정말 결백하다면 이 제안을 반대할 이유가 없었 다. 제정신인 사람이라면 누구든 그럴 것이다. 하지만 이 사 람은 맥스다. 나는 그의 정신 상태를 믿을 수 없었다.

"당신 말이 맞아요. 손이 아직 거기 있다면, 내가 봉투 에 담아서 바로 경찰에 연락할게요. 그리고 타라랑 마리아 한테는 집안을 수색해서 한나를 찾아보라고 할게요."

드디어. 이제야 부모다운 행동을 보이네.

"손이 거기에 있든 없든, 경찰은 지금 불러야 해요. 난 분명히 그걸 봤고, 알마가 정말로 실종됐는지 확인하려면 경찰이 나설 수밖에 없으니까요."

* * *

잠시 후, 타라가 내 이름을 부르며 거실로 들어왔다.

"마리아가 당신을 위해 차랑 간단한 요깃거리를 만들었 어요. 맥스한테서 들었어요. 정말 끔찍한 경험이었을 텐데, 그런데도 이렇게 탈출한 걸 보면 정말 용감해요. 맥스가 보 고선 어떻게 당신이 손목에서 수갑을 풀었는지 모르겠다고 했어요."

힘겹게 몸을 일으켜 앉아 그녀가 내민 차와 치즈 토스트를 받아 들었다.

"쉽지 않았어요. 그리고 죽을 만큼 아팠어요. 맥스가 다른 말은 안 했어요?"

"했죠. 그리고 경찰에 신고도 했어요. 그 사람들 곧 도착할 거라던데, 당신 얘길 듣고 싶어 할 거예요."

그들은 내가 왜 돼지우리에 있었는지 물을 것이다. 그리고 직접 보고 나면 그들도 알게 될 것이다. 맥스가 한 짓이라는 걸.

"맥스가 돼지들을 정리하는 데 동의했어요. 난 전혀 아쉽지 않아요. 한나도 돌아와서 알게 되면 아쉬워하지 않을걸요. 돼지들은 오래전부터 예쁜 정원과 어울리지 않았어요."

"한나한테서는 소식이 있었어요?"

"아뇨, 그런데 이렇게 사라지는 건 한나답지 않아요. 예전엔 걔가 어디 있는지 내가 늘 알고 있었죠. 자기 옛날 방이든, 돼지우리이든. 그런데 이번엔 달라요. 정말로 우리를 떠난 것 같아요. 어디로 갔는지 전혀 모르겠어요."

"친구 집에 간 건 아닐까요?"

"한나는 이 마을 사람들과는 그저 인사만 하는 정도였어요. 친하다고 할 만한 사람 이야기를 한 적도 없고, 누구

하나 찾아온 적도 없어요." 타라는 목소리를 낮췄다. "한나
가 걱정돼요. 이건 정말 한나답지 않은데. 이번엔…… 정말
우리를 영영 떠난 걸지도 모른다는 생각이 들어요."

제37장

의사 말이 옳았다. 푹 자고 일어나니, 몸이 아주 개운해졌다. 약간의 두통이 남아 있긴 하지만, 충분히 견딜 만했다. 평소처럼 샤워하고 옷을 차려입은 뒤 사무실로 내려갔다.

사무실에 들어서자 맥스가 내 책상에 앉아 있었다. 그는 회계 파일을 훑어보고 있었다. 그가 미소를 지으며 말했다.

"스콧 경위가 당신을 찾더군요. 어제 있었던 일과 당신이 발견한 것에 대해 이야기하고 싶다던데요."

"그럼 저를 가둔 사람이 누군지도 알아낼 수 있나요? 그 부분도 조사 중이겠죠?"

"과학수사팀이 둘러보긴 했는데, 돼지우리랑 헛간은 증거를 찾기엔 적합한 장소가 아니라네요. 흔적이 남을 만한 환경이 아니니까요. 지문이나 DNA 같은 건 거의 기대하기 어렵다는군요."

물론 그렇겠지. 너무나도 편리한 결론이다. 나는 내 책상에 앉아 있는 맥스를 바라보았다. 의심이 다시 고개를 든다. 아니, 의심이 아니라 확신에 가깝다. 이 일을 수없이 되짚어 보았다. 결론은 늘 하나다. 그럴 수 있는 사람은 맥스뿐이다.

"도나, 이 알마라는 여자를 알고 있었어요?"

나는 잠시 침묵했다. 어떻게 대답해야 할까? 난 그녀가 내 엄마라는 사실을 말하고 싶지 않다. 그러면 내가 협박에 가담했다는 오해를 살 게 뻔하다. 나는 고개를 저으며 어깨를 으쓱했다.

"아니요. 이름도 낯설어요."

"그런데 말이죠, 며칠 전, 당신이 그 여자와 커피를 마시고 있는 걸 봤다는 사람이 있어요."

부정해 봐야 소용없다. 그는 이미 내가 거짓말을 했다는 걸 알고 있다. 이제 그는 내가 왜 이 사실을 숨기려 했는지, 무슨 이야기를 나눴는지를 집요하게 캐물을 것이다. 그리고 내가 입을 열지 않는다면, 분명 뭔가 숨기는 게 있다고 의심하겠지.

"누가 우릴 봤는데요?"

"이사벨이요."

니코가 아니라 이사벨이라니. 이 여자는 내가 여기 온 날부터 줄곧 그림자처럼 따라붙었다. 한나가 사라진 것도 그녀 때문이다. 그날 밤 그녀가 집에 나타나지만 않았어도 한나는 사라지지 않았을 것이다.

"그래요, 알마와 얘기했어요."

"나에 대해서요?"

나는 고개를 끄덕였다. "당신 얘기도 나왔어요."

"어떤 식으로요? 내 사업에 관한 건가요?"

"아니요, 알마가 무슨 이유로 당신을 협박하고 있는지 얘기했어요."

그 말이 정확히 급소를 찌른 건지, 그의 얼굴이 창백해 졌다. 그는 천천히 자리에서 일어났다. 아차 싶었다. 이 남자 가 위험하다는 걸 알면서도, 왜 이렇게 입을 다물지 못하는 걸까.

"그건 말도 안 돼요. 협박이라는 건 내가 뭔가 잘못했을 때나 가능한 거죠. 난 아무 짓도 안 했어요. 그녀가 당신에 게 무슨 말을 했든 그건 다 헛소리예요. 날 상대로 돈을 뜯 어내려고요."

"아니요. 당신이 틀렸어요. 그녀는 분명 당신에 대해 뭔 가 알고 있었어요. 그래서 이 집까지 찾아온 거예요. 대체 뭘 숨기고 있는 거죠? 그게 그렇게 위험한 건가요? 그렇지 않았다면, 그녀를 죽일 필요도 없었을 텐데."

어디서 그런 말이 튀어나왔는지 모르겠지만, 사실은 사

실이다. 물론 이렇게 내뱉는 건 현명하지 못한 짓이었다. 그의 얼굴을 보는 순간 그 사실을 뼈저리게 깨달았다. 그는 분노를 억누르고 있었다. 당장이라도 폭발할 듯한 얼굴이었다. 그런데도 멈출 수 없었다.

"내가 보기엔 이야기가 이렇게 흘러가요. 알마가 당신을 협박했고, 그 이유가 뭔지는 우리 둘 다 알고 있죠. 안 그런가요?"

의미심장하게 웃어 보였지만, 그는 아무런 반응을 보이지 않았다.

"당신은 돈을 주지 않았고, 알마는 그 내용을 폭로하겠다고 위협했어요. 결국 당신은 그녀를 죽였고요. 어때요, 꽤 그럴듯한 가설 아닌가요? 스콧 경위도 관심을 가질까요?"

내 패를 모두 꺼냈다. 이제 더 이상 숨길 것도, 던질 카드도 없었다. 이 정도라면 적어도 당분간은 나를 건드리지 않기를 바랄 뿐이었다.

"좋아요, 도나. 당신은 많은 걸 알고 있네요. 그럼, 말해 봐요. 왜 그녀가 날 협박했죠?"

그는 분노를 거두고 여유로운 표정으로 앉아 있었다. 내가 아무것도 모른 채 허세를 부린다고 믿는 얼굴이었다. 하지만 그는 틀렸다.

"아기요." 그의 표정이 순식간에 돌변했다. 자신감은 사라지고, 불안하고 동요한 모습이다. 민감한 부분이구나. "당신이 돈으로 산 그 아기, 한나로 자란 그 아이요." 더 말하지 않았다. 한나의 '진짜 정체'를 알고 있다는 사실도 굳이 덧붙이지 않았다.

그의 얼굴에서 그런 표정은 처음 봤다. 그는 완전히 얼어붙었다. 충격을 받은 사람 특유의 공허한 눈빛. 그는 머릿속에서 미친 듯이 계산하고 있었다. 내가 어떻게 그 비밀을 알게 되었는지, 어디서부터 정보가 새어 나갔는지.

그를 남겨 둔 채 자리에서 일어났다. 할 말은 다 했다. 이제 이 비밀은 필요할 때 다시 꺼낼 무기가 될 터였다. 그가 다시 나를 위협한다면 나는 주저하지 않을 것이다. 맥스 마스덴은 위험한 인간이다. 경위에게 알고 있는 사실을 전부 털어놓으면, 맥스를 불러 참고인으로 조사할 것이다. 알마를 죽일 충분한 동기가 있고, 경찰이 그걸 무시할 수는 없을 테니.

집 안 공기가 숨 막히게 답답했다. 머리를 식힐 필요가 있었다. 맥스와의 다툼은 상황을 나아지게 하긴커녕 오히려 더 악화시킬 뿐이었다. 괜히 입을 놀려 문제를 키운 건 어리석은 짓이었다. 마을을 한 바퀴 걸으면 머리가 조금은 맑아질 것 같았다.

마침 장이 열리는 날이었다. 형형색색의 상점들이 중심

가를 따라 늘어서 있었다. 이 가게 저 가게를 돌아다니며 과일, 보석, 옷 등등 판매 중인 다양한 물건들을 구경했다.

사람들로 붐비는 거리 한복판인데도, 이상하게 누군가 나를 따라오고 있다는 느낌이 들었다. 지난 몇 년 동안, 이런 감각을 무시하지 않게 되었다. 뒤돌아봤지만, 아는 얼굴은 보이지 않았다. '과민 반응이야.' 스스로를 진정시키려 했지만, 등골을 타고 내려오는 서늘함은 가시지 않았다.

"나 안 보고 싶었어요?" 등 뒤에서 익숙한 목소리가 들렸다.

"한나!" 나는 그녀를 꽉 껴안았다. "어디 갔었어? 무슨 일이라도 생겼을까봐 걱정하느라 미치는 줄 알았어."

"타라가 거짓말을 한 다발 늘어놓았죠? 내가 친구와 함께 있으면서 즐기고 있다고요."

"그랬던 거야? 왜 나한테 전화하지 않았어? 왜 별일 없다고 말해 주지 않았어?"

한나는 어깨를 으쓱하곤 고개를 저었다. "아무도 나한테 관심이 없다고 생각했어요. 맥스랑 타라는 확실히 그렇고, 도나도 해야 할 일이 많잖아요."

"그렇긴 해도……. 전화 한 통은 줄 수 있었잖아. 네가 어디에 있는지 몰라서 걱정했다고."

"그렇게 신경 쓰는 줄 몰랐네요." 한나가 씩 웃으며 말했다.

"자, 이제 말해 봐, 무슨 일이 있었는지."

"친구 집에 있었어요. 가족이라는 악몽에서 벗어나서, 생각할 시간이 필요했거든요."

나도 그런 시간이 필요하다. 하지만 어딘가 석연치 않다. 한나도, 타라도 그녀에게 그런 '친구'는 없다고 말했었다.

"가게 자리 알아보러 다닌 거야?"

"전에 마음에 들었던 곳을 다시 봤어요. 그리고 계약하기로 했어요. 이제 시작할 돈도 있으니까. 뒤쪽에 작은 주거 공간도 딸려 있어서, 살기도 괜찮아 보여요. 사람 살 수 있게만 정리되면, 바로 이사하려고요."

한때는 한나 혼자서 잘 해낼 수 있을지 의문이었지만, 지금은 아니다. 사업에 필요한 자금을 스스로 마련할 수 있다면, 본인 인생도 충분히 잘 챙길 수 있을 것이다. 한나가 자랑스러웠다. 알마의 말이 사실이라면 그녀는 내 사촌 동생이다. 젊고 당찬 여자애다. 잘될 자격이 충분하다.

"자금은 네 아빠가 줬어? 아니면 은행에서 대출이 나온 거야?"

"맥스? 그 사람은 나한테 관심 없어요. 은행이 결국 합리적으로 판단해서 대출해 줬어요."

이보다 더 기쁜 소식이 있을까. 카페 사업이야말로 그녀에게 꼭 필요한 탈출구다.

"나중에 집에 올 거야?"

한나가 내 근처에 있으면 한층 더 마음이 놓일 것 같다.

"슬슬 얼굴 한번 비출 때가 됐죠."

"네 가게도 보여 줘야지." 그녀를 보며 미소 지었다.

"이제 내 인생은 장밋빛인데, 도나는 고생했다고 들었어
요. 그 인간이 돼지우리에 가뒀다면서요."

"내 인생에서 최악의 경험 중 하나였어. 정말로 죽는 줄
알았어. 혼자서, 춥고 배고픈 상태로."

"정말 죽었으면 증거도 거의 안 남았을 거예요. 돼지들
이 다 먹어 치웠을 테니까요. 끔찍하긴 하지만, 실제로 그런
일이 있었대요. 예전에 어떤 양돈업자가 스코틀랜드에서 그
런 사건이 있었다고 말해 줬어요. 남은 건 틀니뿐이었다나
뭐라나. 도나가 거기서 탈출해서 정말 다행이에요. 보통 힘
든 일이 아니었을 텐데."

끔찍한 이야기를 들으니 속이 더 불편해졌다. 하지만 한
나의 말이 맞다. 나는 정말 운이 좋았다.

"손목이 가늘어서 겨우 빠져나올 수 있었어."

그녀는 자기의 통통한 팔을 내밀었다.

"나라면 불가능했겠네요. 그곳은 정말 지옥이에요. 어떤
기분이었을지 정확히 알아요. 나랑 그 족쇄는 인연이 깊거
든요."

무슨 말을 해야 할지 마땅한 위로가 떠오르지 않았다. 자기 딸을 그런 끔찍한 곳에 가두는 짓은, 인간의 마음을 가진 사람이 할 수 있는 일이 아니다.

"너도 나만큼 무서웠겠지, 분명."

"거기서 죽을 거라고 생각했어요. 무려 사흘 동안 음식도 불빛도 없이 잠도 거의 자지 못했어요. 돼지 악취가 끝도 없이 괴롭혔거든요."

"타라한테 말했어?"

"말해서 뭐해요? 그 여자는 맥스한테 아무 영향력도 없는데. 맥스는 자기가 하고 싶은 대로 해요. 내가 그 창고에서 죽었어도, 타라는 무슨 이유를 붙여서라도 그를 감쌌을걸요."

한나의 말이 맞았다. 타라는 현실을 직시하고, 침묵하지 말고, 그 모든 학대를 끝내야 했다.

"그런데 혹시 살인 사건에 대해 알고 있어? 내가 헛간에서 발견한 신체 일부 말이야."

나는 '우리'라고 말하려다 '헛간'이라고 잘못 말한 걸 깨달은 순간, 한나가 갑자기 나를 골목 안으로 끌어당겼다.

"알마요." 그녀가 속삭였다.

"알고 있었어?" 깜짝 놀랐다. 알마가 직접 연락했거나, 낸시 이모가 말해 준 것이 아니라면, 한나가 그녀를 알 리 없었다.

"그 여자가 맥스를 협박한 사람이란 건 알았죠." 그녀는 나를 보며 의미심장하게 웃었다. "맥스가 그녀를 죽여서 헛간 벽 옆에다 버렸을 거예요. 돼지들이 발견하게 만들려고요."

너무 끔찍해서 아무 말도 할 수 없었다.

"이제 알마는 죽었으니까 직접 맥스를 협박해 볼까 해요. 못할 이유도 없잖아요."

"그건 정말 위험한 짓이야."

"내가 협박한다는 걸 맥스가 알기 전까진 괜찮을 거예요. 맞다! 알마가 낸시를 알고 있었다는 거 알고 있었어요?"

만약 한나가 진실을 안다면, 이 대화는 완전히 다른 방향으로 흘러갔을 것이다.

"둘이 가끔 통화를 했어요. 낸시는 그 여자를 싫어했는데 악마 같다고 하더라고요. 한 번 발톱을 걸면 절대 놓지 않는 여자라고."

낸시 이모는 자신이 알마의 언니라는 사실을 말하지 않았던 것 같다. 현명한 선택이었을지도 모른다.

"맥스를 협박할 수 있었던 이유가 뭔데?"

나는 반드시 알아야 한다. 한나가 자신의 출생에 관한 진실을 알고 있는지, 알마에게서 들었는지를.

"말 못 해요."

노골적이고 솔직한 대답. 하지만 왜 이렇게까지 숨기는

걸까.

"맥스 사업이랑 관련된 일이야?" 일부러 모르는 척하며 물었다. 한나가 내가 다른 걸 알고 있다고 눈치채지 않게 하기 위해서였다.

"아뇨, 개인적인 일이에요. 그리고 맥스가 돈을 주기 전까진 아무 말도 안 할 거예요. 그가 얼마나 사악한 인간인지 알잖아요. 그 인간은 벌을 받아 마땅해요. 게다가 맥스는 협박하는 사람이 나인 줄 모르죠. 그리고 절대 알게 할 일도 없고요. 그러니까 절대 말하지 말아요."

 제38장

한나를 시장에 두고 집으로 향했다. 해야 할 일이 산더미였다. 장례식 초대장을 받은 순간부터 머릿속을 떠나지 않았던 질문들, 그에 대한 해답을 찾아야 했다. 그 빌어먹을 상자를 열면 뭔가 나올지도 모른다. USB에 암호로 잠긴 두 문서도 마찬가지다.

걸어오는 내내 머릿속은 멈추지 않았다. 한나는 자신이 '팔린 아기'라는 사실을 알고 있을까? 그리고 알마는 한나가 어디 사는지 어떻게 알았을까? 낸시 이모가 알려 준 게 아니라면 말이 되질 않았다. 그런데 왜? 낸시 이모는 알마를 누구보다 싫어했고 믿지도 않았다.

맥스와 타라는 아이를 '사서' 키웠다. 그리고 이십삼 년이 흐른 뒤, 알마가 나타나 입막음용으로 돈을 요구했다. 낸시 이모가 알마에게 홀린 게 분명했다. 한나가 말한 그 통화들, 그중 어딘가에서 이모가 무심코 뭔가를 말했을 수도 있었다. 하지만 그러면 또 다른 의문이 따라온다. 낸시 이모는 어떻게 한나가 여기 있다는 걸 알아냈지? 그 애가 '팔린 아이'였다는 사실을 어디서, 어떤 경로로 알아냈단 말인가. 누군가를 샀다는 기록이 남는 세상도 아니었고, 단순히 조사한다고 얻을 수 있는 정보도 아니었다. 그런데 낸시 이모는 결국 여기까지 왔다. 내 머리는 질문과 가설로 터질 것만 같았다. 지금은 일단 잠깐만이라도 생각을 내려놓아야 한다.

집에 도착하자마자 곧장 내 방으로 올라갔다. 노트북을 켜고 앉았다. 화면에는 폴더 하나, 문서 두 개. 폴더는 이미 다 살펴봤다. 내용을 모두 알아서 삭제해도 상관이 없었다. 그러면 다시는 마주치지 않아도 되겠지. 그런데 손이 쉽게 움직이지 않았다. 좋든 나쁘든, 그들은 '내 가족'이었다. 그 사실 하나가 나를 붙잡았다.

딱 한 번만 더 보고 결정을 내리자. 사진 하나가 눈에 들어왔다. 알마와 옆집 아이들 몇 명, 그리고 낸시 이모가 찍혀 있었다. 이모는 다른 사람들과 조금 떨어져 문 바로 앞에 있었다. 마치 문을 가리려는 것처럼 말이다. 페인트는 벗겨지고, 자물쇠는 반쯤 떨어져 나가 있고, 옆집의 누군가가 발로 차 부수려다 생긴 벌어진 틈까지. 우리가 어떻게 살았는지 보여 주고 있었다. 낸시 이모는 아마 부끄러웠을 것이다. 그 집에서 '제대로 살고 싶어 한' 사람은 낸시 이모밖에 없었으니까.

하지만 그녀는 아무것도 바꾸지 못했다. 알마는 애초에 문을 왜 고쳐야 하는지조차 이해하지 못했다. 내가 집을 떠난 날, 이모는 알마와 몸싸움까지 했다. 그 장면이 내 마지막 기억이자, 내 어린 시절을 요약하는 완벽한 장면이기도 했다.

낸시 이모는 늘 낙관적이었다. 그녀가 바라던 대로 집이 조금이라도 달라졌을까? 깔끔하게 손질되고 꾸며져서 집다운 집이 되었을까? 아마 아니겠지. 우리는 늘 돈이 없었다. 집을 고치는 건 사치였다.

더는 과거에 발목 잡히면 안 될 일이다. 이 일이 끝나면 사진도 지우는 게 아니라 USB 자체를 부숴버릴 생각이다. 흔적까지 완전히 없애고 싶었다. 하지만 지금 중요한 건 두 개의 문서다. 둘 다 이름이 붙어 있고, 비밀번호로 잠겨 있다. 왜 잠가 놓았을까? 낸시 이모는 무엇을 숨겼길래, 남의 눈을 그토록 피하려 했을까?

다시 암호를 맞추어야 할 시간이다. 지난번에도 헤매긴 했지만 결국 풀어 냈다. 머릿속에서 작은 목소리가 속삭였다. '논리적으로 생각해, 넌 할 수 있어.' 내가 할 수 있다고? 완전히 틀렸어. 이건 논리가 아니라, 단서가 없는 미로다.

첫 번째 문서의 이름은 '루시', 두 번째 문서 이름은 '영수증'이었다. 루시는 한나의 태명이다. 그러니까 낸시 이모가 붙여 준 이름이다. 알마 덕분에 이 퍼즐의 대부분은 이제 맞춰진 상태다. 낸시 이모는 한나, 그녀가 알던 이름으로는 루시를 찾기 위해 이곳에 왔다. 그녀가 내 이름을 쓴 건 맥스가 자신을 알아보지 못하게 하기 위함이었을 것이다. 낸시 이모와 알마의 성은 둘 다 윌리엄스, 결혼 전 성이다. 낸시 이모는 단 한 번도 결혼한 적이 없었고, 알마는 한때 내 망나니 아버지 잭 앤더슨과 결혼해 잠시 함께 살았다. 하지만 결혼 석 달 만에 그는 떠났고, 다시는 모습을 드러내지 않았다. 그래서 알마는 본래 성으로 돌아갔다. 내 출생 신고는 이미 되어 있었고, 알마는 성격상 돈을 들여가면서까지 개명 절차를 밟을 사람은 아니었다. 한나의 아버지가 누군지는 아무도 모른다.

USB의 비밀번호는 내 새 이름이었다. 그렇다면 이 문서들도 내 이름으로 열 수 있을까? 첫 번째 문서의 이름은 루시였다. 내 이름을 입력해 보았다. 오류. 실망스럽지만, 아직 포기하기엔 일렀다. 아직 찾지 못했을 뿐 분명 이곳 어딘가에 답이 있다.

물을 한 모금 마시고, 다시 화면을 바라보았다. 루시 윌리엄스, 이게 한나의 진짜 이름이다. 이름을 입력하고 숨을 참았다. 열렸다. 안도의 한숨이 절로 나왔다.

그 문서는 루시 윌리엄스의 출생증명서였다. 예상한 그
대로였다. 윌리엄스라는 성과 우리가 살던 그 허름한 집의
주소가 있었다. 아버지 항목은 빈칸이었다. 놀랄 일도 아니
었다. 낸시 이모의 외도에 대해서는 이미 알고 있었다. 알마
가 빠짐없이 들려주었으니까.

다음은 영수증이라는 문서였다. 이건 훨씬 까다로웠다.
아마도 맥스가 한나를 '샀을 때' 알마에게 준 영수증일 것
이다. 문서는 냉정하고 명확했다. 맥스 마스텐이 알마에게
일 만 파운드를 지불하고 루시 윌리엄스를 인수했다는 내
용. '루시 윌리엄스의 매매에 대한 영수증'이라고 분명히 적
혀 있었다.

아마 알마가 요구했을 것이다. 맥스는 절박했고, 결국 요
구대로 했을 것이다. 낸시 이모가 이걸 어떻게 손에 넣었는
지는 도무지 알 수 없었다. 이건 진짜일까, 아니면 이모가
만들어낸 가짜일까? 경찰에 가져가 확인해 봐야 하나? 하
지만 그렇게 하면 누가 고마워하기나 할까?

적어도 맥스와 타라는 아닐 것이다. 하지만 한나는 고마
워할지도 모른다. 그녀에겐 새로운 정체성이 생기는 셈이고,
나처럼 그 사실이 살아가는 데 도움이 될 수도 있다. 결정은
나중에 하기로 했다. 장단점을 충분히 따져본 뒤에.

조사는 끝났고, 질문 대부분에 답을 얻었다. 정원을 산책할 생각으로 아래층으로 내려갔다. 그런데 거실에서 타라가 나를 불렀다.

"어디 가요?"

"정원에 가요. 꽃도 보고, 햇볕도 좀 쬐고요. 머리를 식혀야겠어요."

"그런 지루한 건 집어치우고, 나랑 있어 줘요. 오늘 하루 종일 아무도 못 봤어요. 맥스는 나 몰라라 하고, 한나는 글쎄, 행방도 모르겠고."

솔직히 내키지 않는다. 지금은 누구와도 이야기하고 싶지 않다. 특히 타라와는 더더욱.

"이 며칠간 있었던 일들에 대해 얘기 좀 해야 하지 않겠어요?"

타라는 소파에 앉아 진토닉을 들고 있었다. 그녀는 무심하게 손짓하더니 잔을 들어 보였다.

"술은 많아요. 마시고 싶으면 말해요."

"아직 점심도 안 지났어요. 이런 시간에 술을 마시는 게 도움이 된다고 생각해요?"

"간섭하지 마요. 당신은 몰라. 이 집에서, 저 남자랑 사는 게 어떤지."

그녀는 울음을 터뜨리며 내 손을 붙잡았다. 이런 상황은 여전히 익숙하지 않다. 나는 문제에 맞서 싸우는 쪽이지, 이런 식으로 우는 쪽은 아니다.

"내 옷장에서 플리스 재킷 하나만 가져와 줄래요? 그러고 같이 나가는 건 어때요? 요즘 기분이 너무 저조해요, 도나. 그 여자 얘기에, 돼지들에, 한나까지…… 정신이 다 무너질 것 같다고요."

"괜찮아질 거예요. 숨 좀 고르고, 인생에서 당신이 진짜 뭘 원하는지 생각해 봐요."

대답을 남기고 재킷을 찾으러 갔다. 금고 열쇠를 맡기더니, 이제는 옷장까지 뒤져도 된다는 건가. 그 드레스 사건 이후로는 그녀 옷장 근처에도 못 갈 줄 알았는데, 조금 뜻밖이었다.

침실 문을 지나고 맥스를 거의 죽일 뻔했던 욕실 옆을 지나, 커다란 옷장이 있는 방으로 들어갔다. 오래 머물고 싶지 않다. 이곳은 여전히 불편하다. 플리스 재킷만 해도 여섯 벌은 족히 걸려 있었다. 무난한 검은색을 집었다. 서둘러 나가려다 아래쪽 신발장이 눈에 들어왔다. 누가 봐도 신고 싶을 정도로 멋진 구두들, 특히 빨간 에나멜의 굽이 높은 스틸레토가 눈에 띄었다. 타라는 발이 작은 모양이었다. 나에겐 너무 작아 신어 볼 수도 없었다. 안 그랬으면 슬쩍 한번 신어 봤을 텐데.

아쉬움을 접고 신발을 다시 제자리에 돌려놓은 다음, 다른 신발 상자들을 살펴보았다. 핸드백, 가죽 벨트, 스카프처럼 대부분 평범한 것들이었다. 물건을 소중하게 다루는 편은 아닌 듯했다. 그때 옷장 바닥에 놓인 큰 신발 상자 하나에서 덜그럭거리는 소리가 났다. 뚜껑을 열자 아기 물건들이 들어 있었다. 딸랑이, 치발기, 귀여운 우주복. 한나가 쓰던 것일 테다. 타라가 버리지 못한 추억의 물건들이겠지. 그런데 내 시선을 붙잡은 건 따로 있었다. 작은 분홍색 담요. 그게 어떤 물건인지 단번에 알아봤다.

낸시 이모가 딸을 낳았다는 소식을 듣고, 내가 직접 샀던 바로 그 담요였다. 맥스가 아이를 데려올 때 함께 가져왔을 테고, 타라는 지금까지 간직해 온 것이다. 한나가 낸시의 딸이라는 또 하나의 증거였다. 하지만 상자 안에는 그게 전부가 아니었다.

아기용 잠옷 아래에서 에피펜 하나를 발견했다.

제39장

에피펜은 예상 밖이었다. 이 집에는 나를 제외하면 세 사람뿐이다. 그중에서 타라는 용의 선상 밖에 있는 사람이었다. 낸시 이모가 죽던 그날 밤, 그녀는 에피펜이 꼭 필요했다. 그런데 누군가 의도적으로 그것을 숨긴 것 같았다. 설마 타라가, 결정적인 순간에 에피펜을 숨긴 걸까?

에피펜과 플리스 재킷을 움켜쥐고 아래층으로 내려갔다. 이제 더는 수수께끼를 풀고 싶지 않았다. 해답을 찾고 이 집에서 완전히 벗어날 때가 되었다.

"이게 왜 당신 신발 상자 안에 있는 거죠? 이게 낸시에게 얼마나 중요한지 알고 있었잖아요. 항상 몸에 지니고 있어야 했던 물건이에요. 그런데 이걸 숨겼죠. 그럼 당신이 그녀 죽음에 책임이 있는 거예요."

에피펜을 타라의 얼굴에 대고 흔들며 쏘아붙였다. 그녀

는 얼굴이 붉어지더니 에피펜을 내 손에서 낚아채려 했다.

"아뇨, 당신이 잘못 생각하는 거예요. 내가 마지막으로 그걸 본 건 앨리스의 방 화장대 위였어요."

그녀는 나를 똑바로 바라봤다. 처음 이 집에 왔을 때의 나처럼 혼란스러워 보였다.

"근데 방금 낸시가 항상 그걸 지니고 있었어야 한다고 했잖아요……. 낸시가 누구예요?"

이미 한 말을 물릴 순 없었다. 너무 화가 난 나머지 말실수를 해 버렸다. 더 큰 문제를 일으키지 않으려면 침착해야 했다.

"앨리스 앤더슨의 본명은 낸시 윌리엄스였어요. 당신이 그걸 몰랐다니 놀랍네요. 더 놀라운 건, 왜 당신이 그녀를 죽이고 싶어 했는가 하는 거예요."

"난 죽이지 않았어요." 타라는 단호하게 고개를 저었다. "내 옷장에 그 에피펜이 어떻게 들어갔는지 모르겠어요, 진짜예요."

그녀 얼굴에는 죄책감이 없었다. 그녀는 그저 혼란스러워 보일 뿐이었다. 혹시 내가 잘못 짚은 걸까. 타라가 아니라, 이 비정상적인 가족 중 다른 누군가가 그녀를 함정에 빠뜨린 걸지도 모른다.

"앨리스가 왜 다른 이름을 썼을까요? 왜 우리한테 자기 진짜 이름을 말하지 못했을까요?"

"무슨 일이에요?" 등 뒤편에서 고함이 들렸다. "타라를 울린 거예요? 왜 그런 거죠?"

맥스였다. 나는 에피펜을 치켜들고 그의 얼굴 앞으로 가져갔다.

"이게 타라 옷장에서 나왔어요. 무슨 뜻인지 알겠죠? 타라가 살인자이거나, 누군가가 그녀를 모함하고 있는 거예요."

맥스는 잔뜩 화가 난 표정으로 타라의 팔을 거칠게 잡아끌어 일으켜 세웠다.

"앨리스가 죽은 게 당신 탓이야?"

"아니야!" 타라가 소리쳤다. "그리고 도나가 방금 말했어. 앨리스가 그녀의 이름이 아니라고, 진짜 이름은 낸시라고!"

"무슨 말을 하는 거야? 대체 무슨 이야기인지 하나도 모르겠군. 난 아직도 돼지우리에서 본 손가락 때문에 정신이 나갈 지경이야."

맥스는 무척 당황스러워 보였다. 이것 또한 처음 보는 얼굴이었다. 타라도 아니고, 맥스도 아니라면, 남는 사람은 한 나뿐이다. 하지만 그럴 리가 없었다. 한나는 낸시 이모와 사이가 좋았고, 그녀를 좋아했고, 함께 시간을 보냈다. 게다가 그녀에게는 동기도 없었다.

"이건 내가 가지고 있을게요." 나는 에피펜을 다시 들어

올리며 말했다. "이건 증거예요. 그러니 안전한 곳에 보관할 거예요. 이건 낸시의 죽음이 의심스러운 사건이라는 걸 의미해요. 이의 없죠?"

"왜죠?" 타라가 물었다. "우린 아무 짓도 안 했어요. 그리고 왜 앨리스는 이름을 바꿨던 거죠? 이해가 안 돼요."

이제 모든 걸 설명할 시간이 된 것 같았다.

"낸시와 알마는 자매였어요. 낸시는 여기에 일하려고 왔고, 앨리스 앤더슨이라는 가명을 썼죠. 맥스, 당신이 정체를 알아볼까 봐요."

맥스의 얼굴이 천천히 굳어졌다. 아마 낸시가 누구였는지 깨달은 듯했다.

"대체 누굴 알아본다는 거예요?" 타라는 여전히 이해하지 못한 채 물었다.

조금만 생각해도 알 수 있는 일이었다. 한나가 어떻게 이 집에 오게 되었는지, 그리고 그 과정이 합법적일 수 없다는 것을.

"앨리스, 아니 낸시 윌리엄스는…… 한나의 친모예요. 딸을 찾으러 이 집에 온 거예요."

이제 더 이상 숨길 이유도 없다. 물론 내 이름에 대해서는 아직 말하지 않았다. 다른 때를 위해 아껴둬야지. 그때, 또 다른 목소리가 끼어들었다.

"흥미로운 이야기네. 그런데 어디까지가 진실일까?"

한나였다.

"돌아왔구나!" 타라가 미소를 지으며 팔을 벌렸다. "보고 싶었어. 우리가 얼마나 걱정했는지 몰라. 네가 어디 있는지, 무슨 일이 생긴 건 아닌지 몰랐으니까."

한나는 당황했다.

"이제 와서 그런 연기하지 마요. 당신 둘 다 나한테 관심 없잖아요? 그게 사실이죠. 알마라는 마녀가 나를 데려가겠다고 했으면, 기꺼이 넘겼을 거면서."

한나는 알고 있었다. 알마가 말했을 게 분명했다. 그것도 아주 잔인한 방식으로. 알마 같은 여자에게 진실을 듣다니, 얼마나 속이 상했을까. 한나는 그런 대접을 받을 이유가 전혀 없는데도.

"좀 앉아, 한나. 배고플 거야. 마리아에게 음식 좀 가져다 달라고 할게."

"그만 좀 해요. 걱정하는 엄마 연기, 어울리지도 않으니까. 음식도 필요 없고, 쉬고 싶지도 않아요. 내가 원하는 건 단 하나예요. 당신들한테 벗어나는 것!"

한나는 부모가 자신을 대수롭지 않게 여긴다고 믿고 있었다. 하지만 이런 말싸움으로는 아무것도 달라지지 않는다.

"타라와 맥스는 나만큼이나 너를 걱정했어, 한나."

내 말이 끝나기도 전에 한나는 손가락으로 맥스를 가리켰다.

"저 사람은 내가 사라지길 바랐어요. 그날 밤, 나를 밖으로 데려갔을 때 온갖 말을 다 퍼부었죠. 도나, 당신은 못 들었잖아요? 거의 미친 사람이었다고요. 그러니 내가 도망쳤지, 무서웠으니까. 당신도 알잖아요. 저 사람이 어떤 인간인지. 당신한테 무슨 짓을 했는지 생각해 봐요."

사실이다. 분노에 사로잡힌 맥스는 위험한 사람이다. 그리고 지금도 그는 거실 문 옆에 서서 얼굴을 찌푸린 채, 한나에게 시선을 고정하고 있다.

"내가 도나에게 뭘 했다는 거지?" 그가 낮고 딱딱한 목소리로 물었다.

"당신이 도나 머리를 쳤잖아. 그리고 돼지우리에 가둬놓았지."

타라는 숨을 들이마시며 깜짝 놀라 맥스를 돌아보았다.

"아니라고 말해요. 제발 아니라고 말해요." 그녀가 새된 소리로 말했다.

"아니야. 그런 적 없어. 한나가 착각한 거야. 난 그런 짓 안 해. 말도 안 되는 소리야." 그가 나를 쳐다보며 물었다. "당신은 봤어요, 도나? 누가 당신을 때렸는지? 누가 그런 건지 무슨 단서라도 있어요?"

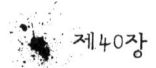 제40장

맥스의 말에 일리가 있다. 그동안 벌어진 모든 일과 그가 보여 준 태도 때문에 너무 쉽게 그를 범인으로 단정해 버렸다. 그가 그럴 수 있는 사람이라고 믿기 때문이다. 하지만 만약 그가 아니라면, 그렇다면 대체 누굴까?

"당연히 안 그랬다고 하겠죠. 맥스에겐 늘 그럴싸한 변명이 준비되어 있으니까."

한나는 흥분한 채 자기 생각을 내뱉었다. 분노가 온몸에서 뿜어져 나오는 듯했다. 맥스를 상대로 이렇게 맞서는 건 쉬운 일이 아닌데도 말이다.

"그건 변명이 아니라 사실이야. 난 도나를 폭행한 일도, 감금한 일도 없어."

맥스는 내 쪽으로 시선을 돌렸다.

"도나, 정말 누가 당신을 때렸는지 기억 안 나요?"

"안 나요. 어떻게 기억하겠어요? 주변이 어두웠고, 뒤에서 맞았는데요. 마지막으로 기억나는 건 우리 안을 절벅대며 걷는 발소리뿐이에요. 돌아볼 새도 없었어요."

"그렇다면 내가 그랬다는 증거가 없잖아요. 범인이 다른 사람일 수도 있단 말이고요."

맞는 말이다. 지금까지 일어난 모든 일을 맥스 탓으로 돌렸다. 그가 위험한 사람이라는 확신에 사로잡혀 다른 가능성은 거의 생각하지 않았다. 하지만 정말로 그가 진실을 말하고 있다면, 나는 모든 것을 처음부터 다시 생각해야 한다.

"난 알마라는 여자가 죽은 일과도 아무 상관 없어요. 그녀가 어떻게 돼지우리에 들어가게 됐는지도 전혀 몰라요. 그건 정말 내가 한 일이 아니에요."

"누군가가 그녀를 거기다 몰아넣은 거죠. 우리 주변엔 높은 울타리가 쳐져 있고, 그녀의 손은 울타리에서 몇 미터는 떨어진 헛간 가까이에서 발견됐고요."

한나가 말하자 맥스가 고개를 끄덕였다. "누군가가 그 불쌍한 여자를 헛간 벽에 기대 놓았을 때, 그녀는 다쳤거나 사망한 상태였을 거야. 그런 일은 우연히 일어나지 않지."

"그럼, 누군가가 의도적으로 그 여자를 거기다 뒀고, 돼지가 그녀를……."

타라는 말을 맺지 못했다. 알마에게 일어난 일은 끔찍하기 짝이 없으니까.

한나의 말을 곱씹는 순간 내 심장이 세차게 뛰기 시작했다. 그리고 또 하나. 시장에서 만났을 때 한나는 내가 돼지우리에 갇혔었다는 걸 이미 알고 있었다. 가족들과 연락도 못 했을 텐데, 어떻게 그걸 알았을까?

"한나, 그 손이 발견된 위치를 어떻게 알았어?"

"시장에서 만났을 때 당신이 말했잖아요."

"아니, 그런 적 없어."

"당신이 말했겠죠. 안 그러면 어떻게 내가 알겠어요?"

정말 그럴까? 낸시 이모, 알마, 그다음은 나였던 걸까? 내가 돼지우리에서 빠져나오지 않았다면 말이다. 난 그동안 범죄를 저질렀다는 증거도 없는데 모든 일을 맥스의 탓으로 돌렸다. 그의 통제적인 태도와 비합리적인 처신, 가족을 대하는 태도를 들면서 말이다. 냉정하게 생각해 보면, 그것만으로 살인자가 되는 건 아니다.

한나는 알고 있었다. 날카로운 파란 눈빛을 보니 확실했다. 한나는 내가 눈치챘다는 것도 알고 있었다. 하지만 내가 그걸 증명할 수 있을까?

나는 에피펜을 흔들며 말했다. "오늘 이걸 찾았어. 낸시 이모가 절대 찾지 못하도록 숨겨져 있었지."

"글쎄, 그게 무슨 의미가 있죠? 낸시가 부주의하게 잃어

버린걸요."

"아니. 이건 일부러 숨긴 거야. 그리고 그녀를 죽인 케이크도 의도적으로 먹였을 가능성이 있어. 경찰이 밝혀낼 거야."

한나는 불만스러운 표정이었다. 그녀는 우리를 차례로 바라보다가, 맥스를 보았다.

"그가 낸시를 죽였고, 알마도 죽였어요. 알마, 그러니까 낸시의 여동생이 협박하고 있었거든요. 낸시는 분명 그걸 도왔을 거고요."

"협박? 대체 무슨 일로?" 타라가 물었다.

"알마와 낸시 둘 다 내가 '팔린 아이'라는 걸 알고 있었어요. 이 사실이 세상에 알려지면 끝이니까, 그들을 없앤 거죠."

"넌 입양된 거야. 아무도 널 '사지' 않았어." 타라가 말했다.

"알마가 나를 일 만 파운드에 팔았어요. 자그마치 일 만 파운드요! 그 정도면 충분한 동기죠. 그럼 나는요? 내가 무슨 이유로 그들을 죽이겠어요?"

한나의 말이 맞다. 마음이 흔들린다. 동기, 그게 전부다. 사람은 이유 없이 살인을 하지 않으니까.

"어쨌든 누군가는 두 여자를 죽였어. 낸시 이모가 먼저였고, 그다음이 알마였지. 그리고 나는 폭행당하고 감금됐어. 그리고 한나, 난 이걸 찾았어. 이 에피펜, 분명 누군가 숨긴 거야."

"타라의 옷장 뒤질 필요는 없었잖아요. 그랬으면 이런 난장판도 없었을 텐데."

"이게 타라 옷장에서 나온 걸 어떻게 알았어, 한나?"

순간, 모두의 시선이 한나에게 쏠렸다. 맥스는 한나에게 달려들 것처럼 보였다. 나는 깨달았다. 낸시 이모를 죽인 건 적어도 맥스가 아닐 수도 있다. 하지만 다른 일들에 대해서는 아직 확신할 수 없었다.

그때, 현관 초인종이 울렸다. 잠시 뒤, 마리아가 니코를 거실로 안내했다.

그는 들어오자마자 분위기를 감지한 듯했다. 아무 말도 하지 않고, 우리를 차례로 바라봤다.

"우린 지금 두 여자를 누가 죽였는지 알아내려는 중이에요. 처음엔 맥스라고 생각했지만, 이제는 한나도 용의자예요." 태연한 척 말했지만, 그건 속에서 치밀어 오르는 불안과 구역질을 숨기기 위한 것이었다.

"맥스는 누굴 죽일 사람이 아니에요." 니코가 방 안으로 들어오며 말했다. 그의 낮은 목소리와 거대한 체구는 조명 아래에서 더 위협적으로 다가왔다.

제41장

"당신들은 생각이란 게 없어, 안 그래요?"

한나는 자기 부모를 바라보며 말했다.

"당신들은 나를 훔쳤어요. 돈이 오가긴 했지만, 결국엔 훔친 거나 마찬가지죠. 난 둘 다 증오해요. 그리고 그 일을 도운 다른 사람들도. 알마와 낸시, 두 사람 모두 알고 있었으면서 아무 말도 하지 않았죠. 도나, 당신도 마찬가지고요. 아, 도나가 아니라 다른 진짜 이름이 있겠지만."

한나의 행동은 예상 밖이었고, 나는 그대로 얼어붙었다. 그녀가 이렇게까지 느끼고 있을 줄은 전혀 몰랐다. 언젠가는 말해 주려고 했다. 조심스럽게, 상처 주지 않게 설명하려고 했다. 하지만 알마가 먼저 손을 썼고, 그녀의 머릿속을 거짓으로 가득 채워 버렸다.

"우린 순수한 마음으로 널 입양한 거야. 넌 기도에 대한 응답이었어. 우린 널 사랑해서 모든 걸 주고 싶었고, 그저 행복하길 바랐을 뿐이야."

타라의 말은 진심이지만, 한나에게는 전혀 소용이 없었다. 한나는 한 치도 물러서지 않은 채 서 있었다. 자신이 옳다고 확신한 모습이었다.

"행복? 맥스가 날 그 방에 가두곤 했다는 걸 잊지 마요. 그건 사랑이 아니라 증오죠."

맥스는 아무 말도 하지 않았다. 그걸 부인할 수는 없으니까.

"친모라는 낸시는 나를 알마에게 맡겼고, 알마는 돈을 받고 나를 팔았어요. 난 당신들보다도 그 둘을 더 증오해요. 당신들이 무슨 말을 하든 달라질 건 없어요. 이 모든 진실은 낸시에게서 직접 들었어요. 그 여자는 자기가 날 돕고 있다고 생각했죠. 그래서 이 집까지 나를 찾으러 왔어요. 낸시는 내게 설명하려 했지만 실패했고요. 난 괜찮은 척하면서 반드시 되갚겠다고 다짐했어요. 나를 당신들에게 판 건 최악의 실수였고, 대가를 치러야만 했어요."

사실상 자백이었다. 그녀는 지금껏 감정을 잘 숨겨 왔다. 한나가 이 모든 걸 알고 있었다는 사실을 눈치채지 못했다. 이렇게 속내를 털어놓기 전까지는 전혀.

"그리고 당신."

그녀가 날카로운 파란 눈으로 나를 쳐다보며 말했다.

"난 처음부터 당신이 뭘 꾸미는지 알고 있었어요. 낸시랑 알마는 당신 가족이니까. 당신도 그들이랑 다를 게 없어요."

틀렸다. 내게 가족은 좋은 쪽과 나쁜 쪽, 둘로 나뉜다. 낸시 이모와 나는 전자였고, 알마는 물론이고 이제 한나까지도 후자에 속한다. 내가 무슨 말을 해야 할지 고민할 틈도 없었다. 그때 현관 초인종이 날카롭게 울렸다. 우리는 모두 동시에 몸을 움찔했다. 이 집에 찾아오는 손님은 거의 없었다. 그렇다면 누가 온 거지?

"스콧 경위입니다."

중년의 체격이 큰 남자가 방 안으로 들어오며 신분증을 내보였다. 문을 열어 주었던 마리아는 방 안의 공기를 감지했는지, 조용히 부엌으로 사라졌다.

"맥스 마스덴 씨를 찾고 있습니다."

"접니다."

맥스가 한 발 앞으로 나섰다.

"마스덴 씨, 당신의 돼지우리에서 발견된 신체 일부와 관련해 질문이 있습니다. 그 신체는 알마 윌리엄스의 것으로 확인되었습니다. 그 여자를 알고 계셨습니까?"

"그 여자는 제 엄마였어요."

내가 말했다.

"당신은?"

"도나 슬레이드라고 합니다. 마스덴 씨의 비서입니다."

지금 이 자리에서 내 진짜 이름을 말하는 건 일을 더 복잡하게 만들 뿐이다. 이 가족은 나를 도나로 알고 있고, 지금은 그 이름을 고수할 수밖에 없다.

"월리엄스는 범죄 기록이 있습니다. 절도와 경미한 폭행으로 과거에 체포된 적이 있었어요. 그 덕분에 DNA 대조가 가능했습니다."

알마에게 전과가 있다는 사실은 전혀 놀랍지 않았다. 오히려 그녀가 지금까지 감옥에 갇히지 않았다는 게 신기할 따름이다.

"마스덴 씨, 돼지들은 모두 압수될 겁니다. 그리고 안락사한 뒤 위 내용물을 검사할 예정입니다."

타라는 금방이라도 토할 것처럼 보였지만, 당연한 조치였다.

"이 집에서는 다른 중대한 사건도 있었습니다."

니코의 말에 나는 깜짝 놀랐다.

"또 다른 여성 말입니다."

그가 이름을 묻듯 나를 보았다.

"낸시 윌리엄스요. 알마의 언니입니다. 누군가 낸시의 에피펜을 의도적으로 숨겼고, 그 결과 아나필락시스 쇼크로 사망했습니다."

"신고된 내용인가요?"

수사관이 물었다.

"아닙니다. 그 사실은 오늘에서야 밝혀졌습니다."

맥스가 답했다. 니코가 한 발 앞으로 나섰다.

"경위님이 오시기 전, 저기 서 있는 젊은 여성이 두 건의 살인과 도나를 폭행한 사실을 자백했습니다."

"진술이 필요하겠군요."

스콧이 한나를 향해 말했다.

"난 아무 짓도 안 했어요. 이건 맥스의 잘못을 덮어 주려는 음모예요. 거짓말이라고요."

"그럴 줄 알았어, 한나. 하지만 전부 여기 녹음돼 있어."

니코가 말했다. 그는 휴대폰을 들어 올렸다. 니코의 빠른 판단에 안도의 한숨이 나왔다. 한나는 표정 하나 변하지 않고 주먹을 쥔 채 니코에게 달려들었다. 다행히 스콧이 간발의 차로 제지했다. 한나는 끌려나갔다. 아무 일도 일어나지 않아 안도했지만, 타라는 망연자실한 표정으로 그 자리에 서 있었다.

"고마워요, 니코. 당신이 녹음해 두지 않았더라면, 사실을 입증할 방법이 없었을 거예요."

"난 한나를 좋아해요. 하지만 그녀는 좀 이상한 여자애였어요. 외톨이인 데다 사람들과 잘 어울리지도 않았죠."

나도 그녀랑 똑같다고 대꾸할 수 있었지만, 그러지 않았다. 언젠가 니코에게 내 가족의 끔찍한 면들을 하나하나 이야기하는 날이 오겠지. 하지만 지금 당장은 가족이나 이 모든 일을 벌인 알마 얘기를 하는 게 진저리가 난다.

"맥스 마스덴 외에도, 그의 아내와 딸, 요리사, 그리고 당신까지 이 집에 살고 있는 거죠, 맞아요?"

수사관이 물었다.

"이해가 안 되는 게 있어요."

맥스가 말했다. 그럴 만도 했다. 나는 그를 살인자로 의심했었다.

"맥스, 설명은 나중에 해도 될까요? 지금은 긴 대화를 할 기분이 아니에요. 경찰도 나와 얘기하고 싶어 하겠지만, 그것도 나중으로 미뤄야겠어요."

그는 어깨를 으쓱하며 웃었다. 내가 필요할 때마다 나타나는, '좋은 맥스'였다. 나는 고개를 끄덕이곤 그들을 남겨둔 채 자리를 떴다. 목이 바짝 말랐고, 목소리도 제대로 나오지 않았다.

방으로 돌아오자마자 침대 위에 털썩 주저앉았다. 그러고는 방금 일어난 일들을 머릿속에서 지워버리려 애썼다. 한나가 안타까웠고, 맥스와 타라도 불쌍했다. 이 이야기는 곧 마을에 퍼질 것이고, 소문에 시달릴 것이다. 맥스는 자신이 저지른 일들 때문에 기소될 수도 있다.

낸시 이모는 그런 죽음을 맞을 사람이 아니다. 그녀는 딸을 찾기 위해 이곳에 왔다가 죽었다. 알마는…… 알마는 내 엄마였다. 애정은 없었지만, 그렇다고 돼지 먹이가 되는 결말을 바랐던 건 아니었다.

이제 남은 수수께끼는 두 가지다. 하나는 낸시 이모의 오래된 상자와 그 안의 편지, 다른 하나는 나를 이곳으로 부른 이메일. 한나는 자신이 이메일과는 무관하다 말했다. 맥스나 타라가 보낸 것 같지도 않았다.

어떻게든 상자를 열어보기로 했다. 전에는 망치와 정이 필요했지만, 이번에는 운이 좋으면 제대로 된 순서를 알아낼 수도 있을 것만 같다. 하지만 현실은 내 생각과는 달랐다. 나무 상자는 여전히 열기 어려웠다. 오래된 나무 상자 따위에 질 수는 없다. 분노에 휩싸여 상자를 집어 벽에 던졌다. 어리석은 짓이라는 걸 안다. 소리를 들으면 맥스나 타라가 올라올 수도 있다. 하지만 다행히도 상자의 한쪽 면이 부서지며 비밀 칸이 드러났다. 그리고 그 안에서 편지가 떨어져 나왔다.

얼른 봉투를 찢고 분홍색 편지지를 꺼냈다. 제비꽃 향기가 났다. 단번에 알 수 있었다. 낸시 이모는 늘 이런 종이에

글을 썼다. 제비꽃은 그녀의 것이었고, 그녀의 모든 물건은 그 냄새로 가득했다. 어릴 적에는 가끔 그 향기 때문에 구역질이 나곤 했었다.

편지는 그녀가 죽기 일주일 전에 쓴 것이었다. 낸시 이모는 한나, 아니 그녀가 알고 있던 이름인 루시에 대해 알게 된 과정을 적었다. 포기할 마음이 없었지만, 병원에 입원하면서 그럴 수밖에 없었던 사정, 알마를 결코 용서하지 않을 거라는 내용, 그리고 성인이 된 뒤 대부분의 시간을 루시의 행방을 찾는 데 보냈다는 고백이 이어졌다. 루시가 어디 있는지 알려준 건 알마였고, 맥스를 협박하려는 계획도 알마의 것이었다. 낸시 이모는 이 집에 취직해 루시와의 관계를 회복하려 했지만 실패했다.

결국 낸시 이모는 일을 그만두고 자신의 삶으로 돌아가려 했다. 이모는 이렇게 썼다. 루시는 이미 손쓸 수 없는 구제불능 상태였다고. 낸시 이모는 유언장을 남겼다. 나는 유일한 상속인이었다. 그녀에게 무슨 일이 생길 경우, 그녀의 은행 계좌에 있는 돈은 모두 내 것이 될 것이라고, 그녀의 변호사 이름과 함께 적혀 있었다.

편지를 읽으며 눈물을 흘렸다. 편지에 적힌 사실들은 이미 알고 있던 것들이다. 이 편지는 낸시 이모와 나를 이어주는 마지막 연결고리다. 이 편지를 평생 간직할 것이다. 이제

남은 건 이메일의 발신자다. 이건 어떻게 풀어야 할지 전혀
모르겠다.

제42장

　다음 날 아침, 그 이메일에 대해 맥스와 타라 두 사람에게 물었다. 하지만 그들은 전혀 모르는 일이라 말했고, 그 말을 믿었다. 그들이 거짓말을 할 이유는 없었다. 나는 또한 이름을 바꾸게 된 사정과 오랫동안 나를 쫓아다닌 그 남자에게 아직 빚을 지고 있다는 사실도 털어놓았다.

　"도나, 왜 경찰서에 가서 그 악당에게 쫓기고 있다고 말하지 않았어요?"

　"당신이 말한 그 악당은 사람을 여기저기 심어 두고 있었어요. 만약 경찰에게 말했다면 난 살아남지 못했을걸요. 이름을 바꾸는 것만이 할 수 있는 유일한 방법이었어요."

　"그럼 지난 삼 년 동안 은둔자처럼 살았다는 말이에요?"

　맥스는 쉽게 믿지 못하는 눈치였다. 내가 이야기하는 세계는 그가 한 번도 겪어본 적 없는 곳이니까.

"난 그림자 속에서 살았어요. 유일한 친구이자, 모든 이야기를 털어놓을 수 있었던 단 한 사람은 엘라였죠. 살던 원룸에서 쫓겨났을 때, 자기 집에 머물게 해 준 그 친구요."

"그런 삶을 살았군요. 보통은 버티지 못했을 거예요."

"거의 무너질 뻔했어요. 그런 회복력이 내 안에 있는 줄은 몰랐죠. 정말 필요해지기 전까지는요."

"그 이메일이 왜 그렇게 중요한 거죠?"

"누가 보냈는지 모르기 때문이에요. 보낸 사람은 내 새 이름과 이메일 주소를 알고 있었고, 낸시를 안다는 사실도 알고 있었을 가능성이 높아요. 이미 알겠지만, 낸시는 내 이름을 쓰고 있었잖아요. 관 속에서 내 진짜 이름, 앨리스 앤더슨을 봤을 때, 충격이 얼마나 컸을지 상상할 수 있겠어요? 당신은 전혀 몰랐겠지만, 그래도 날 많이 도와줬어요. 상황을 정리해 주고, 장례식 다과회까지 데려다줬고요. 당신이 없었으면 뭘 어떻게 해야 할지 몰랐을 거예요."

"그래도 아직 나를 좋아하진 않는 것 같군요, 그렇죠? 우리 사이에 이런저런 일이 있었던 건 알아요. 하지만 사과는 하지 않겠어요. 나는 완벽한 사람은 아니지만 살인자는 아니에요."

그렇다고 그가 나와 주변 사람들을 대했던 방식이 정당

화되는 건 아니다. 그는 한편으로는 다가가기 힘들고, 다른 한편으로는 묘하게 매력적인 사람이었다.

"우릴 떠날 생각인가요?"

"이메일 문제를 해결하면요."

"그럼 계속 도나로 남는 거예요?"

"아니요. 도나로 사는 건 이제 충분해요. 다시 앨리스로 돌아갈 거예요. 그럴 때가 됐어요."

날씨가 좋아서 짐을 싸기 전에 마을을 한 바퀴 돌았다. 누가 이메일을 보냈는지 아는 것도 중요하지만, 현실적으로 영영 알지 못할 수도 있다는 사실도 받아들여야 한다.

이번에는 숨어서 나를 쳐다보는 사람도, 머릿속을 복잡하게 만들 이야기를 할 사람도 없었다. 공원을 거닐다 거대한 빅토리아풍의 온실 안으로 들어가 이국적인 식물들을 구경했다. 공원 한가운데로 강이 흐르고 있었고, 그 위에는 납작한 징검돌이 놓여 있었다. 아이들은 돌에서 돌로 뛰어다니며 놀고 있었다. 살기에는 참으로 아름다운 곳이지만, 낸시가 남긴 돈이 있다 해도 이곳에서 집을 사는 것은 여전히 불가능해 보였다.

그때였다. 차분한 마음으로 거의 다 풀린 수수께끼를 곱씹던 순간, 하나의 생각이 내 머리를 스쳤다. 니코는 내가 빚을 졌던 앤드루 울펜덴을 알고 있었다. 어쩌면 그가 이메일의 퍼즐을 푸는 데 도움을 줄 수 있을지도 모른다. 마스덴 집안의 누군가가 보낸 것이 아니라면, 외부인일 수밖에 없다. 바로 니코에게 전화를 걸어 내가 있는 곳을 말했고, 카페에서 그를 기다렸다.

"얼굴이 훨씬 좋네요. 진실이 드러나서 마음의 짐이 한결 가벼워졌겠죠. 맥스가 전화를 했어요. 지금 상태가 꽤 안 좋아 보이더군요."

"니코, 뭐라 할 말이 없네요. 맥스는 복잡한 사람이에요. 때로는 견디기 힘들죠. 하지만 제가 당신을 만나자고 한 이유는 그게 아니에요. 저는 장례식에 참석하러 이곳에 왔어요. 초대장은 이메일로 받았죠. 단순했어요. 하루 다녀오고 끝날 일이라고 생각했죠. 하지만 그렇게 되지 않았어요. 저는 풀 수 없는 수수께끼 속으로 깊숙이 빠져들었고, 묻어두고 싶었던 기억들까지 끌어올리고 말았어요."

"내가 도움이 될 수 있을 것 같나요?"

"수수께끼는 거의 해결했어요. 하지만 하나가 남았고, 그걸 해결하면 이곳을 떠날 거예요. 맥스 집에서 지낸 시간은 충분해요."

"그 집안이 만만치 않다는 건 나도 잘 알아요. 수년간 겪어봤으니까. 아직 당신을 괴롭히는 게 뭔가요?"

더 잃을 게 없었기에 그에게 솔직하게 말했다.

"장례식에 저를 초대한 그 이메일이요. 누가 보냈는지 모르겠어요. 보낸 사람은 극소수만 아는 제 개인적인 사정을 알고 있었어요. 처음엔 이 집안 사람들 중 하나라고 생각했지만, 아닌 것 같아요. 그들 모두 그 이메일에 대해 전혀 모른다고 했어요. 저는 수수께끼를 싫어해요. 그런데 이건 제 인생에서 가장 큰 수수께끼였죠. 그래서 지금까지 여기 머물렀던 거예요. 하지만 이제는 떠날 때가 됐고, 이 이메일을 보낸 사람을 알아내는 건 포기하려고 해요."

"그건 아쉽군요. 이 수수께끼를 푸는 게 당신에게 얼마나 중요한지 알아요. 그리고 맞아요. 어쩌면 내가 도와줄 수 있을지도 모르죠."

"이런 일로 번거롭게 해서 미안해요. 솔직히 말하면, 저는 지금 지푸라기라도 잡는 심정이에요. 당신이 답을 알고 있을 리 없잖아요."

"글쎄요, 앨리스. 난 그 작은 수수께끼의 답을 지금 바로 알려 줄 수 있거든요."

그는 나를 앨리스라고 불렀다. 이곳에서 처음으로 그렇게 부른 사람이다.

"그럼 말해요. 누가 그 이메일을 보낸 거죠?"

"나예요."

　이 저택에 평화가 찾아올 거라고는 한 번도 생각해 본 적이 없었는데, 내가 틀렸다. 지난 한 주는 천국 같았다. 더 이상 사무실에서 할 일도 없었고, 타라는 자기 일에만 몰두했으며, 경찰은 돼지들을 모두 치워 주었다. 나는 경찰에게 그간 있었던 일을 진술했고, 스콧 경위는 그 내용에 만족하는 것처럼 보였다. 한나는 어떻게 지내고 있는지 전혀 알 수 없었다. 맥스와 타라는 그녀를 찾아갔지만, 한나는 대화를 거부했다. 첫 공판에서 그녀는 보석 허가를 받지 못했고, 모든 책임을 두 사람에게 돌렸다.

　그날 니코가 내게 해 준 대답을 이제 어느 정도 이해하고 받아들였다. 그의 말이 아니었다면 평생토록 그런 줄은 몰랐을 것이다. 그는 그날 더 이상 이야기해 주지 않았고, 정리할 일이 있다며 자리를 떴다. 대신 오늘 밤에 다시 만나

설명해 주기로 했다. 그는 레이크사이드에서 저녁을 먹자고 했다. 데이트라기보다는 분위기를 바꿔서 이야기를 나눌 기회였다. 타라는 연두색 드레스를 하나 주었다. 내 빨간 머리에 딱 어울리는 색이라며 웃었다. 그 말이 고마웠다.

니코에 대해 내가 어떤 감정을 느끼는지는 아직 잘 모르겠다. 그는 묘한 사람이었다. 아마도 그 거대한 체격 때문에 그렇게 보이는 것 같았다. 그는 내게 도움을 주려고 했던 것 같지만, 그가 울펜덴에게서 미회수 고객 채권을 사들였다는 사실, 내 빚도 그중 하나였다는 사실을 잊어서는 안 된다. 그는 택시를 보내 주었고, 식당으로 가는 동안 나는 마음을 정리하려 애썼다.

그는 로비에서 기다리고 있다가 내 손을 잡고 테이블로 안내했다. 부드러운 조명이 분위기를 바꾸어서인지 그가 덜 위협적으로 보였다.

"장례식 날 내가 한 말 기억해요?"

그가 와인을 따르며 말을 꺼냈다. 이제 시작이군. 내가 그에게 진 빚 이야기를 하려는 거겠지.

"여러 가지를 말해 주긴 했죠. 하지만 그때 나는 충격을 받아서, 제대로 기억나진 않아요."

"앤드루 울펜덴에 대해 말했죠."

가슴이 철렁 내려앉았다. 이건 예상하지 못했다.

"울펜덴이 아프고, 사채업에서 손을 떼고, 지금은 스페인에 살고 있다는 말도 했죠."

고개를 끄덕였다. 그 정도는 기억하고 있었다.

"그리고 사람들이 그에게 진 빚을 다른 사람들에게 넘겼다는 말도 했고요."

무슨 말을 하려는지 감이 오지 않았고, 기분도 좋지 않았다. 니코를 친구라고 생각했는데, 이제는 확신이 서지 않았다.

"그 빚들 중 일부를 내가 샀어요. 그중에 앨리스, 당신 것도 있었고요."

그는 거의 속삭이듯 말했다. 좋아, 이제 나는 울펜덴이 아니라 이 근육 덩어리에게 빚을 진 셈이었다.

"그래서, 그걸 어떻게 할 생각이죠?"

"아무것도 안 할 거예요. 내 기준에선 그 빚은 이미 없어진 거나 마찬가지니까요. 당신은 모르겠지만, 알아야 할 게 있어요. 울펜덴은 당신이 이름을 바꿨다는 것도 알고 있었고, 낸시와 그녀의 일에 대해서도 알고 있었어요. 그는 그 정보를 당신에게 불리하게 쓸 수 있었을 겁니다."

"그렇다고 해서, 왜 당신이 제 빚을 샀고 이제 와서 없던 일로 하려는지는 설명이 안 되잖아요."

"나는 맥스네 가족과 가까운 사이예요. 그들이 한나를

데려온 방법에 뭔가 이상한 점이 있다는 것도 알고 있었죠. 입양 절차는 없었으니, 무슨 일이 있었든 합법적일 리가 없었어요. 울펜덴은 알마와 거래를 했고, 알마는 그에게 당신의 새 이름과 낸시가 어디 있는지, 그리고 언젠가는 당신이 그녀에게 연락할 거라고 말했어요. 결국 울펜덴이 이 판을 흔들기라도 하면, 그건 맥스에게 문제가 되는 일이었죠. 그는 부자이고, 한나를 데려온 방식 때문에 언제든 공격받을 수 있는 처지였으니까요. 맥스에게 문제가 생기면 나에게도 문제가 생깁니다. 나는 그의 회계사이지만, 사업 지분도 가지고 있어요. 이 사업이 무너지면 우리 둘 다 끝장이에요. 그래서 나는 울펜덴을 우리 삶에서 몰아내고 싶었고, 그 방법은 당신의 가족을 그의 손아귀에서 빼내는 것이었어요. 그가 병에 걸렸을 때 그중 한 방법이 당신의 빚과 알마의 빚을 그에게서 사들이는 것이었죠. 낸시가 죽었을 때 나는 당신이 그 사실을 알아야 한다고 생각했어요. 나는 당신이 이름을 바꿨다는 건 알고 있었지만, 낸시가 당신의 이름을 쓰고 있었다는 건 몰랐어요. 그녀의 동기요? 맥스로부터 자신을 보호하려는 거였겠죠. 그는 그녀의 진짜 이름을 알아봤을 테니까요."

이로써 내 마지막 수수께끼도 풀렸다. 하지만 이제는 어떻게 해야 할까? 울펜덴 대신 니코가 내 목숨줄을 쥐고 있는 셈이었다. 그게 나를 안심시켜야 하는데, 마음이 쉽게 정리되지 않았다.

"고마워요, 니코. 하지만 이런 얘기는 진작에 해 줬어야 했어요. 장례식 전에 말했다면 더 좋았겠죠. 내가 누구를 애도하고 있는지 알고 싶었어요."

"미안해요. 나는 다과회에만 갈 수 있었어요. 장례식에 참석했더라면 당신을 따로 불러 얘기했을 거예요. 하지만 그때는 맥스가 당신을 보호하고 있는 상황이었으니까, 그냥 두는 게 낫겠다고 생각했죠."

"그럼 이제 어떻게 되죠?"

"당신은 당신의 삶으로 돌아가고, 나는 내 삶을 계속 살아가는 거죠."

그 말에 묘하게 허탈해졌다. 이 수수께끼와 맥스네 가족은 최근 내 삶의 전부였다. 다시 내 삶으로 돌아간다는 생각이 썩 내키지 않았다. 하지만 낸시 이모가 남긴 돈이 있다는 걸 떠올렸다. 그 돈이면 새출발을 할 수 있을 것이다.

"본명이 뭐예요? 니코는 애칭이겠죠."

"니콜라스 백스터예요. 하지만 어릴 때부터 모두 나를 니코라고 불렀죠. 마스덴 집을 떠나서 당분간 머물 곳이 없다면, 우리 집에 남는 방이 하나 있어요. 언제든지 거기서 지내도 됩니다."

그는 웃고 있었다. 맥스처럼 매혹적인 미소는 아니었지만, 어딘가 더 따뜻한 미소였다. 나도 그에게 미소를 지으며 고개를 끄덕였다.

"고마워요. 정말 관대한 제안이네요."

* * *

니코와 레이크사이드 레스토랑에서 저녁을 먹은 지 이 주가 지났다. 남는 방에서 지내도 좋다는 그의 제안을 곰곰이 생각해 보았지만, 결국 받아들이지 않았다. 그는 호감 가는 사람이고 친절했지만, 그가 나에 대해 잘못된 인상을 갖게 하고 싶지 않았다.

최근에 일들로 받은 충격은 조금씩 아물어가고 있었다. 한나에게 일어난 일을 받아들일 수밖에 없다는 사실도 이제는 인정하게 되었다. 한나에게는 재판이 끝난 후에 찾아갈 생각이다. 그녀는 끔찍한 일들을 저질렀지만, 내게 남은 유일한 혈육이기도 하다. 어떤 형태로든 그녀와 인연의 끈을 놓고 싶지 않다. 엄마, 그녀에게 일어난 일 역시 안타깝게 생각한다. 결국 과거의 일을 두고 용서하지 못한 것도 마음에 남았다.

나는 맥스의 저택으로 향했다. 긴장감이 들었다. 더는 들릴 일이 없겠지만, 그들이 어떤 반응을 보일지 겁이 났다. 군이 갈 필요는 없지만, 아직 챙기지 못한 물건들이 남아 있었고, 이 아기자기한 마을에 작별 인사를 건넬 생각이었다. 진입로를 걸어 올라가며 낸시 이모를 떠올렸다. 마지막으로 그녀를 한 번이라도 만나 대화를 나누고, 남겨 준 돈에 대해 고맙다고 말할 수 있으면 좋을 텐데. 웃음이 나왔다. 어쩌면 내가 풀어야 했던 그 수수께끼에 대해 한마디쯤 따졌을지도 모르겠다. 낸시 이모가 남긴 돈은 새출발을 하는 데 큰 도움이 될 것이다. 기대가 되면서도, 왜 이렇게 마음이 공허한지 알 수 없었다. 경제적 안정은 중요했지만, 나에게는 목적도 필요하다. 이를 악물고 매달릴 수 있는 일, 그런 직업이 있다면 좋았을 것이다.

현관 초인종을 누르자 타라가 문을 열어 주었다. 두툼한 원예용 장갑을 끼고 있다는 점만 빼면 그녀는 여전히 완벽해 보였다. 아마도 그 비싼 손톱을 보호하기 위한 장갑이겠지.

"앨리스, 만나서 정말 반가워요." 그녀는 몸을 숙여 내 볼에 가볍게 입을 맞췄다. "이건 처음인데, 지금 막 정원사를 도와 장미 가지치기를 하려던 참이에요." 그녀는 전정가위를 들고 뒤에 서 있는 연로한 남자를 가리켰다.

"당신이 왔다는 소식을 들으면 맥스가 무척 기뻐할 거예요. 당신이 떠난 뒤로도 이야기를 정말 많이 했거든요."

이해할 수 없었다. 나는 그의 세계를 완전히 뒤흔들어 놓은 장본인인데.

"맥스는 사무실에 있어요. 올라가서 인사해요."

인사 없이 내 물건만 챙겨 바로 떠나고 싶었지만 제안을 거절할 수 없었다. 게다가 타라를 불쾌하게 만들거나 무례하게 보이고 싶지도 않았다. 그때 맥스가 계단을 내려오며 특유의 미소를 지으며 나를 안아 주었다.

"와 줘서 기뻐요, 앨리스. 이런 일들이 있었지만, 당신이 떠나길 바라진 않았어요."

진심이었다. 표정을 보면 알 수 있다.

"알다시피, 꼭 떠나지 않아도 돼요. 원한다면 일자리도, 지낼 곳도 그대로 남아 있어요."

전혀 예상하지 못한 제안에 당황했다. 이 제안을 받아들여야 할까? 솔직히 말해, 모르겠다. 즉흥적으로 결정할 수 있는 문제가 아니었다.

"며칠만 생각해 봐요. 하루이틀 정도 시간을 갖고 나서 다시 이야기해요."

사무실 전화가 울리자 맥스는 격려하듯 고개를 끄덕인 뒤 자리를 떴다.

"여전히 많이 바쁘지만, 저 사람 당신을 많이 그리워하고 있어요. 함께 지내는 거, 한번 진지하게 생각해 줘요."

그 말을 듣자 괜히 죄책감이 들었다. 나는 그들을 그리워하지 않았기 때문이다. 긴장과 다툼은 사라졌고, 잠도 잘 자고 있었다. 엘라의 집에서 지내는 게 이상적이진 않았지만, 그녀는 나를 따뜻하게 맞아 주었고, 이야기도 잘 들어 주었다. 나는 한나에 대한 이야기를 포함해 지금까지 있었던 모든 일을 그녀에게 털어놓았다.

"조금 생각해 보고 가능한 한 빨리 알려 드릴게요."

타라와 포옹을 나눈 뒤, 현관 테이블 위에 놓여 있던 오래된 스포츠백을 집어 들고 집을 나섰다. 떠나기 전에 마을을 한 번 더 둘러볼 생각이었지만, 마음이 너무 혼란스러웠다. 맥스의 제안이 나를 흔들어 놓았다. 그 생각을 곱씹으며 걷고 있는데, 내 이름을 부르는 익숙한 목소리가 들렸다.

이사벨이 차를 몰고 내 옆에 멈춰 섰다. 그녀는 내가 좋아하는 사람도 아니고, 길에서 선 채로 수다를 떨고 싶지도 않았다.

"다시는 볼 일은 없을 줄 알았는데, 이렇게 멀쩡히 나타났네요. 당신을 위해서라도 여기 남아 있을 생각은 하지 말아요."

여전히 빈정거림과 못마땅함이 가득해 보였다.

"물건을 챙기러 온 것뿐이에요. 그 이상도 그 이하도 아니에요."

"현명하고 안전한 선택이네요. 하지만 경고 하나 하죠. 맥스 마스덴과는 최대한 거리를 두세요. 계속 어울리는 건 위험해요. 당신은 너무 많은 걸 알고 있어요."

"그게 협박인가요, 이사벨? 그렇다면 상대를 잘못 고른 거예요."

그녀의 표정이 차가워졌다.

"협박이 아니에요, 앨리스. 경고일 뿐이에요. 난 맥스와의 관계를 완전히 끝냈어요. 이제 그의 회사와도 아무 관련이 없죠. 그의 불법적인 거래를 더는 견딜 수 없었거든요. 경찰에 갈지 말지 아직도 고민 중이에요."

나는 슬슬 짜증이 났다. 나와 달리 이사벨은 그냥 지나치는 법이 없었다. 항상 문제를 만들고, 퇴장조차 극적으로 만들고 있었다.

"무슨 말을 하는지 전혀 모르겠네요. 당신과 맥스는 끝났고, 그런데도 굳이 여기 와서 그를 곤란하게 만들고 있잖아요."

"아니, 내 말 믿어요. 당신이 아는 건 그의 비밀 중 빙산의 일각에 불과해요. 나는 오랫동안 그의 곁에 있었어요. 그의 회계사로 일하면서 비밀 계좌로 흘러 들어간 돈을 직접 봤죠. 그리고 그 돈이 어디서 오는지도 그는 숨기지 않았어요."

더는 들을 필요도 없었다. 애초에 무슨 말인지도 모르겠고, 그녀의 말을 무시하며 걸어갔다.

"한나만이 아니에요." 이사벨이 내 등 뒤에서 소리쳤다. "그 애를 샀을 때, 맥스는 돈을 벌 기회를 알아보고 사업으로 확장했어요."

기회라니. 나는 걸음을 멈췄다. 다음에 무슨 말이 나올지 알고 있었지만, 듣고 싶지는 않았다.

"맥스는 수년 동안 아기들을 사고팔아 왔어요."

나는 이사벨에게 거짓말하지 말라고, 괜히 문제를 만들지 말라고 말하고 싶었다. 하지만 그러지 못했다. 그녀의 얼굴에는 진짜 공포가 드리워져 있었다. 속이 울렁거리고 어지러웠다. 숨을 고르려 애쓰며 겨우 중심을 잡았다. 맥스가 한나를 손에 넣은 방식만 해도 충분히 끔찍했지만, 그나마 내가 받아들일 수 있었던 건, 알마 밑에서 자랐을 한나의 삶이 어떤 것이었을지 알고 있었기 때문이었다.

"내 말을 믿지 못하겠다면 한번 생각해 봐요. 맥스가 처음으로 자신의 작은 제국을 세웠을 때 초기 자금은 어디서 나왔을까요? 그의 첫 사업은 단독주택 열 채짜리 작은 단지였어요. 땅을 사고, 건설업자를 고용하고, 자재를 사려면 막대한 돈이 필요했죠."

"은행 대출을 받았겠죠."

나는 힘없이 말했다. 그 말이 사실이기를 바라며.

"그 정도 금액은 아니었어요. 난 진실을 알고 있어요, 앨리스. 그리고 낸시도 알고 있었죠. 그녀는 맥스가 자기 아이를 데려간 걸로도 그를 증오했지만, 그가 하고 있던 일의 전모를 알게 되었을 때는 큰 충격을 받았어요."

그녀의 목소리에는 격한 감정이 실려 있었고, 얼굴에서는 전에는 본 적 없는 표정이었다. 이사벨 특유의 악의나 심술은 아니었다. 그녀의 말 한마디 한마디가 모두 진심이었다. 하지만 내가 지금 뭘 할 수 있을까? 나에게도, 그녀에게도 증거는 없었다. 그렇다고 방금 들은 말을 못 들은 척하고 그냥 떠날 수도 없었다.

맥스와 타라와 살며 일하는 생활이 내가 필요한 증거를 얻을 수 있는 한 가지 방법이 될 것이다. 하지만 결정을 내릴 수가 없다.

"그런 일이 아직도 계속되고 있어요?"

만약 그녀의 대답이 '아니오'라면, 나는 이곳을 영원히 떠날 생각이다. 뒤돌아보지 않고. 하지만 만약 이사벨이 맥스가 여전히 이 끔찍한 거래에 깊이 빠져 있다고 말한다면, 어떤 방식으로든 나는 그를 멈추게 해야 한다. 그리고 나는 그게 무엇을 의미하는지도 안다. 그건 또 다른 조사를 뜻했다.

나는 나의 장례식에 초대받았다

초판 1쇄 발행 2026년 3월 27일
초판 2쇄 발행 2026년 4월 24일

지은이 헬렌 듀런트
옮긴이 황성연

대표 장선희 **총괄** 이영철
기획편집 정시아, 오향림, 배인혜 **교정교열** 신대리라 **디자인** 이승은, 장혜미
표지 디자인 형태와내용사이 **본문 디자인** 최치영
마케팅 장동철, 이은진, 서세원, 이정태, 김가현
경영관리 전선애

펴낸곳 서사원 **출판등록** 제2023-000199호.
주소 서울시 마포구 성암로 330 DMC첨단산업센터 713호
전화 02-898-8778 **팩스** 02-6008-1673 **이메일** cr@seosawon.com

홈페이지　　인스타그램

ⓒ 헬렌 듀런트, 2026

ISBN 979-11-6822-577-0 03840

서사원은 독자 여러분의 책에 관한 아이디어와 원고 투고를 설레는 마음으로 기다리고 있습니다.
책으로 엮기를 원하는 아이디어가 있는 분은 서사원 홈페이지의 '출간 문의'로
원고와 출간 기획서를 보내주세요. 고민을 멈추고 실행해보세요. 꿈이 이루어집니다.